HINZMANN • D

SILVIJA HINZMANN

Der Duft des Oleanders

Prohaskas erster Fall in Istrien

Kriminalroman

Wieser *Verlag*

wtb 20

Wieser Verlag GmbH

A-9020 Klagenfurt/Celovec, 8.-Mai-Straße 12
Tel. + 43(0)463 37036, Fax + 43(0)463 37635
office@wieser-verlag.com
www.wieser-verlag.com

Copyright © dieser Ausgabe 2015 bei Wieser Verlag GmbH,
Klagenfurt/Celovec
Alle Rechte vorbehalten
Lektorat: Johanna Battisti
ISBN 978-3-99029-157-3

In Erinnerung an meinen Vater

Dies ist ein Roman. Die Handlung und Personen sind fiktiv. Die Orte sind real, einige jedoch frei erfunden. Mögliche Ähnlichkeiten mit lebenden oder verstorbenen Personen sind zufällig und von der Autorin nicht beabsichtigt.

Mittwoch,
11. September – 07:15 Uhr

Der Krieg hat einen langen Arm. Die Zeit danach ist die der Abrechnung. Und die der Rache. Sie wirkt über Generationen bis zum nächsten Krieg und darüber hinaus. Ein Teufelskreis seit Menschengedenken. Die einen nennen es Politik, die anderen Schicksal oder einfach Zufall. Aber Verbrechen geschehen Tag für Tag, egal wie man es nennt, überlegte Erich Jäger, während er zur Hotellobby hinunterging.

Er war Journalist und arbeitete für eines der größten deutschen Politmagazine. Jäger liebte seinen Beruf, auch wenn sich seine Frau Marianne, mit der er über dreißig Jahre verheiratet war und einen Sohn hatte, oft gewünscht hätte, dass er weniger unterwegs gewesen wäre. In zwei Jahren würde er in Rente gehen und dann nur noch zu Hause am Schreibtisch sitzen und Bücher schreiben. Wenn Marianne aus dem Schuldienst ausschied, sie war Erzieherin für geistig behinderte Kinder, würden sie zumindest über den Winter ans Meer ziehen. Das hatten sie schon lange ausgemacht. Manchmal zweifelte er zwar, ob er das Rentnerdasein auch aushalten würde, aber die Idee, im Süden zu leben, gefiel ihm. Bis dahin hatte er allerdings noch viel zu tun. Einige Kollegen hatten versucht, ihm auszureden, ein Sachbuch ausgerechnet über die Kriegsverbrechen im ehemaligen Jugoslawien zu schreiben und meinten, es gebe viel aktuellere Themen. Jäger schrieb es trotzdem, weil er es schlicht als ein großes Unrecht empfand, dass so viele Kriegsverbrechen ungesühnt blieben und die Täter ungestraft davongekommen waren. Er war vor und nach dem Krieg häufig auf dem Balkan gewesen, hatte viele Kontakte und Freundschaften geschlossen, kannte die Menschen und verstand die Zusammenhänge, die zum Zerfall von Jugoslawien geführt hatten. Nach dem Krieg hatte er die Zerstörungen gesehen und mit unzähligen Flüchtlingen gesprochen, die damals nach Deutschland gekommen waren. Er musste darüber schreiben. Noch gehörte er nicht aufs Abstellgleis, wohin ihn einige vermutlich wünschten. So hatte er über das UNO-Kriegsverbrechertribunal in Den Haag berichtet, über die weit in die Vergangenheit reichenden Gründe des Krieges, die Unfähigkeit und Verblendung der Politiker sowohl im Land als auch in

Europa und über die gegenseitigen Schuldzuweisungen für Vertreibungen, Tötungen und Massenvergewaltigungen. Und obwohl viele Kriegsverbrecher verurteilt oder inzwischen tot waren, lief auch nach über zwanzig Jahren die juristische Aufarbeitung der Kriegsverbrechen noch ziemlich schleppend. Die Gerichte waren überlastet, das Thema äußerst komplex und in Politik und Öffentlichkeit tabuisiert. Seit den Neunzigerjahren schrieb Jäger über die rechtspopulistischen Strömungen in Ost und West und die allgemein bekannte Tatsache, dass die Neonazigruppierungen untereinander vernetzt waren. Aber ihm war längst klar, dass viele Verantwortliche in Politik und Justiz auf dem rechten Auge blind waren. In seinen Artikeln wetterte er dagegen und hatte sich viele Gegner und Feinde gemacht. Was ging ihn der Krieg in Ex-Jugoslawien überhaupt an, fragten manche und unterstellten ihm, für den deutschen, amerikanischen oder sonst welchen Geheimdienst zu arbeiten. Aber er ließ sich weder entmutigen noch einschüchtern. Inzwischen war sein Buchmanuskript so gut wie fertig. Der Erscheinungstermin stand fest und ein Artikel darüber würde in den nächsten zwei Wochen erscheinen. Die Sache wird viel Staub aufwirbeln, das war ihm klar, dennoch war der Zeitpunkt für seine Enthüllungen goldrichtig, schließlich standen in Kroatien bald Wahlen an. Die Informationen, die er von seinem neuen Informanten bekommen würde, waren das i-Tüpfelchen, das noch fehlte.

Als ihn der Mann vor zwei Tagen angerufen hatte, sprach er so schnell, dass Jäger Mühe hatte, ihn zu verstehen.

»Dieser Typ, von dem Sie mir erzählt haben, ist heute mit dem Linienboot aus Venedig angekommen. Ich habe ihn gesehen.«

»Gut, ich nehme morgen das erste Flugzeug und bin am Abend da. Dann treffen wir uns übermorgen. Sag nur wann und wo.«

»Kennen Sie das Restaurant *Tartufo bianco* an der Uferpromenade?«

Natürlich kannte Jäger es nicht. Seit dem letzten Mal, als er in den späten Achtzigern in Rovinj gewesen war, hatte sich weiß Gott vieles verändert.

»Kein Problem, ich finde es schon.«

»Okay, dann übermorgen, so gegen achtzehn Uhr?«

»Gut, bis dann und pass auf dich auf.«

»Natürlich, ich bin ja nicht lebensmüde.«

Danach hatte Jäger den Flug nach Zagreb gebucht und war nach Hause gefahren. Seine Frau Marianne war nicht unbedingt begeistert, als er sagte, dass er dringend verreisen müsse. Sie machte sich immer Sorgen, wenn er unterwegs war, außerdem litt sie an Flugangst. Aber der Flug war ruhig gewesen, und er hatte sie nach der Landung angerufen. Dann war er mit dem Bus nach Rijeka und von dort weiter nach Rovinj gefahren.

Nachdem er am Spätnachmittag angekommen war, ging er ins Touristikbüro, wo ihm eine sehr attraktive Angestellte einige Unterkünfte ausgesucht hatte. Jäger hatte sich für das Hotel auf der Insel St. Katarina entschieden, die der Stadt gleich gegenüberlag. Die Überfahrt hatte nur ein paar Minuten gedauert, aber er war froh gewesen, wieder festen Boden unter den Füßen zu haben, da sich ein Gewitter zusammenbraute und der Wellengang für seinen Geschmack ziemlich heftig war. Nach dem Abendessen war er noch eine Weile an der Bar gesessen und hatte sich mit einem älteren Mann aus Chicago unterhalten, dessen Vorfahren kroatischer Abstammung waren. Es war sehr interessant zu hören, wie erfolgreich der Sohn armer Bauern, die nach dem ersten Weltkrieg nach USA ausgewandert waren, geworden war. Jäger hatte ihm zugehört, doch als die Rede auf die Geschehnisse in den Neunzigerjahren kam, hatte er sich höflich verabschiedet und war auf sein Zimmer gegangen.

Als er kurz nach Mitternacht ins Bett gefallen war, tobte das Unwetter über der Stadt, aber Jäger war viel zu müde gewesen, um sich davon stören zu lassen. Am heutigen Morgen war er wie gewohnt um halb sieben aufgewacht, und da er bis zum Treffen mit seinem Informanten noch viel Zeit hatte, beschloss er etwas für seine Gesundheit tun und vor dem Frühstück im Pool schwimmen zu gehen.

Er verließ die Lobby, ging hinaus und schlenderte zur breiten Treppe, die zur Anlegestelle führte. Der Himmel war wolkenlos, eine kühle Brise raschelte in den Kronen der Kiefern und Palmen im Park und wehte den Duft der Oleanderbüsche zu ihm herüber. Die Zikaden zirpten und Spatzen hüpften über den Weg. Das Meer schlug sanfte Wellen ans felsige Ufer, ein Fischerboot tuckerte in den Hafen, gefolgt von einem Schwarm Möwen. Die Häuser der Rovinjer Altstadt drängten sich um die Kirche wie Küken um ihre Henne. Von der Spitze des Campanile blickte die Statue der heiligen Fuma in ihrem grünspangeschmückten Gewand aufs Meer.

Nach ein paar Minuten kehrte Jäger in die lichtdurchflutete Lobby zurück, in der Sitzgruppen im Art-déco-Stil standen. Er blieb stehen und machte mit seinem Handy ein paar Fotos von den Jugendstilmalereien an den Säulen und der gewölbten Decke. Dann ging er zu der gerade unbesetzten Rezeption, nahm von der Theke ein paar Prospekte über Istrien, klemmte sie unter den Arm und durchquerte einen langen Flur, der zum Speisesaal und zur Terrasse führte. Als er den großen Raum betrat, in dem sich frühestens in einer Stunde die Gäste zum Frühstück einfinden würden, bemerkte er auf der anderen Seite neben der Küchentür einen Kellner. Er stand vor einer Anrichte, sortierte Besteck und warf es in die Schubladenfächer. Er ist wohl ein Morgenmuffel, dachte Jäger und wünschte ihm im Vorbeigehen einen guten Morgen. Der junge Mann schaute über die Schulter, grüßte zurück und machte dann weiter Krach.

Jäger ging auf die Terrasse. Die drei Pools waren mit Meerwasser gefüllt, die Terrasse und Badelandschaft ganz in Weiß gehalten und von einer hohen Mauer mit einer Balustrade umschlossen. Hübsch, dachte Jäger. Das ganze Ensemble erinnerte ihn an den Zuckerbäckerstil des ausgehenden neunzehnten Jahrhunderts. Die ebenfalls weißen Sonnenschirme waren geschlossen, die Liegen, die um drei Pools aufgestellt waren, leer. Eine Möwe flog über das Dach des Speisesaals und ließ sich elegant auf einer der Kugellampen nieder, die an der Mauer aufgestellt waren, und begann sich das Gefieder zu putzen. Jäger wandte sich nach rechts und ging über eine schmale Treppe hinunter. Noch im Gehen zog er den Bademantel aus, suchte sich eine Liege am großen ringförmigen Pool aus, legte seine Sachen darauf und streifte die Badeschlappen ab. Dann nahm er seine Gleitsichtbrille ab, holte aus der Bademanteltasche eine gelbe Schwimmbrille und setzte sie auf. Gut, dass mich keiner sieht, ich sehe bestimmt aus wie ein Ochsenfrosch, dachte er und stellte sich an den Beckenrand. Er deutete ein paar Kniebeugen an, hob die Arme, atmete tief ein und aus und hechtete nach einem kurzen Zögern hinein. Das Wasser war verdammt kalt, obwohl es temperiert war. Er hätte sich vorher doch kurz abduschen sollen, dachte er, als er prustend auftauchte und mit kräftigen Bewegungen weiterschwamm. Nach einer Runde hatte er sich an die Wassertemperatur gewöhnt und schwamm die nächste langsamer. Als er zum dritten Mal den Ausgangspunkt passiert hatte, drehte er sich auf den Rücken. Er war ganz schön außer Puste gekommen. Er sollte mit dem Rauchen aufhören, mehr Sport machen und mindestens zehn Kilo abnehmen. Das hatte ihm auch sein Hausarzt beim letzten Check geraten. Jäger hatte sich zwar vorgenommen abzuspecken, aber er war schon immer ein guter Esser gewesen, und war er viel zu beschäftigt, um sich Gedanken über sein Äußeres zu machen.

Er breitete die Arme und Beine aus und lächelte vor sich hin. Wie herrlich so dahinzuschweben, dachte er, während er mit dem Blick eine Federwolke verfolgte, die hoch über ihm dahinsegelte und sich langsam auflöste. Als er aus dem Augenwinkel hinter der Balustrade eine Bewegung wahrnahm, hob er die Schwimmbrille ein wenig an und schaute hoch. Doch ohne seine Brille konnte er in der äußersten Ecke der Terrasse nur eine dunkel gekleidete Gestalt erkennen, die im Schatten der Zypressen stand. Es wird wohl jemand aus der Küche sein, überlegte Jäger, schob die Brille zurück und schloss die Augen.

Das Projektil traf ihn nur einen Wimpernschlag später. Es zertrümmerte sein linkes Schulterblatt, und die Wucht des Aufpralls drückte ihn unter Wasser. Er schlug um sich, schluckte Wasser und kam hustend wieder hoch. Der zweite Schuss, lautlos wie der erste, verfehlte sein Herz nur um ein paar Zentimeter. Jäger ging unter. Das Salzwasser brannte in seiner Kehle wie Feuer, während sich ein bohrender Schmerz in seinem Körper ausbreitete. Er kam nach oben, paddelte mit dem rechten Arm, strampelte mit den Beinen und drehte sich im Kreis. Er war schon früher einige Male in gefährliche Situationen geraten und hatte es immer wieder geschafft, heil herauszukommen, aber so etwas war ihm noch nie passiert. Jetzt nur nicht ohnmächtig werden, sagte er sich. Noch ein, zwei Meter zum Beckenrand, dreh dich auf den Rücken, mach auf Toter Mann. Es wäre lächerlich zu sterben, ausgerechnet hier, ausgerechnet heute. Doch seine Gliedmaßen gehorchten ihm nicht mehr. Die Lungen füllten sich mit Wasser. Erich Jäger verlor das Bewusstsein und schwebte mit dem

Gesicht nach unten in der unendlichen Stille. Die Blutschlieren kringelten sich um ihn wie die Fangarme eines Kraken und lösten sich auf. Die Möwe breitete ihre Flügel aus und flog kreischend davon.

EINS

Mittwoch,
11. September – 00:45 Uhr

Das Scheinwerferlicht seines altersschwachen Rollers bohrte einen diffusen Tunnel in die Regennacht. Der Asphalt glänzte pechschwarz, das Wasser spritzte hinter ihm hoch. Er fror und krallte die klammen Finger noch fester um die Griffe. Seine Windjacke und die Jeans waren längst durchnässt und klebten an seinem Körper. Im Rückspiegel sah er die Lichter des Wagens, der ihm seit geraumer Zeit folgte. Er steuerte noch dichter an den Straßenrand und versuchte in der Spur zu bleiben. Der Wagen kam näher, war jetzt dicht hinter ihm.

»Fahr zur Hölle, du Idiot!«, schrie Robert in den Wind.

Etwa zwanzig Meter vor ihm war der große Parkplatz, von dem man tagsüber den Lim-Kanal sehen konnte. Er blinkte, bog ab und erwischte ein Schlagloch. Hinter ihm quietschten die Bremsen des Wagens. Gleich darauf spürte er einen Stoß gegen das Hinterrad. Der Roller schlitterte über den groben Schotter. Er versuchte die Balance zu halten, aber der Roller kippte auf die Seite, und er stürzte kopfüber zu Boden.

*

Joe Prohaska verließ Rovinj und schaltete das Fernlicht ein. Es goss in Strömen, die Scheibenwischer scharrten auf der höchsten Stufe und sein altes Cabrio schaukelte bei jedem Anflug der Sturmböen, die über das Land fegten. Im Radio sang Eric Clapton *I shot the Sheriff*. Prohaska stellte den Ton lauter und sang mit.

Er hätte längst schon zu Hause sein können, aber das Abendessen bei Ivo und Miranda hatte sich diesmal besonders in die Länge gezogen. Seit heute waren sie offiziell Geschäftspartner, und das musste ja schließlich gefeiert werden. Als er kurz vor Mitternacht aufbrechen wollte, ging das Gewitter los. Blitze zerschnitten den Himmel, Donnerschläge hallten in den Gassen wider, der Regen prasselte auf die Dächer nieder und floss in Bächen über die glatt gewetzten Pflastersteine.

Miranda rupfte die Wäsche von der Leine, die zum Haus gegenüber gespannt war, Servietten flogen vom Tisch, Prohaska, Ivo und seine beiden Jungs trugen die Teller in die Küche. Ivo bot ihm an dazubleiben, aber Prohaska sehnte sich nach seinem Bett. Miranda drückte ihm einen Schirm in die Hand und Prohaska rannte durch die menschenleeren Gassen zum Parkplatz am Nordhafen.

Joe Prohaska und Ivo Horvat waren seit ihrer Kindheit befreundet. Ihre über mehrere Ecken verwandten Väter stammten aus einer Kleinstadt in Slawonien und gehörten der tschechischen Minderheit an. Anfang der Sechziger verschlug es Ivos Vater nach Rijeka, wo er in einer Schiffswerft Arbeit fand. Als er heiratete, zog er mit seiner Frau zu ihren Eltern nach Rovinj und eröffnete Anfang der Achtzigerjahre ein kleines Fotogeschäft, das Ivo vor ein paar Jahren übernommen hatte.

Joes Vater wurde Gastarbeiter und arbeitete am Fließband bei einem großen Autounternehmen in Stuttgart. Eigentlich wollte er nur ein paar Jahre bleiben und als reicher Mann zurückkehren, doch es kam anders. Er verliebte sich in eine Einheimische, sie heirateten, Joe wurde geboren, und so blieb er für immer. Die junge Familie lebte anfangs in einer kleinen Wohnung in Zuffenhausen und zog später in das Haus, das Joes Mutter von ihren Eltern geerbt hatte. Leider hatte sein Vater von der schwer verdienten Rente nicht allzu viel gehabt, da er mit sechsundsechzig Jahren an einem Schlaganfall gestorben war. Joe, eigentlich Josef, war ihr einziges Kind. Der alte Prohaska hatte darauf bestanden, dass Joe mehrsprachig aufwuchs. Zu Hause wurde Deutsch, beziehungsweise Schwäbisch gesprochen, und wenn sie in den Sommerferien »nach Hause« fuhren und die zahlreiche national gemischte Verwandtschaft in Slawonien oder die Horvats in Rovinj besuchten, lernte Joe Kroatisch und auch etwas Tschechisch. Nach dem Wunsch seiner Eltern, vor allem des Vaters, hätte Joe Arzt oder zumindest Rechtsanwalt werden sollen. Aber nach dem Abitur hatte Joe einfach keine Lust auf ein langes Studium, und so entschied er sich für die Polizeilaufbahn. Als er zur Kripo Stuttgart kam, lernte er Heidi kennen, die in der Verwaltung arbeitete. Sie heirateten, als Heidi schwanger wurde. Die Tochter Anna wurde geboren. Alles verlief in geordneten Bahnen. Joe Prohaska war mit seinem Leben zufrieden. Dann stürzte von einem Tag auf den anderen seine Welt wie ein Kartenhaus zusammen. Er dachte nur ungern an seinen letzten Einsatz, aber die Bilder kehrten immer wieder zurück.

So auch jetzt.

An einem heißen Julinachmittag hatte sich ein Mann nach einem heftigen Streit mit seiner Noch-Ehefrau in der Wohnung verschanzt. Die Frau konnte zu den Nachbarn fliehen. Der Mann behielt die gemeinsame fünfjährige Tochter als Geisel und drohte, das Kind und dann sich selbst zu erschießen, falls die Frau nicht zu ihm zurückkehrte. Als sich herausstellte, dass er aus Ex-Jugoslawien stammte, wurde Prohaska angerufen, der versuchen sollte, den Mann zur Aufgabe zu überreden. Aber der wurde noch wütender und beschimpfte Prohaska als Verräter. Als nach zwei Stunden die Situation zu eskalieren drohte, stürmte die Polizei die Wohnung. Der Mann saß auf der Couch und hielt das Kind fest. Prohaskas Kollege forderte ihn auf, die Waffe fallen zu lassen, aber der Rasende schoss sofort. Der Kollege stürzte zu Boden und war auf der Stelle tot. Der Mann sprang auf, das Kind riss sich los und rannte zu Prohaska, der an der Tür stand. Er schob das Kind aus der Wohnung, fuhr herum und wollte hineingehen. Der Mann stand mitten im Zimmer mit der Waffe im Anschlag und zielte auf ihn. Sie schossen gleichzeitig. Der Mann kippte auf die Couch zurück. Prohaska hatte ihn am rechten Arm getroffen. Er selbst schlug mit dem Rücken gegen die Wand und sackte in sich zusammen. Weitere Polizisten stürmten herein, sprangen über ihn und fixierten den Mann. Jemand brachte das Kind zu seiner Mutter. Alle schrien durcheinander. Prohaska starrte stumm auf sein linkes Bein. Überall war Blut. Dann wurde er ohnmächtig und wachte erst nach der mehrstündigen Operation auf. Nach drei Wochen kam er in die Reha. Bei der Gerichtsverhandlung wurde er freigesprochen, weil ihm die Richter Notwehr zubilligten. Er bekam Depressionen und wurde schließlich frühpensioniert. Monate vergingen. Die Kollegen riefen nur noch selten an. Er hing zu Hause herum, wurde aufbrausend und grantig. Heidi kümmerte sich um alles, machte Überstunden und warf ihm schließlich vor, sich gehen zu lassen. Sie stritten, versöhnten sich halbherzig und schwiegen sich dann tagelang an. Ihre Tochter Anna begann nach dem BWL-Studium zu arbeiten und zog zu ihrem Freund. Als Prohaska endlich ohne Krücken gehen konnte, hatte er genug von der Tristesse. Er begann Spaziergänge zu machen oder fuhr mit dem Auto ziellos durch die Gegend und war bald jeden Tag unterwegs. Er erinnerte sich, dass er in seiner Jugend viel fotografiert hatte und nahm seine Kamera mit. Es schien, als würde alles wieder ins Lot kommen. Aber das Pech verfolgte ihn weiter. Eines Morgens fand er Heidi im Badezimmer auf dem Boden liegen. Sie war nicht mehr ansprechbar. Er versuchte sie zu reanimieren, rief den Notarzt an, aber der konnte nichts mehr für sie tun. Heidi hatte einen Schlaganfall erlitten und war tot.

Als er danach Ivo am Telefon erzählte, dass Heidi gestorben war, schlug dieser ihm vor, für eine Weile nach Rovinj zu kommen. Und als es Prohaska ein Vierteljahr nach Heidis Beerdigung nicht mehr zu Hause aushielt, stellte er einen Teil seiner Möbel in einem Lagerhaus unter, vermietete die Wohnung und fuhr nach Istrien. Was vorbei war, war vorbei, also keine Sentimentalitäten mehr, sagte er sich immer wieder. Es war Zeit, nach vorne zu schauen. Die ersten paar Tage wohnte er bei Ivo und Miranda. Über einen Makler fand er in Kloštar, einem winzigen Dorf unweit des Lim-Kanals ein altes Steinhaus mit einer Terrasse und einem großen Garten. Die ehemaligen Besitzer waren gestorben, ihre beiden Kinder hatten kein Geld und auch kein Interesse, es zu behalten. Der Preis war im Vergleich zu den Immobilienpreisen in Stuttgart eher ein Witz gewesen, allerdings musste Prohaska einiges in die Renovierung stecken. Aber auch diese Kosten hielten sich im Rahmen.

Als die Formalitäten um den Kauf erledigt waren, machte er sich an die Arbeit. Mit zwei Helfern, die Ivo ihm organisiert hatte, riss er die Wand zwischen den beiden Zimmern im Erdgeschoss ab und ließ eine Glasfront mit Schiebetür zur Terrasse einbauen. Dann legte er einen Natursteinboden, reparierte den Kamin und strich die Wände weiß. Nach der Renovierung holte er mit einem geliehenen Kleintransporter seine Möbel aus Stuttgart und richtete sich häuslich ein. Bei der Einweihungsparty erzählte ihm Ivo eher beiläufig von seinen Sorgen. Die technische Ausstattung des Fotogeschäfts war veraltet und auch der Verkaufsraum musste renoviert werden. Doch die Einnahmen und das Geld, das Miranda als Zimmermädchen in einem

Hotel während der Sommersaison dazu verdiente, reichten einfach nicht dafür aus. Und da Prohaska sich nicht vorstellen konnte, den Rest seines Lebens untätig herumzusitzen, bot er Ivo spontan an, ihm finanziell unter die Arme zu greifen. Ivo hatte Bedenken, dass ihre Freundschaft darunter leiden könnte, aber als Prohaska ihm vorschlug, als stiller Teilhaber und Fotograf bei ihm einzusteigen, stimmte Ivo schließlich zu. Und seit heute waren sie offiziell Geschäftspartner.

Prohaska hatte seine Entscheidung, nach Istrien zu ziehen, nie bereut und wollte die Ruhe, das nahe Meer, die reizvolle Landschaft und die mediterrane Küche einfach nicht mehr missen. Er hatte sein kleines Paradies gefunden, auch wenn die paradiesischen Momente in den Sommermonaten eher selten waren und Rovinj einem Ameisenhaufen glich. Prohaska bewunderte die Gelassenheit der Einheimischen, die den Trubel mit Freundlichkeit und Humor ertrugen. Aber er kannte auch ihre Melancholie, wenn im Herbst die Ruhe wieder einkehrte.

Als er die Kreuzung erreichte, von der es zur alten Landstraße hinunter zum Lim-Kanal ging, bog er ab. Er kannte die Strecke inzwischen sehr gut, fuhr aber wegen des Starkregens langsamer als sonst. Die Bäume am Straßenrand tauchten wie Spukgestalten auf und verschwanden wieder in der Dunkelheit. Am tiefsten Punkt des Tals, von dem eine Straße zu der Anlegestelle am Lim-Kanal führte, kam ihm ein Fahrzeug entgegen. Prohaska blendete ab und gab Gas, als es auf der anderen Seite bergauf ging. Nach einer scharfen Kurve war auf der linken Seite der große Parkplatz mit den Souvenirbuden und einer Aussichtsplattform zu erkennen. In ein paar Minuten würde er in Kloštar sein. Als er ein unbeleuchtetes Fahrzeug sah, das auf dem Parkplatz stand, fuhr er langsamer und bemerkte zwei Personen hinter dem Wagen. Ist wohl keine gute Idee, bei dem Wetter eine Pinkelpause zu machen, dachte er, doch dann wurde ihm plötzlich klar, dass etwas nicht stimmte. Er hatte richtig gesehen, da hatte ein Kerl auf einen anderen eingeschlagen.

Prohaska sprang auf die Bremse, brachte das Cabrio mit quietschenden Reifen zum Stehen, drückte auf den Knopf der Warnblinkanlage, griff ins Handschuhfach und schnappte sich die große Taschenlampe, knipste sie an, riss die Tür auf und rannte zurück.

»Stehen bleiben, Polizei!«, rief er und wunderte sich, wie leicht es ihm über die Lippen kam.

Der Angreifer ließ von seinem Opfer ab, fuhr herum, spurtete zu seinem Auto, ließ den Motor an und raste die Straße hinunter. Prohaska rannte zu dem Verletzten, der am Rand des Parkplatzes auf der Seite lag, und kniete sich neben ihm hin. Es war ein junger Mann. Aus seiner Nase floss Blut. Prohaska befühlte seine Halsschlagader. Der Mann zuckte zusammen und hob die Hände schützend vors Gesicht.

»Alles okay, er ist fort«, sagte Prohaska beruhigend und drehte die Taschenlampe zur Seite. »Kannst du aufstehen?«

»Ich glaub schon.«

»Gut, dann komm.« Prohaska half ihm auf die Beine und führte ihn zum Cabrio.

Der Mann setzte sich auf den Beifahrersitz, Prohaska schlug die Tür zu und eilte um den Wagen herum. Nachdem er sich hinter das Steuer gesetzt hatte, ließ er den Motor an und drehte die Heizung auf. Der Junge klapperte mit den Zähnen und zitterte.

»Am besten, ich bringe dich schnell in die Ambulanz.«

»Danke, nicht nötig. Es geht mir gleich wieder gut.«

»Na gut, dann fahre ich dich nach Hause? Wo wohnst du denn?«

»Dort drüben«, erwiderte der Verletzte und deutete mit der Hand über den Lim-Kanal. Dann kippte er einfach zur Seite.

»Das kann ja heiter werden«, murmelte Prohaska. Er richtete den Mann vorsichtig auf, gurtete ihn an und fuhr los.

Nach einer Minute kam der junge Mann wieder zu sich.

»Wohin fahren wir?«, fragte er stotternd.

»Zu mir nach Hause, du musst dich erst einmal aufwärmen.«

»Okay.«

Den Rest der kurzen Fahrt sprachen sie nicht. Als sie in Kloštar ankamen, fuhr Prohaska in den Hof, stellte den Wagen unter das Carport, und sie stiegen aus. Prohaska schloss die Haustür auf, machte im Flur Licht und führte den Mann ins Wohnzimmer.

»Nimm schon mal Platz, ich hole dir eine Decke.«

Der Mann setzte sich auf die Couch. Er zitterte heftig und lehnte sich nach vorne. Prohaska ging rasch ins Schlafzimmer und holte eine Wolldecke aus dem Schrank.

»Ist dir schwindlig oder übel?«, fragte er, als er zurückkam und den Verletzten zudecken wollte.

»Nein, nein, alles okay.«

»Leg dich lieber hin. Ich mache dir einen Tee.«

Der Verletzte streckte sich auf der Couch aus und zog die Decke bis zum Kinn hoch.

Prohaska eilte in die Küche und machte Kamillentee. Dann trug er die Kanne und zwei Tassen ins Wohnzimmer und stellte sie auf den Tisch. Der junge Mann hatte sich zusammengerollt und schien zu schlafen. Prohaska ließ sich in seinen Sessel fallen, zündete sich eine Zigarette an und betrachtete seinen ungebetenen Gast. Ein paar dunkle Locken klebten auf seiner Stirn, unter dem linken Auge hatte sich ein blauer Fleck gebildet, die Nase war geschwollen und die Unterlippe aufgeplatzt. Er atmete durch den leicht geöffneten Mund und hatte bestimmt Schmerzen. Aber er lebte, und das war das Wichtigste. Prohaska hatte in seiner langen Dienstzeit viel schlimmer zugerichtete Menschen gesehen. Er verscheuchte den Gedanken, schenkte den Tee ein und schob eine Tasse über den Tisch.

Der junge Mann blinzelte und hob den Kopf ein wenig vom Polster.

»Hier, trink, der Tee wird dir gut tun.«

»Danke. Wo bin ich?«

»In meinem Haus in Kloštar. Ich heiße Joe Prohaska. Und wer bist du?«

»Robert.«

»Und weiter?«

»Nichts weiter.«

»Okay.« Prohaska ließ es dabei bewenden. Es war ihm klar, dass der Junge misstrauisch war, er stand vermutlich noch unter Schock.

Prohaska nippte an seiner Tasse und stellte sie gleich wieder hin. Vor lauter Aufregung hatte er tatsächlich vergessen, dass er Kamillentee hasste.

Robert setzte sich auf, nahm seine Tasse und wärmte sich die Hände daran.

»Was war da vorhin eigentlich los?«

»Ich hab keinen blassen Schimmer. Ich war auf dem Heimweg.« Er pustete ein paar Mal in die Tasse und trank vorsichtig einen Schluck.

»Du warst zu Fuß unterwegs, bei dem Dreckwetter?«

»Nein, nein, mit meinem Mofa. Ich bin ganz langsam gefahren. Dann kam der Typ angerauscht, ich bin auf den Randstreifen ausgewichen, damit er mich nicht über den Haufen fährt. Für einen Moment dachte ich, es sei die Polizei. Dann sah ich den Parkplatz und wollte ihm Platz machen. Ich dachte, er würde vorbeifahren, aber da erwischte er mich mit der Stoßstange, ich kam ins Schleudern und stürzte. Dann kam er angerannt und ich Blödmann dachte, der kommt, um mir zu helfen. Von wegen. Der Mistkerl schlug sofort zu. Ich war so fassungslos, dass ich mich nicht einmal gewehrt habe. Und als ich das Messer in seiner Hand sah, dachte ich, jetzt wäre es aus. Dann sind Sie gekommen.«

Prohaska nickte. Zum Glück konnte sich Robert an alles erinnern. Eine Gehirnerschütterung hatte er nicht abgekriegt.

»Eine blöde Sache. Hattest du eigentlich einen Helm auf?«

Robert schüttelte verlegen den Kopf.

»Nein, nur meine Schildmütze, und die liegt da irgendwo im Dreck.«

»Kannst du den Mann beschreiben?«

»Wie denn? Es war ja stockdunkel.«

»Natürlich, vergiss die Frage. Ich hole dir etwas zum Umziehen.« Prohaska stand auf und fluchte innerlich. Ein stechender Schmerz fuhr ihm vom linken Unterschenkel bis in die Zehenspitzen. Robert schaute zu ihm auf.

»Es ist nichts«, sagte Prohaska und lächelte. Er atmete tief durch und humpelte ins Schlafzimmer. Als er sein Bett sah, hätte er sich am liebsten hingelegt, aber das musste jetzt warten. Er zog eine von seinen Jogginghosen und ein dickes Sweatshirt aus einer Schublade und ging zurück.

»Hier, das müsste dir passen. Deine nassen Klamotten hänge ich im Bad zum Trocknen auf.«

»Danke.«

»Und morgen solltest du den Überfall der Polizei melden.«
»Mit der will ich nichts zu tun haben!«
»Wer will das schon? Trotzdem solltest du es tun.«
»Ich komm auch so klar. Dieses Schwein schnappe ich mir irgendwann.«
»Na, dann viel Erfolg. Und bis dahin macht der Kerl einfach so weiter? Also, besonders klug finde ich das nicht.«
Robert sagte nichts. Er streifte seine Turnschuhe und Socken ab und stellte sie neben der Couch auf den Boden.
»Ich mache dir schnell einen Eisbeutel«, sagte Prohaska und ging in die Küche. Dann nahm er den Eiswürfelbehälter aus dem Gefrierfach, schüttete den Inhalt in eine Plastiktüte, zerschlug das Eis mit dem Fleischklopfer und verknotete den Beutel. Anschließend holte er das Verbandszeug, das er in einem Schuhkarton im Bad aufbewahrte, ging ins Wohnzimmer zurück und legte die Schachtel und den Eisbeutel auf den Tisch. Robert hatte inzwischen seine Windjacke, den Pullover und das T-Shirt ausgezogen und wollte gerade das Sweatshirt anziehen, als Prohaska die vielen rötlichen Spuren von den Schlägen und Tritten auf seinem Oberkörper sah.
»Warte, lass mich das mal anschauen.«
Robert senkte die Arme und legte das Sweatshirt auf den Schoß.
»Sind Sie Arzt?«
»Nein, aber ich kenne mich ein wenig damit aus.«
Prohaska tastete vorsichtig Roberts Brustkorb und den Rücken ab. Robert zuckte jedes Mal zusammen.
»Das wird dir ein paar Tage richtig wehtun, aber die Rippen sind wohl nicht gebrochen. Den Arm muss ich dir verbinden.«
»Dieses Schwein! Er hätte mich abgestochen, wenn Sie nicht gekommen wären.« Roberts Kinn zitterte, während er seinen linken Unterarm hochhielt, auf dessen Unterseite ein dünner, etwa zehn Zentimeter langer Schnitt klaffte.
»Keine Sorge, das sieht schlimmer aus, als es ist.«
Prohaska brachte fachmännisch den Verband an, desinfizierte die Schrammen auf Roberts Gesicht und klebte Pflaster darauf.
Robert nahm den Eisbeutel und drückte ihn vorsichtig auf sein Gesicht.

»Hey, wo ist meine Uhr?«

»Keine Ahnung, ich habe keine gesehen.«

»So ein Mist! Es war eine Rolex.« Robert knallte den Eisbeutel auf den Tisch und durchsuchte hektisch die Taschen seiner Jacke und der Jeans. »Mist, Mist, Mist! Mein Handy und der Geldbeutel mit allen Papieren – alles weg!« Er war den Tränen nahe.

Prohaska holte eine Flasche Grappa und füllte zwei Gläser.

»Der Typ war nicht nur schnell, sondern auch gründlich. Ich nehme an, er wollte sichergehen, dass man dich nicht identifizieren kann, falls man dich …«, Prohaska beendete den Satz nicht und reichte Robert ein Glas.

»Sie meinen, falls man meine Leiche gefunden hätte?«, fragte Robert tonlos.

Prohaska nickte und lächelte dann. »Aber du lebst, also, auf dein Wohl – živio!«

Sie stießen an und tranken auf Ex. Prohaska setzte sich wieder in seinen Sessel.

»Du hattest wirklich eine Rolex?«

»Ach, die war nicht echt, aber teuer war sie trotzdem. Ich hab sie von einem Kumpel, und der hatte sie von …« Robert winkte ab. »Aber das ist jetzt egal.«

»Lass nur, ich will es gar nicht wissen.«

*

Luca Aquila trank seinen doppelten Mokka und stellte die Tasse ins Spülbecken. Dann nahm er die Stofftasche vom Tisch, in die er eine Packung *Kraš*-Butterkekse und eine Flasche Mineralwasser hineingetan hatte und ging in den Flur, wo er seinen abgetragenen schwarzen Mantel anzog und die Kappe aufsetzte. Dann verließ er das Haus, schloss ab und blieb im Hof stehen. Es war kurz vor halb sieben, am Himmel verblassten die letzten Sterne und im Osten schimmerte die Morgenröte. Der Sturm war in der Nacht vorbeigerauscht, ohne in seinem Hof größere Schäden zu hinterlassen. Nur der verbeulte Blecheimer, der sonst unter der Handpumpe stand, lag ein paar Meter weiter im Gras. Das einstöckige Steinhaus, in dem Luca Aquila geboren wurde und sein ganzes Leben verbracht hatte, stand als letztes an der Dorfstraße. Dahinter erstreckten sich im Tal unzählige Olivenhaine, Äcker, Weinberge und Wälder. Auf der Bergkuppe, die hinter dem Dorf lag und nun allmählich aus dem Morgennebel auftauchte, waren die Umrisse der Stadtmauer von Grožnjan auszumachen. Das von den Venezianern im vierzehnten Jahrhundert gegründete Städtchen hatte wie ganz Istrien eine sehr wechselvolle Geschichte. Im Laufe der Zeit lebten dort allerdings immer weniger Menschen, und als nach dem Zweiten Weltkrieg Istrien an Jugoslawien fiel, war der Großteil der italienischstämmigen Bevölkerung entweder vertrieben oder tot, und Grožnjan wurde eine Geisterstadt. Luca Aquilas Familie blieb verschont, weil sein Vater und seine zwei älteren Brüder gegen das Naziregime bei den Partisanen gekämpft hatten. Erst als Anfang der Sechzigerjahre ein paar Kunststudenten aus Zagreb das Städtchen wieder entdeckten, kehrte Leben in die uralten Mauern zurück. Die damalige Regierung überließ den jungen Leuten die verfallenen Häuser zu einem symbolischen Preis, und die kamen während der Sommermonate, renovierten die verfallenen Häuser, blieben irgendwann schließlich da, eröffneten kleine Werkstätten und Galerien. Inzwischen war Grožnjan wegen seiner Sommerakademie für Musiker weit über die Grenzen bekannt.

Wie überall im armen Süden Europas wanderten auch in Istrien die jungen Leute in die Städte an der Küste oder gleich ins Ausland ab.

Auch Lucas Kinder, Julia und Maurizio waren seit vielen Jahren fort. Mauro, wie er von allen außer von Luca genannt wurde, hatte während seines Militärdienstes noch bei der jugoslawischen Volksarmee eine Ausbildung zum Koch gemacht. Nach dem Krieg in den Neunzigerjahren hatte er in Österreich und in der Schweiz in verschiedenen Hotels gearbeitet und war vor fünf Jahren nach Istrien zurückgekehrt. Die Ehe mit Adela blieb kinderlos, was Luca manchmal bedauerte. Die beiden waren geschäftstüchtig und betrieben in Rovinj, woher Adela stammte, das Restaurant *Tartufo bianco*.

Auf Julia war Luca besonders stolz. Sie war zehn und Maurizio sechs Jahre alt, als ihre Mutter Emilia in einer kalten Januarnacht an einer Lungenentzündung starb. Sie litten schwer an dem Verlust, aber das Leben musste weitergehen. Schon bald führte Julia Luca den Haushalt, half Maurizio bei den Hausaufgaben und arbeitete auf dem Feld mit. Sie schaffte das Gymnasium und studierte später Medizin in Zagreb. Danach begann sie im Krankenhaus in Rijeka zu arbeiten, wo sie ihren späteren Mann kennenlernte. Ihre Tochter Klara war inzwischen erwachsen und studierte ebenfalls Medizin.

Klara hatte Luca zum Sechzigsten ein Handy geschenkt, und er musste ihr versprechen, es stets bei sich zu tragen, für alle Fälle, wie sie mit besorgter Miene sagte. Schließlich sei sie vom Fach, und Männer in seinem Alter seien eben gefährdet. Luca hatte herzlich gelacht, fühlte er sich doch mit seinen dreiundsechzig Jahren nach wie vor stark wie ein istrischer Stier.

Bei dem Gedanken ans Handy klopfte er seine Hosentaschen ab, aber das Ding war nicht da. Er ging zurück ins Haus und fand es unter dem Kopfkissen. Als er wieder draußen war, überquerte er den Hof, stellte den Eimer unter die Pumpe, ließ die Hühner aus dem Stall und gab ihnen Futter. Dann ging er zum Schuppen, nahm den Strick vom Nagel an der Außenwand und schob den Riegel zurück. Die Holztür quietschte in ihren rostigen Angeln und fahles Tageslicht fiel in den niedrigen Raum. Der Geruch nach Kot und Urin stieg ihm in die Nase, aber das störte ihn nicht. In einer Ecke raschelte das Stroh. Aus einem Kessel, der auf einer aus Ziegelsteinen gemauerten Feuerstelle stand, goss er etwas von der Brühe aus gestampften Kartoffeln, Kürbisstücken und Maisschrot in einen Blecheimer.

»Buon giorno, na, hast du auch gut geschlafen? Komm, altes Mädchen, wir müssen los«, sagte Luca munter und klopfte ein paar Mal mit der flachen Hand gegen den Holzverschlag.

Das alte Mädchen hieß Aurora und war ein schwarzweiß geflecktes Hausschwein. Sie war fünf Jahre alt und das talentierteste Trüffelschwein, das Luca je besessen hatte. Sie schnaubte, erhob sich schwerfällig, immerhin brachte sie fast siebzig Kilo auf die Waage, und kam näher. Luca füllte den Trog, und Aurora schlabberte die Brühe mit großem Appetit weg. Als sie fertig war, öffnete Luca den Verschlag, band ihr einen dicken Strick um den Hals und führte sie in den Hof zum Anhänger. Aurora blieb davor stehen, grunzte und drückte ihre feuchte Schnauze in Lucas Hand.

»Ja, ja, ich weiß, es ist an der Zeit, aber dein Verehrer muss noch warten. Erst die Arbeit, dann das Vergnügen. Also los, steig schon ein.«

Aurora hatte ihren eigenen Kopf und wollte nicht gleich auf den Anhänger hinaufklettern, doch der frühe Morgen war nun mal die beste Zeit für die Trüffelsuche.

Als Luca eine halbe Stunde später auf dem Parkplatz am Waldrand hielt, war die Sonne aufgegangen. Aurora kletterte ohne Murren vom Anhänger. Der Waldpfad führte leicht bergan. Aurora blieb immer wieder kurz stehen, witterte, und wenn sie fündig wurde, wühlte sie aufgeregt in der Erde. Luca musste sie dann energisch zur Seite schieben und an einen Baum binden, damit sie den edlen Pilz nicht verschlang. Mit einem Handspaten grub er vorsichtig die Trüffel aus, verstaute sie in der Stofftasche und gab Aurora zur Belohnung ein paar Kekse. Der betörend scharfe Geruch, der ihr offensichtlich die Sinne raubte, kam nicht von einem Eber, den sie hier zu finden glaubte. Luca versprach ihr, sich bald um ihre hormonellen Bedürfnisse zu kümmern.

Sie streiften kreuz und quer durch den herbstlich bunten Wald. Luca horchte und blieb stehen, wenn er Hundegebell hörte. Sie waren nicht die einzigen Trüffeljäger, die an diesem Morgen im Wald von Motovun unterwegs waren. Er hütete sich, den Konkurrenten seine Fundstellen zu verraten und ermahnte Aurora, leise zu sein. Wenn er einen Pilz ausgegraben hatte, legte er etwas Erde und Laub über die Löcher, die sie gewühlt hatte. Das war für die Pilzkulturen sehr wichtig. Die Ausbeute war sehr gut, denn Aurora hatte auch eine seltene weiße Trüffel gefunden.

Als sie die große Lichtung erreichten, wo Luca eine Pause einzulegen pflegte, wenn er hier unterwegs war, war es fast elf. Er führte Aurora zu einer Eiche und wollte sie anbinden, doch sie riss sich los und trabte davon.

»Porca miseria, bleib stehen!«, rief er und rannte ihr hinterher.

Aurora schlug ein paar Haken und blieb auf der anderen Seite der Lichtung stehen. Mit der Schnauze stieß sie einen Ast beiseite, den der Sturm heruntergerissen hatte, und fing an zu wühlen.

Als Luca sie erreichte, packte er den Strick, ging in die Hocke und schob die Erde und Laub mit der kleinen Schaufel beiseite, die er in der Manteltasche trug.

»So ist gut, ja, such schön weiter, mein Schatz.«

Das Loch wurde immer breiter und tiefer. Luca wischte sich den Schweiß von der Stirn. Vielleicht würde er nun endlich den Weltrekord brechen, den der berühmte Trüffelkönig aus Livade aufgestellt hatte. Das wäre eine Sensation und Ruhm, Ehre und ein Haufen Geld wären ihm gewiss, überlegte Luca freudig, als er etwas unter seinen Fingern spürte. Vorsichtig zog er es heraus, doch bevor er sich das Ding ansehen konnte, schnappte Aurora danach. Luca schlug ihr auf den massigen Hals. Aurora drehte sich weg und schmatzte.

»Spuck es aus, subito!« Luca zog sie zu sich und riss ihr den Gegenstand aus dem Maul.

»Ach, das ist nur ein Stück altes Leder«, sagte er enttäuscht, als er sah, dass er eine verdreckte Geldbörse in der Hand hielt. Er wischte sie am Hosenbein ab und steckte sie in die Manteltasche.

Aurora zerrte an ihrem Strick und funkelte ihn mit ihren himmelblauen Schweinsaugen an.

»Schau nicht so, davon hättest du nur Bauchweh bekommen. Und du weißt, wie teuer der Tierarzt ist. Wenn du das noch einmal tust, ist es aus mit deinem Luxusleben. Ich verkaufe dich und du endest in der Wurstfabrik. Und dann besorge ich mir einen Hund. Das kannst du mir glauben.«

Aurora stupste ihn mit der Schnauze an und grunzte.

»Ja, jetzt willst du dich wohl einschmeicheln. Lass uns jetzt weitergehen.« Er nahm eine Handvoll Kekse aus der Tasche und hielt sie ihr hin. Aurora fraß sie auf und begann wieder in dem Loch zu wühlen. Es roch etwas seltsam, aber Aurora störte das nicht, im Gegenteil sie schnaubte und grunzte. Luca kniete sich neben ihr hin, und als Aurora erneut etwas herauszog, griff er danach und sprang dann erschrocken auf die Beine.

»Dio mio!« Er ließ das Ding fallen, als hätte er sich verbrannt und starrte auf das Loch zu seinen Füßen. Aus der Erde ragte eine behaarte und leicht verweste Hand heraus, an der nun wegen Auroras Gier der kleine Finger fehlte. Schwarzgelbe Totengräberkäfer huschten darüber hinweg und verkrochen sich im Laub.

*

Im Badezimmer roch es noch leicht nach frischer Wandfarbe. Blagić drehte den goldenen Wasserhahn zu, trocknete sich die Hände am weißen Handtuch ab und lächelte sein Spiegelbild an. Er war ein stattlicher Mann mit kurzen, graumelierten Haaren, breiter Stirn, einer geraden Nase, schmalen Lippen und kantigem Kinn. Das war nicht immer so gewesen. Nachdem er sich vor zehn Jahren in einer Spezialklinik unters Messer gelegt hatte, hätte ihn nicht einmal seine Mutter wieder erkannt, wenn sie damals noch am Leben gewesen wäre. Nur die hässliche rote Narbe an seiner rechten Hand war geblieben, aber die konnte er jederzeit im Handschuh verbergen. Der Blagoje Draković, der er einmal gewesen war, war kurz nach Kriegsende offiziell für tot erklärt worden. Dafür hatte er selbst gesorgt, als er für einige Zeit in einem Bergkloster in Montenegro untergetaucht war. Jetzt hieß er Drago Blagić, besaß zwei weitere Identitäten und dazugehörige Pässe, war Geschäftsführer einer Import-Export-Firma und ein reicher Mann. Mit welchen Waren er handelte, wussten nur seine engsten Mitarbeiter und Geschäftspartner. Er hatte einflussreiche Freunde in hohen Positionen und wusste die alten Seilschaften gut zu nutzen. Blagić mied die Öffentlichkeit, aber wenn er sich zeigte, zollten ihm die Männer Respekt, und die Frauen lagen ihm zu Füßen. Falls sie es nicht von allein taten, half er ein wenig nach, mit Geschenken, Geld oder ein paar Ohrfeigen, je nach Bedarf. Er liebte die Frauen. Diejenigen, die er in seinem Bett haben wollte, mussten jung sein, sehr jung. Am liebsten waren ihm die unerfahrenen und schüchternen, und von diesen gab es leider immer weniger, wie er fand. Er liebte ihren verängstigten Blick und genoss es, wenn sie winselten und weinten, wenn er sie nahm.

Blagić warf einen Blick auf seine teure Armbanduhr. Es war kurz vor neun und höchste Zeit, zu verschwinden. Er ging ins Wohnzimmer, das wie die anderen Räume der Wohnung in elegantem Weiß gehalten war, öffnete das Fenster einen Spalt und schaute nach unten. In der Švalba, die eigentlich Ulica Vladimira Švalbe hieß und als äußerste Gasse der Altstadt von Rovinj vom Stadtplatz zur Kirche hinauf führte, waren nur ein paar Passanten unterwegs. Ein Elektrofahrzeug der Stadtreinigung rollte vorbei, in der Wohnung im ersten Stock weinte ein Baby. Blagić schloss das Fenster, nahm die Schale mit Resten seines Früchtemüslis, das Glas Orangenmarmelade und die Mokkatasse vom Tisch und trug alles in die Küche. Er spülte und trocknete das Geschirr ab und räumte es in den Schrank.

Endlich surrte auf dem Tisch im Wohnzimmer sein Smartphone. Blagić meldete sich wie immer mit einem knappen »Wer ist dran«, obwohl er die Nummer auf dem Display kannte.

»Ich bin jetzt da«, sagte sein Fahrer Igor Busetta.

»Wird auch Zeit, ich komme gleich runter.«

Blagić drückte das Gespräch weg, steckte das Handy ein und schaute sich in der Wohnung um. Alles lag auf seinem gewohnten Platz. Er nahm den Rollkoffer, klemmte die Aktentasche unter den Arm, ging hinaus und schloss die Wohnungstür hinter sich ab.

Die schwarze Limousine mit verdunkelten Scheiben stand mit laufendem Motor vor dem Hauseingang. Als Blagić herauskam, stieg Igor Busetta aus, verstaute den Koffer im Kofferraum, hielt Blagić die hintere Tür auf und wartete, bis er eingestiegen war. Blagić setzte die Sonnenbrille auf und lehnte sich in den Sitz zurück. Busetta stieg ein und fuhr die Gasse hinunter. Als sie am Ende der Švalba ankamen, hielt Busetta an, um eine Gruppe Fußgänger vorbei zu lassen, die in Richtung Hauptplatz liefen.

»Wo wollen die alle hin?«, murmelte Busetta und schaute ihnen nach.

»Das interessiert mich nicht, fahr weiter, ich hab's eilig«, blaffte Blagić.

Busetta fuhr nach links und dann langsam zur Schranke, die die Zufahrt zur Altstadt versperrte. Ein Polizist stand daneben. Ein zweiter lehnte an einem Dienstmotorrad. Als Blagićs Limousine hielt, warf der Uniformierte einen Blick aufs Nummernschild, kam zur Fahrerseite und beugte sich vor.

»Die Papiere, bitte.«

»Aber die hab ich Ihnen schon vor zehn Minuten gezeigt, als ich reingefahren bin.«

Der Polizist lächelte schmal. »Na und?«

»Okay, okay, hier bitte.« Busetta zog seinen Führerschein und die Autopapiere aus der Brusttasche und gab sie dem Beamten.

Blagić reichte ihm von hinten seinen Personalausweis.

»Was ist da drüben los?«, fragte Busetta beiläufig.

»Die Piazza ist gesperrt.«

»Weshalb denn?«

»Keine Ahnung«, erwiderte der Beamte schmallippig. »Sie können weiterfahren.« Er gab die Dokumente zurück, winkte dem Mann im Wachhäuschen, und die Schranke hob sich.

»So ein Angeber«, sagte Busetta und fuhr zum Kreisverkehr vor der Fischfabrik. »Ich wollte nur wissen, was passiert ist, aber der tat so, als sei der Staatspräsident persönlich angekommen.«

Blagić beugte sich leicht vor.

»Was immer es ist, es interessiert mich nicht. Fahr einfach und quatsch keine Opern.«

»Jawohl, Chef, Entschuldigung.«

Blagić schloss genervt die Augen. Seine Geschäfte liefen endlich wieder gut, trotz des Verlustes, den er seinem Kompagnon zu verdanken hatte. Er hätte den Weichling viel früher schon in die Wüste schicken sollen. Wenn er nur daran dachte, stieg die Wut in ihm hoch. Manchmal wünschte er sich die alten Zeiten zurück, als es keiner gewagt hatte, seine Befehle zu missachten.

Als sie den Jachthafen erreichten, fuhr Busetta zur Kaimauer, und sie stiegen aus. Blagić nahm seine Aktentasche und ging zu der langen Mole. Busetta, der zwei Köpfe kleiner war als Blagić, rannte mit dem Rollkoffer hinterher.

Am Ende der Mole wartete das Schnellboot. Die Motoren brummten im Leerlauf. Ein braungebrannter Bursche nahm Blagić die Tasche ab und reichte ihm die Hand, damit er in das schaukelnde Boot einsteigen konnte.

»Guten Morgen, Tomo, na, alles klar?«, fragte Blagić und setzte sich auf die Bank am Heck.

»Guten Morgen, ja, alles klar.«

Busetta reichte Tomo den Koffer hinunter. Tomo legte ihn vor Blagićs Füßen ab, Busetta löste das Tau vom Poller und warf es Tomo zu.

»Ich melde mich, wenn ich zurück bin«, sagte Blagić zu Busetta. »Und vergiss nicht einzukaufen, der Kühlschrank ist fast leer.«

»In Ordnung, Chef, wird gemacht«, erwiderte Busetta und salutierte.

»Lass den Quatsch.«

Busetta rührte sich und lächelte breit.

»Jawohl, gute Reise!«

Tomo setzte sich hinter das Steuer, die Motoren heulten auf, der Bug hob sich leicht aus dem Wasser, und das Boot fuhr aus dem Jachthafen.«

*

Als Prohaska am nächsten Morgen aufwachte, war es bereits halb neun. Sein Rücken schmerzte, und über sein linkes Bein schienen Ameisenkolonnen zu krabbeln. Die Couch war leer. Prohaska stand auf und ging in die Küche. Im Bad lief die Dusche. Robert war so leise aufgestanden, dass er es gar nicht mitbekommen hatte. Der Junge war bestimmt harmlos, dennoch sollte er sich keine Unvorsichtigkeiten leisten. Vertrauen ist gut, Kontrolle besser, hatte sein Vater immer gesagt. Er schaltete das Radio ein und machte Kaffee. Als der fertig war, schenkte er sich eine Tasse ein, trank einen Schluck und öffnete die Tür, die von der Küche auf die Terrasse führte. Dann deckte er draußen den Tisch und rauchte erst einmal eine Zigarette. Ein schwarzweiß geflecktes Kätzchen kroch unter der Hecke durch und kam vorsichtig näher. Es war höchstens ein Jahr alt. Prohaska hatte es schon ein paar Mal in seinem Garten gesehen. Es schaute zu ihm auf und sprang auf einen Stuhl, als sei es das Selbstverständlichste auf der Welt.

»Du hast Hunger, stimmt's?«

Das Kätzchen schmiegte sich an seine Hand, schnurrte und begann sich zu putzen. Prohaska ging in die Küche, nahm eine Pfanne vom Haken, schnitt ein paar Speckstreifen in Stücke und briet sie an, bis sie knusprig waren. Nebenher schlug er ein halbes Dutzend Eier schaumig und goss sie darüber.

»Guten Morgen«, sagte Robert, als er aus dem Bad kam und im Türrahmen stehen blieb.

»Guten Morgen, hast du gut geschlafen?« Prohaska sah zu ihm rüber. Der Bluterguss unter Roberts Auge war auberginenblau.

»Tut mir leid, dass ich Ihnen solche Unannehmlichkeiten mache.«

»Ach was, komm nur, das Frühstück ist fertig. Wir essen draußen.« Prohaska nahm die Pfanne vom Herd und deutete auf die Kaffeekanne. »Bring den Kaffee mit, die Milch ist im Kühlschrank. »Und, wie geht es dir?«

»Nicht so besonders. Ich habe Kopfschmerzen.«

»Ist auch kein Wunder. Ich bringe dir ein Aspirin.«

»Danke.«

Prohaska holte eine Schmerztablette, löste sie in einem Glas Wasser auf, ging zurück und reichte es Robert.

Er trank das Glas leer und schaute zum Kätzchen, das sich auf dem Stuhl neben ihm zusammengerollt hatte.

»Süß. Gehört die Ihnen?«

»Nein, sie ist nur zu Besuch da.«

Das Kätzchen hob den Kopf und miaute.

»Und, hast du es dir inzwischen überlegt?«, fragte Prohaska, während er Milch in seine Untertasse goss und sie auf den Boden stellte. Dann nahm er etwas Rührei und legte es daneben. Das Kätzchen sprang hinunter und machte sich darüber her.

»Was überlegt?«

»Na, den Überfall anzuzeigen.«

»Was könnte die Polizei da schon ausrichten? Außerdem würde man mir nur blöde Fragen stellen.«

»Na und? Das muss so sein. Du kannst den Überfall nicht einfach auf sich beruhen lassen. Ich bin Augenzeuge und kann den Täter zumindest grob beschreiben. Er war ungefähr einsfünfundachtzig groß, trug eine dunkle Hose, Jacke mit Kapuze und Turnschuhe. Sein Wagen ist in Pula zugelassen …«

»Ach, das bringt doch nichts. Das Geld wäre mir noch egal, aber dass er meine Uhr und die Papiere geklaut hat, stinkt mir gewaltig.«

»Na also, allein deshalb musst du es melden.«

»Mal sehen«, sagte Robert und begann vorsichtig zu essen.

»Wie alt bist du eigentlich?«

»Nächstes Jahr im März werde ich sechsundzwanzig, wieso?«

»Ich habe eine fast gleichaltrige Tochter.«

»Ach so.«

»Ich muss nachher nach Rovinj fahren und kann dich mitnehmen. Wo sagtest du, wohnst du?«

»Ich wohne nicht in der Stadt.«

»Wo dann?«

»Etwa Fünf Kilometer außerhalb, in der Nähe von Montero, auf einer *Campagna*.«

Prohaska wusste, dass die Einheimischen so ihre Äcker und Felder außerhalb der Stadt nannten.

»Montero, das ist dieser Berg auf der anderen Seite des Lim-Kanals?«

»Genau, und da in der Nähe steht meine Villa.«

Prohaska lächelte. »Nobel, nobel, du wohnst in einer Villa?« Robert sah eigentlich nicht so aus, als wäre er ein Millionär.

»Nein, so weit habe ich es leider nicht gebracht. Meine Villa ist ein alter Wohnwagen, aber im Moment ist das okay. Ich bin mein eigener Herr, allerdings ohne Personal.« Er grinste schief. »Na ja, ich habe einen Stromgenerator, einen Minifernseher, ein paar Reihen Weinreben, einen Gemüsegarten und viel Platz drum herum. Aber leider kein fließendes Wasser für meine Haustiere. Das hole ich bei einem Nachbarn, er hat einen Brunnen. Und das Mineralwasser kaufe ich halt im Laden.«

»Und deine Familie?«

Robert legte die Gabel auf den Teller. »Meine Eltern sind vor Jahren gestorben«, sagte er leise. »Ich habe nur eine ältere Schwester, sie lebt in Zagreb. Meine Ex-Freundin ist vor einem Jahr zu einem anderen Typen gezogen. Sie erwartet ein Kind von ihm. Aber vielleicht wechseln wir lieber das Thema.«

Prohaska nickte. »Verstehe. Du sagtest, deine Schwester lebt in Zagreb. Dann bist du wohl auch nicht von hier?«

»Nein, ich stamme aus Slawonien, aus einem Dorf in der Nähe von Pakrac. Vater hat meine Schwester und mich kurz vor dem Ausbruch des Krieges zu Bekannten nach Rovinj gebracht. Als er zurückkehrte, wurde er verschleppt. Vor fünf Jahren wurde etwa zwanzig Kilometer von unserem Dorf ein Massengrab gefunden, in dem er und ein paar andere Männer verscharrt worden waren. Mutter bekam Monate später einen Karton mit seinen sterblichen Überresten. Sie hat das nie verwunden und bekam Krebs. Meine Schwester nahm sie zu sich nach Zagreb und pflegte sie bis zum Schluss. Na ja, kann man nichts machen. Und ich lebe seit meiner Kindheit hier.« Robert lächelte und hob die Schultern. »So ist das Leben.«

Prohaska nickte. »Dieser Krieg war so unnötig, das ist zumindest meine Meinung. Man hätte es damals auch anders lösen können. Und müssen.«

»Tja, aber was soll man machen?«

Eine Weile aßen sie schweigend.

»Und was bist du von Beruf?«, fragte Prohaska.

»Ich bin Maler, momentan arbeite ich auf einer Baustelle drüben in Vrsar. Ich war aber auch schon Gärtner, Holzfäller, Fischer und Stapelfahrer, na ja, ich mache im Grunde alles, was Geld bringt.«

»Krumme Sachen auch?«

»Nein, ich bin doch nicht blöd. Ich brauche keinen Stress und überhaupt …«, er verstummte, sprang auf und ging zur offenen Küchentür. Der Radiosprecher sagte gerade: »… wurde heute Morgen auf der Insel Katarina ein Mann erschossen. Wie die Polizei mitteilte, handelt sich um einen deutschen Journalisten. Das Motiv des Verbrechens liegt im Dunkeln. Die Polizei ermittelt in alle Richtungen und bittet die Bevölkerung um sachdienliche Hinweise.«

»Das gibt's doch nicht! So ein verfluchter Mist!«, rief Robert und hielt sich am Türrahmen fest.

»Hey, was ist los?«

Robert deutete mit der Hand zum Radio. »Haben Sie das gehört?«

»Sicher, aber warum regst du dich so auf?«

»Ich kenne den Mann.«

»Den Journalisten?«

»Ja, er heißt Erich Jäger. Wir waren für heute Abend verabredet. Und nun ist er tot. Ich kann es einfach nicht glauben.« Robert kam an den Tisch, setzte sich und stützte seinen Kopf auf die Hände. Er zitterte am ganzen Leib.

»Du musst das sofort der Polizei melden.«

Robert sah auf und schüttelte den Kopf.

»Das kann ich nicht.«

»Also, hör mal! Wieso denn nicht?«

»Mit dem, was ich weiß, gehe ich ganz sicher nicht zu denen.«

»Das wird ja immer interessanter.«

Robert sah Prohaska misstrauisch an.

»Und Sie stellen zu viele Fragen.«

»Mag schon sein.« Prohaska griff nach der Zigarettenschachtel, die auf dem Tisch lag, bot Robert eine Zigarette an, gab ihm Feuer und steckte sich auch eine an.

»Weshalb wolltest du diesen Jäger treffen?«

Robert nahm einen tiefen Zug und blies den Rauch von sich weg.

»Sie reden wie ein Polizist. Sind Sie etwa einer?«

»Nein, aber ich war mal einer. Das ist eine andere Geschichte.«

»Na, das hat mir jetzt echt gefehlt.«

»Hey, mach dir nicht gleich ins Hemd. Ich bin nicht mehr im Dienst.«

Robert rieb sich die Schläfen. »Und wo haben Sie gearbeitet?«

»In Deutschland. Und zu deiner Beruhigung, mit der hiesigen Polizei habe ich absolut nichts zu tun.«

»Einmal Bulle, immer Bulle, oder nicht? Was machen Sie jetzt?«

»Ich verbringe hier meinen wohl verdienten Lebensabend.«

»So alt sehen Sie gar nicht aus.«

Prohaska lächelte. »Herzlichen Dank, ich könnte immerhin dein Vater sein.«

»So hab ich das nicht gemeint.«

»Ja, weiß ich, kein Problem. Also, was war mit dem Journalisten?«

»Ach, das Ganze ist ziemlich kompliziert.«

»Das ist das Leben meistens«, erwiderte Prohaska und wollte hinzufügen, dass es Roberts Pflicht sei, zur Polizei zu gehen, aber in dem Moment ertönte aus dem Nachbarhaus laute klassische Musik. Da war wohl jemand über Nacht eingezogen.

»Okay, aber Sie dürfen bitte niemandem sagen, dass Sie es von mir haben. Sonst bin ich dran und Sie womöglich auch.«

»Keine Sorge, ich weiß, wann ich den Mund halten muss.«

»Es war vor zwei Monaten. Ich saß in einem Weinkeller, als mich dieser Jäger ansprach.«

»Auf Deutsch?«

»Nein, er kann, ich meine, er konnte ganz gut Kroatisch.«

»Und warum dich?«

»Keine Ahnung. Vielleicht hatte er mitbekommen, als ich einem Bekannten, der neben mir am Tresen stand, erzählt habe, dass ich gerade knapp bei Kasse bin. Jäger stand neben mir, sprach mich an, spendierte uns ein Glas Wein, und wir redeten über alles Mögliche. Irgendwann fragte er mich leise, ob wir uns an einen Tisch setzen könnten, weil er mich etwas fragen müsste. Wir setzten uns also, und er sagte, er sei auf der Suche nach einem Mann. Da sei er bei mir aber so was von an der falschen Adresse, hab ich geantwortet. Nein, nein, so habe er das nicht gemeint, er sei Journalist und schreibe ein Buch über den Balkan, zwanzig Jahre nach Kriegsende, über Kriegsverbrechen, Vertreibungen und all das. Ich sagte, dass mich das nicht so interessiert. Außerdem glaubte ich ihm nicht. Da könne ja jeder kommen und einem irgendwelchen Mist erzählen. Er zeigte mir dann seinen Presseausweis. Der sah echt aus. Jäger sagte, dass der Mann, den er unbedingt interviewen müsste, früher ein hohes Tier in der Armee war, ein General oder so was, und dass der sich hier in Istrien aufhält.«

»Woher wusste er das?«

»Keine Ahnung. Ich wollte damit nichts zu tun haben. Aber Jäger meinte, ich müsste nichts weiter machen, als mich ein wenig in der Stadt umhören, er selbst könnte das schlecht, weil er wieder zurück nach Deutschland müsse. Dann bot er mir Geld an und gab mir einen Hunderter als Vorschuss. Na ja, und weil ich wie gesagt ziemlich blank war, habe ich mich schließlich doch darauf eingelassen.«

»Verstehe. Wie hieß der Mann, den er gesucht hat?«

»Drago Blagić.«

»Nie gehört.«

»Ich auch nicht. Jäger zeigte mir einen alten Zeitungsausschnitt mit einem Foto von dem Typ. Er ist jetzt so um die Sechzig und trägt wohl oft Handschuhe.«

»Handschuhe? Auch im Sommer?«

»Vermutlich. Er hat angeblich eine Narbe an einer Hand, ich weiß nicht mehr an welcher. Jäger sagte, daran könnte ich ihn leicht erkennen. Ich kam mir vor wie in einem schlechten Spionagefilm.« Robert lachte säuerlich.

»Und wann hast du Blagić dann gesehen?«

»Vor genau zwei Tagen. Ich war gerade von der Arbeit nach Rovinj gekommen und wollte einkaufen gehen. Als ich am Nordhafen vorbeikam, stieg ein Mann von Bord des Katamarans, der aus Venedig angekommen war. Und er trug Handschuhe. Es war Blagić. Ich rief sofort Jäger an. Er kam gestern hier an, und heute Nachmittag wollten wir uns treffen. Tja, und nun ist er tot.«

Prohaska zündete sich eine weitere Zigarette an.

»Verstehen Sie jetzt, warum ich mit der Polizei nichts zu tun haben will?«

*

»Nein, die Zeit heilt keine Wunden. Wer das behauptet, lügt«, sagte Nora zu ihrem Spiegelbild, warf die Bürste in die Schublade und band ihre langen Haare mit einem Gummiband zusammen. Sie sah gut aus, aber was hieß das schon? Es war alles nur eine Fassade aus Schminke und Beherrschung. Niemand kannte ihren Schmerz, der sich tief in ihre Seele eingebrannt hat. Sie musste nicht im Kalender nachsehen, dass es auf den Tag genau zweiundzwanzig lange Jahre her war, dass sie alles verloren hatte – Kindheit, Geborgenheit, Hoffnung, Vertrauen, Verwandte, Schulfreundinnen, Lehrer, Nachbarn und so viele andere, die sie gekannt hatte. Und immer noch liefen einige der Mörder und Peiniger frei herum. Vor allem der eine, der ihr Leben zerstört hatte. Sie hatte die Hölle durchgemacht und fragte sich jeden Tag aufs Neue, wie sie es schaffte, nicht wahnsinnig zu werden. Die Vergangenheit erdrückte die Gegenwart, und an eine Zukunft glaubte sie nicht, jedenfalls bisher nicht. Aber das würde sich bald ändern. Trotzig reckte sie das Kinn vor und trug Make-up und Lippenstift auf. Dann ging sie ins Schlafzimmer, zog die weiße Bluse und das dunkelblaue Kostüm an, das auf dem Bett lag, schlüpfte in die Pumps, schnappte sich die Handtasche und verließ eilig die unaufgeräumte Wohnung. Sie war schon spät dran. Vielleicht würde sie am Abend Zeit und Lust haben, Ordnung zu machen. Sie lief die Gasse hinunter und bog in die Via Carera ein, die Einkaufsmeile, die ihren Namen dem Umstand verdankte, dass die Leute aus dem Hinterland früher ihre Wein- und Olivenfässer auf ihr zum Hafen rollten.

Als sie auf dem Hauptplatz ankam, sah sie die Menschenmenge an der Mole. Sie zwängte sich durch bis zum Fremdenverkehrsbüro unter dem Uhrturm. Ihre Kollegin stand in der Tür.

»Hallo Nora, stell dir vor, drüben auf Katarina wurde jemand erschossen. Angeblich ein Journalist aus Deutschland. Ich fasse es nicht!«

»Ja, ja, es kam vorhin im Radio.« Nora schlüpfte an ihr vorbei, ging um die hohe Theke und legte die Handtasche auf den Schreibtisch.

»Aber ist das nicht furchtbar?«

»Natürlich.« Nora nahm eine Tasse vom Büroschrank, stellte sie unter die Düse der Kaffeemaschine und drückte auf den Knopf. »Aber jetzt kann man daran nichts ändern, oder? Willst du auch einen?«

»Nein, mir dreht sich der Magen um, wenn ich nur daran denke. Das ist eine Katastrophe, auch für uns hier, findest du nicht auch?«

Nora wartete, dass der Espresso in die Tasse lief.

»Was hat das mit uns zu tun? Die Saison ist gelaufen. In ein paar Tagen kräht kein Hahn mehr danach.« Sie nahm die Tasse, tat Zucker hinein, rührte um und setzte sich an den Schreibtisch. »Diese Gaffer widern mich an. Es sterben täglich Menschen durch Menschenhand. Also, was liegt heute an?«

»Du hast echt Nerven, das muss ich schon sagen.«

Nora schaltete ihren Computer ein und lächelte.

»Stimmt genau.«

*

Aurora döste neben ihm im Schatten. Luca Aquilas Knie zitterten. Er saß vornüber gebeugt auf einem Baumstumpf am Rande der Lichtung und starrte zur Grube, in der der Tote lag.

Als er sich gefasst hatte, holte er das Handy aus der Tasche und tippte Maurizios Nummer ein. Seine Schwiegertochter Adela meldete sich hektisch wie immer.

»Hallo, ich bin's, bitte gib mir meinen Sohn, es ist dringend.«

»Papa, was ist denn? Ist was passiert? Du hörst dich so komisch an.«

»Es ist nichts, alles bestens. Nur der Papst hat mich gerade angerufen und um eine Audienz gebeten.«

»Der Papst? Dich? Wieso? Ich verstehe nicht.«

»Jetzt mach schon bitte.«

»Ja, ja, ich hole ihn.«

Eine lange Minute verging, bevor sich Maurizio meldete.

»Papa, was gibt es? Adela sagte etwas von einer Audienz beim Papst.«

»Ach, Unsinn! Hör zu, ich bin im Wald. Aurora hat etwas gefunden, du glaubst es nicht!«

»Sehr schön, dann bring es nachher mit.«

»Mitbringen? Das geht nicht.«

»Wieso?«

Luca schnaubte. »Na, weil es zu groß ist und überhaupt …«

»Aber das ist wunderbar, gratuliere! Jetzt kommst du endlich ins Guinnes-Buch?«

»Hör auf mit dem Quatsch. Setz dich lieber ins Auto und komm zu mir.«

»Papa, bring den Schatz heute Abend her, okay?«

»Was für einen Schatz?«

»Na, die Trüffel, die du da gefunden hast. Wie viel wiegt sie denn?«

»Maurizio, kapierst du gar nichts? Ich rede nicht von Trüffeln. Hier liegt eine Leiche. Aurora hat sie ausgebuddelt.«

»Du machst Witze, oder?«

»Es ist leider mein voller Ernst.«

»Und wer ist es?«

»Woher soll ich das wissen? Ich sehe nur eine Hand aus der Erde ragen.«

»Das ist ja entsetzlich. Hast du die Polizei verständigt?«

»Nein.«

»Und wieso nicht? Mach es sofort. Ich muss in die Küche. Bis später, Ciao Papa.«

Maurizio legte einfach auf.

Luca steckte das Handy ein, klopfte sich die Hose ab, band Aurora vom Baum los und ging zurück zum Auto.

Zu Hause angekommen, brachte er das Schwein in den Stall, wusch sich die Hände als wäre er ein Chirurg, säuberte die Pilze vorsichtig mit einem Pinsel, legte sie in eine Schale, deckte sie mit einem Tuch zu und stellte sie in die Speisekammer.

Anschließend kochte er sich zwei Handvoll *Fuži*-Nudeln. Diese istrische Nudelspezialität liebte er besonders. Früher machte sie seine Frau Emilia selbst, und auch er würde sie hinbekommen, doch wozu sich so viel Arbeit machen, wenn man die im Laden kaufen konnte. Als die Nudeln gar waren, legte er sie in einen Teller, träufelte Olivenöl darauf, rieb von einer schwarzen Trüffel einige Scheiben ab und setzte sich an den Küchentisch. Das Gericht schmeckte wunderbar wie immer, aber Luca aß es ohne Appetit.

Die Leiche im Wald ging ihm nicht aus dem Sinn. Wer hatte den armen Mann auf dem Gewissen? Oder war es vielleicht eine Frau gewesen? Nein, es war ein Mann. Die Hand war behaart und sehr kräftig gewesen. Wurde er dort oder woanders umgebracht? Luca hatte weder auf dem Parkplatz noch in der Nähe der Grube Spuren gesehen, die darauf gedeutet hätten, dass jemand den Toten dorthin gebracht hätte. Und falls es welche gegeben hat, hatte sie der Regen der letzten Nacht weggespült.

Luca schob den Teller weg, stand auf, ging in den Flur, wo sein Mantel an der Garderobe hing, und holte den Geldbeutel aus der Tasche, den er Aurora entrissen hatte. Er kehrte in die Küche zurück, setzte sich und betrachtete das Ding von allen Seiten. Ob er doch lieber Plastikhandschuhe anziehen sollte so wie die Ermittler in den Fernsehkrimis? Ach was, auf dem Ding befanden sich seine Fingerabdrücke ohnehin schon und Auroras vertrockneter Speichel und die Abdrücke ihrer Zähne waren auch zu erkennen. Er hatte sich nichts vorzuwerfen, außer dass er es mitgenommen hatte. Natürlich musste er die Polizei verständigen. Aber wo stand bitte geschrieben, dass er das auch sofort tun musste? Früher oder später würde ein Wanderer oder Trüffelsucher den Toten schon finden. Dann müsste er nichts damit zu tun haben. Und der Tote hatte es bestimmt auch nicht eilig. Andererseits, jetzt, da er um ihn wusste, wäre es pietätlos, ihn noch länger im Wald liegen zu lassen. Hätte er gewusst, dass Aurora ihn finden würde, wäre er bestimmt nicht zur Lichtung gegangen.

Luca wurde immer mürrischer. Mit einem Papiertaschentuch wischte er die vertrocknete Erde von der Geldbörse ab, öffnete mit der Messerspitze seines Taschenmessers den verrosteten Druckknopf und löste die verklebten Fächer vorsichtig voneinander. Das Ding roch nach Fäulnis. Von Dokumenten oder gar Geld keine Spur. So blöd war der Mörder ja nicht gewesen. Luca knallte den Geldbeutel auf den Tisch, stand auf und trug den Teller und Besteck in die Spüle. Sollte sich doch die Polizei damit befassen, dafür war sie schließlich da. Und seinem Herrn Sohn würde er davon einfach nichts sagen. Der hatte ohnehin nur seine Töpfe im Kopf.

Luca wickelte die Geldbörse in Plastikfolie und legte sie in die Schublade der Küchenkredenz. Dann holte er einen Lappen, und als er den Tisch abwischen wollte, hielt er plötzlich inne. Da, wo der Geldbeutel gerade gelegen hatte, glitzerte etwas. Es sah aus wie ein Glassplitter. Luca setzte seine Lesebrille auf, nahm ihn zwischen Daumen und Zeigefinger, ging zum Fenster und hielt ihn ans Licht. Der Kristall funkelte in allen Regenbogenfarben. Sekundenlang starrte er darauf und fluchte laut und unchristlich, als er begriff, was er da in der Hand hatte.

*

»Ein Wunder, dass dein Mofa noch da ist«, sagte Prohaska zu Robert, als sie das zerbeulte Gefährt eine Stunde später in den Anhänger hievten, den Prohaska bei einem Nachbarn geborgt hatte.

»Wahrscheinlich hat es nur niemand gesehen«, erwiderte Robert sichtlich erleichtert. Er hob seine noch etwas feuchte Mütze vom Boden auf, die neben dem Roller gelegen hatte und stopfte sie in die Jackentasche.

Sie stiegen ein und fuhren zu Roberts »Villa« am Montero. An einer Abzweigung bogen sie auf einen asphaltierten Feldweg, über dem die Bäume am Straßenrand einen schattigen Tunnel bildeten. Dann ging es etwa fünfzehn Minuten weiter über einen unbefestigten Schotterweg, der so schmal war, dass das Gestrüpp und die Zweige gegen die Windschutzscheibe schlugen. Prohaska fuhr im Schritttempo und musste alle paar Meter große Steinbrocken und Schlaglöcher passieren. Sein Wagen war zwar alt, aber sehr gepflegt. Schließlich war Prohaska mütterlicherseits ein gewissenhafter und ordnungsliebender Schwabe. Bei jedem Schlag der Äste gegen die weißen Flanken des Cabrios zuckte er leicht zusammen und hoffte, dass der Lack die Tortur unbeschadet überstehen würde, während Robert ab und zu besorgt zu ihm rüberschaute.

Links und rechts des Wegs erstreckten sich Äcker, Gemüsegärten, Olivenhaine und immer wieder Parzellen mit Weinreben. Dazwischen standen verwitterte und neuere Geräteschuppen, Wochenendhäuschen und ausrangierte Campinganhänger. Auf brachen Flächen wucherte hüfthohes Gras, ein paar Esel standen auf einer Koppel und neben zerfallenen Holzschuppen rosteten alte Autokarossen vor sich hin.

»Jetzt da vorne rechts«, sagte Robert, als sie zu einer weiteren Abzweigung kamen.

Prohaska fuhr auf einen noch schmaleren Weg und hielt nach etwa hundert Metern auf einer unebenen struppigen Wiese.

Sie stiegen aus. Robert deutete zum Waldrand auf der linken Seite des Feldes.

»Von da drüben führt ein sehr steiler Weg durch den Wald hinunter zum Lim-Kanal. Ich gehe manchmal zum Schwimmen hin.«

»Schön hier«, sagte Prohaska.

»Ja, das ist mein Paradies.«

Prohaska nickte. Er konnte sich nicht vorstellen, dass Robert wirklich so gern in dieser Wildnis lebte, wie er vorgab. Aber er sagte nichts.

Robert zeigte über die Äcker und Hecken auf mehrere Häuser, die etwa sechshundert Meter entfernt am Waldrand zu sehen waren.

»Bei den Nachbarn da hinten hole ich Wasser für meine Tiere. Sie haben einen Brunnen. Es sind alte Leute, Rentner aus Rovinj. Das große Haus daneben gehört einem ehemaligen Offizier. Er ist über achtzig, aber noch ziemlich rüstig, kommt täglich her, arbeitet im Garten oder auf dem Feld und fährt abends zurück. Wenn ich nicht dazu komme, bringt er mir Sachen aus dem Supermarkt mit. Im Sommer übernachtet er hier oft. Dann grillen wir und sitzen bis tief in die Nacht draußen, trinken ein paar Gläschen, und er erzählt von den alten Zeiten.«

»Du hast ihn gern, nicht wahr?«

»Na ja, er ist ein einsamer alter Mann, seit Jahren verwitwet. Seine Kinder und Enkel haben ihn vergessen, sagt er zumindest. Und ich habe niemanden hier. Aber bitte, setzten Sie sich doch.«

Sie gingen zum Wohnwagen, der im Schatten mehrerer hoher Bäume stand. Ein großer runder Tisch undefinierbarer Farbe und vier Klappstühle standen davor. Zwischen zwei hohen Kiefern war eine Hängematte gespannt. Der Wohnwagen war bis zu den Fenstern dunkelgrün, die Oberseite hellblau gestrichen. Auf die Tür waren große Sonnenblumen gemalt, über einer schwebte ein Schmetterling.

»Hübsch, hast du das selbst gemalt?«

»Ja, aber ich bin leider nicht so gut wie mein Großvater. Er war ein echter Naiver, richtig klasse. Er malte auf Pappe oder Sperrholzplatten, weil er kein Geld für Leinwand hatte, aber am liebsten hinter Glas oder auf Flaschen und Gläser. Ich habe ihm oft dabei zugeschaut.«

Prohaska nickte anerkennend.

»Ich hole uns etwas zum Trinken.« Robert schloss den Wohnwagen auf, ging hinein und holte eine Flasche Mineralwasser und zwei Gläser und stellte sie auf den Tisch. Von irgendwoher rannte plötzlich ein weißer Hund mit hellbraunen Schlappohren zu ihnen und sprang kläffend an Roberts Beinen hoch.

»Das ist meine Bella«, erklärte er Prohaska, der ihnen amüsiert zuschaute. Bella legte sich auf den Rücken, ließ sich am Bauch streicheln, sprang auf, kam zu Prohaska, beschnupperte seine Hand und lief zum Fressnapf.

Robert gab ihr Futter und Wasser und zeigte Prohaska seine zwei Katzen, die eng aneinander geschmiegt in der Hängematte dösten. Die rote hieß Bonnie und der Tiger Clyde. Außerdem hatte er noch fünf Hühner und eine Ziege.

»Du hast hier ganz schön zu tun mit deinen Tieren«, bemerkte Prohaska.

»Das ist nicht schlimm. Sie sind mir lieber als manche Menschen.«

Sie holten das verbeulte Mofa und stellten es hinter dem Wohnwagen ab.

»Hoffentlich ist nicht zu viel kaputt«, sagte Prohaska, als sie zu seinem Wagen gingen.

»Mal sehen, ein Kumpel von mir hat eine Autowerkstatt. Ich rufe ihn nachher gleich an.«

»Und wie? Du hast ja kein Handy mehr.«

»Ach, verdammt, das hatte ich total vergessen.«

Prohaska gab ihm sein Handy und Robert rief die Auskunft an und ließ sich die Telefonnummer der Werkstatt geben.

»Danke«, sagte er, nachdem er aufgelegt hatte.

»Kein Problem. Dann will ich mal weiter. Man sieht sich.«

*

Luca saß am Küchentisch und trank den dritten Kaffee, als Maurizio endlich zurückrief.

»Papa, ich kann nicht kommen.«

»Das hast du schon vor zwei Stunden gesagt.«

»Jetzt sei nicht gleich beleidigt.«

»Bin ich nicht.«

»Hast du die Nachrichten gehört?«

»Nein, ich habe mir etwas zum Essen gemacht und trinke gerade Kaffee. Was ist passiert?«

»Es gibt noch einen Toten.«

»Wo?«

»Auf Katarina. Da wurde heute ein Deutscher erschossen.«

»Sind wir denn schon so weit, dass auf Touristen geschossen wird?«

»Aber Papa!«

»Ist doch wahr. Zustände sind das. Aber red weiter.«

»Er soll ein bekannter Journalist sein. Hast du die Polizei angerufen?«

»Noch nicht.«

»Wieso nicht? Mach es bitte gleich.«

»Ich muss noch nachdenken.«

»Was gibt es da nachzudenken? Du musst anrufen.«

»Reg dich nicht auf. Ich weiß, was ich zu tun habe. Wir sehen uns dann heute Abend.«

»Du hast echt die Ruhe weg, aber bitte, mach wie du denkst.«

»Sowieso.«

»Ich weiß. Ciao, Papa.«

»Bis später.«

Luca unterbrach die Verbindung, trug die Kaffeetasse ins Wohnzimmer und stellte sie auf den Tisch. Dann legte er sich auf die Couch und schaltete den Fernseher an. Jetzt brauchte er erst einmal sein Mittagsschläfchen.

*

Die Nachricht vom Mord auf Katarina hatte sich wie ein Lauffeuer herumgesprochen, und so war es kurz vor Zwölf, als sich Prohaska in der Autoschlange bis zur Schranke des Parkplatzes am Nordhafen vorgekämpft hatte. Ein paar Minuten später stellte er den Wagen ab, stieg aus und ging an der Kaimauer entlang in die Altstadt. Das Herbstlicht verlieh den Fassaden den melancholischen Farbton vergilbter Ansichtkarten. Eine leichte Brise kräuselte die Wellen, Möwen folgten einem Fischerboot, das in den Hafen einfuhr. In der Luft hing der Kieferduft gemischt mit dem tranigen Geruch der nahen Fischfabrik. Ein Mann saß in einem Batana-Boot und flickte sein Fischernetz, auf einer Bank an der Uferpromenade häkelten drei ältere Frauen Spitzendeckchen und auf dem Platz vor dem Denkmal für gefallene Soldaten spielten ein paar Kinder Fußball.

Prohaska hatte es nicht eilig. Seitdem er hier lebte, erschienen ihm die Hektik und der Stress seines früheren Lebens als Kriminalbeamter unendlich fern und beinahe unwirklich. Er steckte sich eine Zigarette an, schlenderte über den Markt und kaufte Obst und Gemüse, Eier und ein Stück geräucherten istrischen Käse. Dann ging er zur Fischhalle, die sich gleich hinter den Marktständen befand.

Vor der Tür passte ihn eine alte Romafrau ab, die vom Stand zu Stand gegangen war. Sie zupfte ihn am Ärmel und lächelte.

»Hallo schener Mann, gib mir deine Hand, und ich sag dir die Zukunft voraus.«

»Danke, nicht nötig«, murmelte Prohaska und wollte an ihr vorbeigehen, aber sie nahm seine Linke, drehte die Handfläche nach oben und warf einen Blick darauf. Dann schnalzte sie mit der Zunge, schüttelte bedeutungsschwer den Kopf und schaute zu ihm hoch.

»Oh je, das sieht nicht gut aus. Dir steht so einiges bevor«, sagte sie im gurgelnden Singsang.

Prohaska zog die Hand weg. »Ach was! Darauf wäre ich nie gekommen.«

»Glaub mir, da gibt es jemanden, der dir Böses will. Überlege gut, wem du Vertrauen schenkst.«

»Das mach ich ohnehin, außerdem glaube ich nicht an diesen Quatsch.« Er nahm einen Zehner aus dem Geldbeutel und drückte ihn der Frau in die Hand.

Sie lächelte. »Vergelt's Gott.«

»Ja, ja, schon gut.«

»Fordere das Schicksal nicht heraus. Keiner kann ihm entrinnen, du auch nicht.«

»Ach, was weißt du schon?«

»Ich bin eine arme alte Frau, doch Gott weiß alles, sieht alles …«

»… und hört alles«, ergänzte Prohaska. »Und jetzt ist es gut. Lass mich in Frieden, ich muss weiter.«

Die Frau bedankte sich noch einmal, steckte das Geld in die Tasche ihres bunten Rockes und zog das Wolltuch enger um die Schultern.

»Es ist nicht so gut, wie du meinst. Eine Frau könnte dich außerdem bald in Schwierigkeiten bringen. Sieh dich also vor.«

Prohaska lachte. »Eine Frau? Ich kann ganz gut auf mich aufpassen.«

»Du wirst noch an meine Worte denken.«

Prohaska ließ sie stehen und betrat die Fischhalle. Er kannte eine Menge Leute, die an Übersinnliches glaubten, Horoskope lasen und sich von irgendwelchen Scharlatanen verunsichern ließen. Aber das brauchten sie wohl. Die Wissenschaft und Aufklärung hatten die Mystik aus ihrem Leben verdrängt, die Phantasie und Wunder hatten darin keinen Platz. Die Welt war nüchtern und erklärbar geworden. Das machte ihnen Angst. Aber er war ein Realist und glaubte nur das, was er sehen, schmecken, riechen und berühren konnte. Für ihn zählten die Logik, Fakten und stichhaltige Beweise. Er hielt inne.

Natürlich, der Überfall auf Robert war kein Zufall. Der Angreifer muss gewusst haben, dass sich Robert mit Erich Jäger treffen wollte.

Die Frage war nur, woher er das wusste und warum er ihr Treffen unter allen Umständen verhindern wollte.

Prohaska starrte sekundenlang auf die toten Fische, die in Metallschalen auf Eis auf dem Tresen lagen. Die rundliche Verkäuferin erkundigte sich zum zweiten Mal, welche und wie viel er kaufen wollte, aber er schüttelte nur verlegen den Kopf und ging eilig hinaus. Der Appetit war ihm plötzlich vergangen.

*

Nach einer halben Stunde legten sie an. Tomo sprang auf die Mole, vertäute das Boot, nahm Blagić den Koffer ab. Dann holte er einen Elektrobuggy aus einem unscheinbaren Holzschuppen am Waldsaum, Blagić stieg ein, und dann fuhren sie zu dem einzigen Haus, das sich auf der Insel befand und das vor fast vierzig Jahren für Titos Frau Jovanka erbaut wurde. Als sie davor hielten, nahm Blagić sein Gepäck herunter, schloss die Tür auf und ging in sein Arbeitszimmer. Währenddessen stellte Tomo den Buggy hinter dem Haus ab, trug die Lebensmittel hinein, die er in Rovinj eingekauft hatte und ging in die Küche, um das Mittagessen vorzubereiten.

Blagić warf seinen Mantel auf die Couch, zog den Laptop aus der Aktentasche und setzte sich an den Schreibtisch. Mit einem Brieföffner drückte er die Abdeckung des Laptops herunter und klappte sie auf. Dahinter befand sich das in eine schwarze Plastikfolie eingeschweißte flache Päckchen. Er riss es auf, nahm die Geldscheine heraus, sortierte sie zu einem Bündel und fuhr mit dem Daumen über die Kanten. Zweihunderttausend Euro in großen Scheinen, die er aus Venedig mitgebracht hatte. Achttausend waren für den Mann in Zagreb bestimmt. Der hatte zunächst für die vier Pässe fast das Doppelte verlangt, aber als Blagić ihm andeutete, mit welchen Konsequenzen er zu rechnen hätte, wenn er nicht spurte, war der Handel ohne weitere Diskussion mit einem Handschlag besiegelt gewesen. Normalerweise erledigten Blagićs Leute solche Geschäfte, aber da er jetzt ohnehin nach Zagreb musste, konnte er das genauso gut selbst machen. Er klappte die Abdeckung wieder zu, steckte den Laptop in der Tasche zurück und schloss das Geld in einem Extrafach des Schreibtisches ein.

*

Auf dem Platz gab es kaum noch ein Durchkommen. Die Menschen streckten ihre Hälse und fotografierten das Geschehen auf der Mole mit ihren Handys. Vier Männer in schwarzen Anzügen hievten den Metallsarg vom Polizeiboot an Land und trugen ihn zum Leichenwagen. Mehrere Polizisten forderten die Leute mit ausgebreiteten Armen auf, ihnen Platz zu machen.

Prohaska blieb vor dem Supermarkt stehen. Zwei Verkäuferinnen standen an der Eingangstür. Prohaska grüßte sie und ging hinein.

Als er nach ein paar Minuten alles, was er brauchte, in den Einkaufskorb gelegt hatte, ging er zur Kasse und legte es auf das Förderband.

»Ich kann einfach nicht glauben, dass so etwas hier bei uns passieren konnte. Es ist schrecklich«, sagte die Kassiererin, während sie seine Einkäufe über den Scanner schob.

»Ja, das ist es in der Tat«, erwiderte Prohaska und fingerte seine Geldbörse aus der Hosentasche.

Eine Frau hatte sich hinten angestellt. Prohaska schaute kurz über die Schulter, aber sie sah weg. Ihr Parfüm erinnerte ihn an Blüten, doch er hätte nicht sagen können, an welche. An Oleander vielleicht. Er hatte sie schon einmal irgendwo gesehen. Woher kannte er sie nur? Aus dem Augenwinkel bemerkte er, wie sie demonstrativ auf ihre Armbanduhr schaute. Da fiel bei ihm der Groschen. Es war die Angestellte aus dem Touristikbüro gegenüber. Die Kassiererin war fertig geworden und nannte ihm die Summe. Prohaska bezahlte und legte seine Waren in eine Plastiktüte. Als er den Korb auf den Stapel zurücklegte, schaute er zu der Frau rüber, die nun an der Kasse stand. Sie sah wirklich verdammt gut aus. Das dunkelblaue Kostüm betonte ihre Figur, ihre dunklen Haare hatte sie streng nach hinten gebunden, so dass er ihr Profil sehen konnte. Sie hatte offensichtlich seinen Blick gespürt und schaute kurz in seine Richtung.

Prohaska lächelte und ging hinaus, musste aber wegen des Andrangs stehen bleiben. Er stellte die zwei Plastiktaschen auf den Boden und zündete sich eine Zigarette an. Die Frau müsste gleich herauskommen. Vielleicht sollte er sie einfach ansprechen, überlegte er. Aber unter welchem Vorwand? Ach was, er brauchte keinen. Doch was, wenn sie an ihm vorbeiging, als wäre er unsichtbar? Sollte er ihr dann hinterherlaufen? Nein, das hatte er auch wieder nicht nötig. Was Frauen betraf, war er ganz aus der Übung gekommen. Wie lange war es eigentlich her, dass er mit einer ausgegangen war? Mehr als zwei Jahre? Unfassbar. Er war achtundvierzig Jahre alt und kerngesund, abgesehen von seinem Bein, das sich bei jedem Wetterwechsel wie ein Barometer bemerkbar machte. Er ließ die Kippe auf den Boden fallen und zerdrückte sie mit der Schuhspitze. Es hatte keinen Sinn, hier noch länger herumzustehen.

Gerade als er sich nach den Einkaufstüten bückte, schwang die Tür auf, Prohaska drehte sich um und stieß mit der Frau beinahe zusammen.

»Oh, bitte um Entschuldigung«, sagte er und ging zur Seite.

»Kein Problem«, erwiderte sie, nahm die Sonnenbrille aus dem Ausschnitt ihrer Bluse und setzte sie auf.

»Ach, hätten Sie eventuell kurz Zeit?«

Sie nahm die Brille wieder herunter und musterte ihn. »Eigentlich nicht, meine Pause ist gleich um.«

»Es dauert wirklich nicht lange. Ich hätte nur ein, zwei Fragen.« Prohaska streckte ihr immer noch lächelnd die Hand entgegen. »Ich bin Josef Prohaska, aber sagen Sie einfach Joe.«

»Nora.« Sie zog ihre Hand zurück und lächelte schmal.

»Sie sind doch dieser Polizist aus Deutschland?«

»Das hat sich wohl herumgesprochen?«

»Ja, natürlich.«

»Dann müssten Sie auch wissen, dass ich nicht mehr im Dienst bin.«

»Das habe ich gehört. Dann muss es Ihnen sterbenslangweilig sein.«

»Sie können Gedanken lesen. Genau darüber wollte ich mit Ihnen reden. Vielleicht bei einer Tasse Kaffee?« Prohaska deutete auf das Café *Piazza* vor dem Hotel *Adriatic*, das nur wenige Schritte von ihnen entfernt war.

»Na gut, aber wirklich nur ein paar Minuten.«

»Versprochen.«

Prohaska nahm seine Einkäufe, und sie gingen rüber. Die meisten Plätze unter den Markisen waren besetzt, aber sie fanden einen Zweiertisch mit Blick auf den Hafen. Sie setzten sich, Prohaska bot Nora eine Zigarette an und gab ihr Feuer. Dann zündete er sich auch eine an.

»Einen Kaffee oder lieber etwas anderes?«, fragte er.

»Einen doppelten Espresso, bitte.«

Prohaska winkte dem Kellner und bestellte zwei Tassen.

»Ganz schön was los hier«, sagte er und deutete auf die Leute auf dem Platz und im Café.

Nora hob die Schultern.

»Die Stadt hat ihr Gesprächsthema.«

»Tja, in dieser Hinsicht sind wir Menschen wohl überall gleich. Der Tod eines anderen erinnert uns an die eigene Sterblichkeit. Wir sind entsetzt und gleichzeitig heilfroh, dass nicht wir in einem Zinksarg abtransportiert werden.«

»Ich finde die Gaffer einfach widerlich.«

Prohaska nickte und betrachtete verstohlen den sanften Bogen ihrer Augenbrauen, die kleinen Sprenkel in ihren bernsteinbrauen Augen, die winzigen Lachfältchen, ihre vollen Lippen, den Schimmer in ihrem Haar und wie sie sich eine Strähne hinters Ohr strich. Er war wie verzaubert.

Nora zog an ihrer Zigarette und blies den Rauch weg.

»Der Mann ist tot, daran kann man nichts mehr ändern. Wir müssen alle eines Tages gehen.« Sie strich die Asche am Aschenbecher ab und wich Prohaskas Blick aus.

»Aber hoffentlich erst dann, wenn wir unser Leben gelebt haben. Ein Kapitalverbrechen wie Mord muss gesühnt werden und die Gesetze sind …«

»Wollten Sie mich deswegen sprechen?«, fiel sie ihm ins Wort.

»Nein, nein, es geht um etwas …« Prohaska brach mitten im Satz ab, weil der Kellner mit dem Kaffee erschien. Er stellte die Tassen ab, klemmte den Kassenbon unter den Aschenbecher und entfernte sich.

Nora drückte ihre Zigarette aus, trank einen winzigen Schluck und sah Prohaska in die Augen.

»Warum haben Sie eigentlich bei der Polizei aufgehört?«

Prohaska lehnte sich ein wenig zurück und schlug mit der Hand auf sein linkes Knie.

»Ich hatte einen Dienstunfall, bin jetzt quasi Rentner.«

»Und was machen Sie jetzt so?«

»Ich bin Fotograf. Das ist auch der Grund, weshalb ich mit Ihnen reden wollte. Seitdem ich hier lebe, habe ich viel fotografiert, Landschaftsaufnahmen aber auch Portraits. Ich möchte ein Buch über Istrien machen, und da dachte ich, ob es eventuell möglich wäre, ein paar Bilder bei Ihnen im Büro auszustellen.«

»Klingt interessant, aber Sie sollten sich vielleicht eher auf die Malerei verlegen. Rovinj ist doch eine Stadt der Maler.«

»Ich weiß, ich bin leider keiner. Vielleicht könnte ich Ihnen ein paar von meinen Aufnahmen zeigen, natürlich unverbindlich«, fügte er schnell hinzu und hoffte, dass sie sein Gerede nicht als plumpe Anmache deutete.

»Ich kann das nicht allein entscheiden. Wenn meine Vorgesetzten nichts dagegen haben, wäre es vielleicht möglich, allerdings erst im nächsten Frühjahr. Diese Saison ist ja praktisch vorbei.«

»Verstehe, vielen Dank. Es würde mich wirklich sehr freuen, wenn Sie eine halbe Stunde Zeit dafür hätten.«

»Versprechen kann ich es allerdings nicht«, sagte Nora im geschäftsmäßigen Ton. Sie trank ihren Espresso, winkte dem Kellner, zog dabei ihre Geldbörse aus der Tasche und stand auf.

»Oh, nein, bitte, Sie sind selbstverständlich mein Gast.« Prohaska erhob sich ebenfalls, zog eine Visitenkarte aus der Jackentasche und reichte sie ihr. »Rufen Sie mich an, wenn Sie sich erkundigt haben? Ich würde Sie dann gerne zum Essen einladen?«

»Danke für den Kaffee, ich melde mich.« Nora lächelte und ging eilig über den Platz.

Prohaska schaute ihr nach, bis sie im Büro verschwunden war. Dann legte er einen Geldschein unter den Aschenbecher, nahm seine Einkaufstaschen und ging langsam an der Uferpromenade entlang zur Carera.

*

Blagić saß auf der Couch und wartete, dass Tomo ihm den Mokka brachte. Der Junge machte sich wirklich gut. Er kümmerte sich um den Haushalt, kaufte ein, und vor allem kochte er wirklich hervorragend. Angeblich hatte er das von seiner Mutter gelernt. Was Blagić aber an ihm am besten gefiel, war seine Zurückhaltung.

Ein Zufall hatte sie zusammengebracht. Es war Anfang Juni in Zagreb gewesen. Blagić saß damals bei seinem alten Freund Mirko Grabar, um einige geschäftliche Dinge zu besprechen. Grabar war ein paar Jahre älter als Blagić und inzwischen in Pension. Seine um fünfzehn Jahre jüngere zweite Frau Viktoria betrieb eine Personalagentur, die auf die Vermittlung von Hausangestellten, Hostessen und Bodyguards spezialisiert war. Zu ihren Kunden gehörten Politiker, Banker und Geschäftsleute. Nach dem Essen erzählte Blagić von dem Haus auf der Insel und erwähnte, dass er einen Butler brauchte, der unbedingt einen Bootsführerschein besitzen sollte.

»Ich habe da jemanden für dich«, hatte Viktoria gesagt. »Er hat sich neulich erst bei mir vorgestellt. Die ganze Sache war irgendwie seltsam.«

»Wie meinst du das, seltsam? Ich will einen jungen loyalen, verschwiegenen und körperlich und geistig gesunden Mann, aber ganz sicher keinen seltsamen.«

Viktoria lachte. »Nein, nein, er ist fit und kerngesund, das kann ich dir versichern.« Sie warf ihrem Mann Mirko einen spöttischen Blick zu. »Es kam mir nur deshalb so seltsam vor, weil er, während wir sprachen, auf die Fotos auf meinem Schreibtisch starrte, vor allem auf das eine, auf dem ihr beide in Uniform zu sehen seid.«

»Du meinst diese Aufnahme von fünfundneunzig, auf der wir vor einem Panzer stehen?«, fragte Blagić frostig.

»Genau die. Er fragte, wer darauf zu sehen sei. Ich sagte, mein Mann und sein bester Freund und fragte, warum ihn das interessiere. Da erzählte er, dass seine Mutter ganz viele Zeitungsartikel von damals aufgehoben habe, und in einem sei dasselbe Foto gewesen.«

»Ja, wir waren berühmt, wie sich das für Helden und Verteidiger des Vaterlandes gehört«, warf Mirko Grabar ein. »Das waren noch Zeiten, nicht wahr, mein Alter?«

»Ja, ja, gewiss«, erwiderte Blagić genervt.

Mirko war normalerweise ein introvertierter Mensch, aber nach ein paar Gläsern wurde er laut und begann furchtbar anzugeben. Blagić hasste das.

»Du hast ja wohl eher zu den Maulhelden gehört«, bemerkte Viktoria bissig.

»Was erlaubst du dir? Ein bisschen mehr Respekt, wenn ich bitten darf. Du sitzt immerhin mit zwei Veteranen am Tisch und nicht mit irgendwelchen dahergelaufenen Strolchen.«

»Lass es gut sein«, blaffte Blagić im Befehlston.

Aber Grabar hörte nicht auf ihn.

»Außerdem kannst du da nicht mitreden, Verehrteste. Wir haben den Krieg nicht angefangen. Wir haben schlimme Zeiten durchgemacht, und hätten wir damals nicht gekäpft …«

Blagić hob die Hand, schaute von einem zum anderen, und Grabar verstummte.

Viktoria beugte sich vor und sah ihrem Mann ins Gesicht.

»Natürlich, ich kann nicht mitreden. Dieses Gerede kenne ich auswendig. Trotzdem weißt du auch, dass dieser Krieg unnötig war. Man hätte das damals anders lösen können. Das kommt dann heraus, wenn Größenwahnsinnige Politik machen und diejenigen, die es eigentlich hätten besser wissen müssen, ihnen nachlaufen. Aber leider ist es immer so, es hört nicht auf und ist einfach nur dumm.«

Mirkos Gesicht war rot vor Zorn. »Sei still! Was verstehst du schon von Politik? Gar nichts. Es gab leider Gottes viele zivile Opfer, aber da ist in jedem Krieg so und lässt sich nun einmal nicht ändern. Sprich also nicht über Dinge, von denen du nichts verstehst. Geht es dir jetzt schlecht? Immerhin leben wir in einem freien Land!«

»Hört endlich damit auf«, sagte Blagić ungeduldig.

Grabar nahm sein Glas und trank es auf Ex.

»Ich bin ja schon still.«

»Was vorbei ist, ist vorbei. Es ist müßig, darüber zu streiten«, sagte Blagić. Er hatte die Erinnerungen an den Krieg in der hintersten Schublade seiner Gehirnwindungen eingeschlossen und den Schlüssel weggeworfen. So einfach war das. Wozu daran rühren? Die Vergangenheit interessierte ihn nicht mehr.

»Was ist das also für ein Bursche, von dem du gesprochen hast?«

Viktoria atmete durch, strich sich eine tizianrote Haarsträhne aus dem Gesicht und stand auf.

»Einen Moment, ich hole meinen Laptop.« Sie ging in ihr Arbeitszimmer, und als sie zurückkehrte, schaltete sie das Gerät ein, und nachdem sie die Datei gefunden hatte, tippte sie mit dem Finger auf ein Formular in der Personaldatei.

»Schau, das ist er. Tomislav Varga, Kurzname Tomo, einundzwanzig Jahre alt, ledig, ein Meter fünfundachtzig groß, durchtrainiert, mittelblond, blaue Augen.«

Blagić las mit und betrachtete dabei das Passfoto, auf dem Tomislav Varga zu sehen war.

»Er sieht gut aus, nicht wahr?«

»Ja, aber ich will ihn nicht heiraten. Also weiter.«

»Sein Vater ist Lehrer, die Mutter Hausfrau, er hat keine Geschwister. Er hat eine Ausbildung zum Automechaniker abgeschlossen, besitzt einen Führerschein und auch einen Bootsführerschein, spricht Englisch und ein wenig Deutsch. Keine Vorstrafen, nach eigenen Angaben politisch uninteressiert, das hat er extra betont. Er hat eine Weile als Türsteher in einer Disko gearbeitet und wohnt zurzeit bei einem Bekannten hier in Zagreb.«

»Ist der Kerl schwul?«, fragte Mirko.

»Das glaube ich kaum, aber ich habe ihn auch nicht danach gefragt.«

»Hättest du aber tun sollen, du weißt, dass ich keine Schwuchteln unter unserem Personal haben will.«

»Du meinst, unter meinem Personal? Außerdem …«

»Ich will mir selbst ein Bild von ihm machen, und zwar gleich morgen, noch bevor ich zurückfahre.«

Viktoria hatte eine SMS an Tomislav Varga geschickt und ihn für den nächsten Vormittag in ihr Büro bestellt. Blagić kam ebenfalls und fand Tomo auf Anhieb sympathisch. Nach einem kurzen Gespräch waren sie sich einig. Blagić bot Tomo den doppelten Monatslohn an, wenn er auf den lästigen Papierkram verzichtete. Tomo war einverstanden, und mit einem Handschlag war der Vertrag besiegelt. Viktoria bekam von Blagić die Vermittlungsgebühr sofort und in bar. Er selbst brauchte keine Quittung, und schon am nächsten Morgen chauffierte ihn Tomo Varga nach Istrien.

»Bitte sehr«, sagte Tomo jetzt und stellte die Mokkatasse auf den Glastisch.

»Bring mir einen doppelten Whisky und die Zigarren.«

Als Tomo damit zurück war, wählte Blagić eine Robusto aus dem Humidor, schnitt sie ab und zündete sie an. Dann nahm er das Glas vom Tablett, das Tomo leicht vornüber gebeugt in der Hand hielt. »Danke, du kannst gehen.«

*

Prohaska betrat den Fotoladen und schloss die Tür, über der ein Messingglöckchen schepperte. Ivo stand hinter der Theke, und als er Prohaska hereinkommen sah, schob er den Ordner zur Seite, in dem er geblättert hatte und lächelte breit.

»Hallo Joe, wie geht's?«

»Danke, geht so«, erwiderte Prohaska und stellte seine Einkaufstaschen ab.

»Hast du mitgekriegt, was auf Katarina los war?«

»Klar, die ganze Stadt ist auf den Beinen.«

»Mensch, ich dachte, ich hör nicht richtig. Da erschießt ein gottverdammter Idiot den Mann beim Schwimmen, einfach so. Ich war vorhin auch auf dem Platz. Angeblich weiß man nichts über das Motiv, aber wenn du mich fragst, kann das nur ein politisch motivierter Mord gewesen sein.«

Prohaska nickte. »Kann sein, muss aber nicht.«

»Der Mann war Auslandskorrespondent beim *Spiegel*, sprach angeblich fließend Kroatisch und hat hier offensichtlich herumgeschnüffelt. Ich bin mal gespannt, wie lange unsere Polizei brauchen wird, bis sie den Mörder findet.«

»Das kann sehr schnell gehen, oder es dauert Jahre«, sagte Prohaska.

»Oder es wird vertuscht. Wenn du jetzt hier im Dienst wärst, könntest du ...«

»Das ist endgültig passé. Ich gehe lieber auf Fototour.«

»Arbeitest du immer noch an deinem Istrien-Buch?«

»Ja, und ich habe inzwischen auch eine Möglichkeit gefunden, wo ich meine Fotos ausstellen könnte.«

»Etwa im Museum?«

Prohaska lachte. »Nein, da sicher nicht.«

»Wo dann?«

»Unten im Touristikbüro.«

»Gute Idee. Und sobald wir den Laden renoviert haben, kannst du natürlich hier auch welche aufhängen. Aber wie kommst du aufs Touristikbüro?«

»Ich habe vorhin rein zufällig eine Frau getroffen, die dort arbeitet. Sie heißt Nora. Ich habe sie auf einen Kaffee eingeladen und sie einfach gefragt. Sie wird sich in der Verwaltung erkundigen, ob das geht, dann suche ich die schönsten Fotos aus, schieße noch ein paar neue und zeige sie ihr. Danach sehen wir weiter.«

Ivo grinste breit. »So, so, der berühmte Trick mit der Fotosammlung also? Und der klappt immer noch? Hätte ich nicht gedacht.«

Prohaska lehnte sich an die Theke. »Kennst du sie?«

»Nur vom Sehen. Aber ich an deiner Stelle würde die Finger von ihr lassen.«

»Wieso?«

»Weil so eine Frau bestimmt längst in festen Händen ist.«

»Und wer ist der Glückliche?«

»Woher soll ich das wissen?«

»Dann muss ich es eben herauskriegen.«

»Tu, was du nicht lassen kannst. Apropos, ich wollte mir gerade einen Kaffee machen. Du möchtest sicher auch einen.«

»Gerne, aber nimm den hier.« Prohaska holte ein Päckchen *Minas* aus der Einkaufstüte und legte es auf die Theke. Ivo wollte es nicht annehmen, aber Prohaska bestand darauf. Sie gingen in den kleinen, fensterlosen Nebenraum, in dem zwei Warenregale, eine Küchenzeile und ein Tischchen mit zwei Hockern standen. Als nach ein paar Minuten der Mokka fertig war, gingen sie mit ihren Tassen vor die Ladentür, um zu rauchen. Sie lehnten sich an die Wand und beobachteten die Passanten, die zum Hauptplatz gingen.

»Da kommen unsere zwei Belgraderinnen Dinka und Sonja. Sie wollen sich wohl auch nach dem Stand der Ermittlungen erkundigen«, sagte Ivo mit leichtem Spott, als aus einem Haus weiter oben zwei ältere Frauen herauskamen. Dinka, die kleinere, hatte sich in ein hellblaues Leinenkostüm mit knöchellangem Rock gequetscht. Ihre dünnen, rötlich gefärbten Haare waren wie zu einem Vogelnest hochgesteckt, die Augenlieder hinter der Brille passend zum Kostüm geschminkt. Weiße Lackschuhe und Handtasche vollendeten das Bild einer Dame aus den Sechzigerjahren. Sie hakte sich bei ihrer Freundin Sonja unter und versuchte mit ihr Schritt zu halten. Sonja musste früher eine Schönheit gewesen sein. Sie war schlank, beinahe hager und hatte ihre schwarzen Haare zu einem spanischen Knoten gebunden und trug einen schwarzen Rock mit weißer Seidenbluse. Im Gegensatz zu Dinka, die mit Schmuck behängt war, als ginge sie in die Oper, trug Sonja nur eine Perlenkette. Als sie an Prohaska und Ivo vorbeikamen, erwiderten sie ihren Gruß mit huldvollem Nicken.

»Man sagt, dass die beiden von ihren Zinsen leben können«, sagte Ivo.

»Wäre möglich, muss aber nicht sein. So manches hier ist mehr Schein als Sein.«

Die beiden Frauen gehörten zu der Gruppe von Künstlern und Intellektuellen, die in den Siebzigerjahren Rovinj zu ihrem Feriendomizil gemacht hatte. Dinka war Nachrichtensprecherin beim staatlichen Fernsehen gewesen und Sonja eine berühmte und inzwischen vergessene Balletttänzerin. Ihr Mann war ein Parteifunktionär gewesen und hatte während der Tito-Ära eine steile Karriere gemacht, die er Gerüchten zur Folge seiner Frau zu verdanken hatte. Man munkelte, sie habe mit dem Marschall eine Affäre gehabt. Ihr Mann war vor fast dreißig Jahren an einem Schlaganfall gestorben und hatte den Zerfall Jugoslawiens nicht mehr erlebt. Nach seinem Tod hängte Sonja ihre Ballettschuhe an den Nagel, kaufte eine große Wohnung in der Carera und nahm Dinka, die nie geheiratet hatte, bei sich auf.

Vom Hauptplatz her kam ein älterer Mann in Arbeitskluft die Gasse entlang. Auf einer Karre, die er hinter sich herzog, lagen dunkelrote Klappläden aus Holz und eine Leiter. Es war Nino, der Schreiner. Er war Ende Sechzig, hatte einen muskulösen Oberkörper, dichtes graues Haar und markante Gesichtszüge. Mit seinem Oberlippenbärtchen erinnerte er an Clarke Gable.

»Na, wie läuft das Geschäft?«, fragte Prohaska, als Nino bei ihnen stehen blieb.

»Schleppend, wie du siehst. Ich bin nicht mehr der Jüngste und habe auch nur zwei Hände.« Nino nahm die Zigarette, die hinter seinem Ohr steckte, und Joe gab ihm Feuer.

»Tässchen Kaffee?«, fragte Ivo.

»Danke, ein anderes Mal vielleicht. Ich muss erst die Fensterläden zu Nora Nurkić bringen.«

»Du meinst die Frau vom Touristikbüro?«, fragte Prohaska.

»Genau, ich war gerade bei ihr und wollte mir den Wohnungsschlüssel geben lassen, damit ich reinkann, aber das war ihr nicht recht. Also lade ich sie nur im Hauseingang ab.«

»Und sie wohnt hier in der Carera?«

»Nein, ein Stückchen weiter oben, in der Nähe des Busbahnhofs.«

»Kennst du sie näher?«

Nino schüttelte den Kopf. »Nein, sie ist sehr zurückhaltend. Aber das ist kein Wunder, man sagt, sie habe im Krieg ihre ganze Familie verloren. Sie hat mir übrigens neulich einen guten Auftrag vermittelt.«

»Aha?«

»Ein Bekannter von ihr hatte in der Švalba, nicht weit von meiner Werkstatt, eine Wohnung gekauft und renovieren lassen. Ich habe ihm die Türen und Fensterläden gezimmert.«

»Du weißt nicht zufällig, wer dieser Bekannte war?«, fragte Prohaska.

»Sie hat mir nicht seinen Namen gesagt. Ich habe ihr nur meinen Preis genannt, und als ich den Auftrag erledigt hatte, brachte mir ein Mann das Geld, und gut war's.«

»Es wird ein Bonze gewesen sein, der diskret bleiben wollte«, bemerkte Ivo.

»Darauf kannst du Gift nehmen«, sagte Nino. »Welcher normale Mensch kann sich heutzutage schon eine schicke Vierzimmerwohnung in der Altstadt leisten? Wenn das hier so weitergeht, wohnen da bald nur noch Ausländer so wie drüben in Venedig. Aber mir soll's recht sein. Leider muss ich nächstes Jahr mit meiner Werkstatt umziehen. Der Vermieter will da ein Lokal einrichten, und ich muss mich nach einem neuen Platz umsehen.«

»Wann war das, ich meine, wann hattest du diesen Auftrag?«, fragte Prohaska.

»Das war Ende Juli, Anfang August, wieso fragst du?«

»Ach, nur so.«

»Dann frag Ercole, den Maler, er hat damals mit Robinson die Malerarbeiten gemacht. So, ich muss weiter, die Arbeit macht sich nicht von allein. Ciao, ihr beiden, man sieht sich.« Nino nahm seine Karre und entfernte sich.

Prohaska und Ivo gingen in den Laden zurück.

»Wer ist denn Robinson?«, fragte Prohaska.

»Ein junger Bursche. Eigentlich heißt er Robert, aber die Leute nennen ihn Robinson, weil er irgendwo draußen auf einer Campagna lebt.«

»Dann kenne ich ihn.«

»Und woher?«

»Ich habe ihn heute Nacht am Lim-Kanal aus dem Graben gezogen.«

»Aus dem Graben? Hat er einen Unfall gehabt?«

»So etwas in der Art. Er war mit seinem Roller unterwegs. Ein Typ hat ihn von der Straße gedrängt, dann zusammengeschlagen und ausgeraubt.«

»Das ist ja übel!«

Prohaska erzählte den Rest. »Na ja, er wird in den nächsten Tagen zu Fuß gehen müssen«, sagte er.

»Warte, ich habe hinten im Hof ein altes Fahrrad stehen. Er kann es haben, bis sein Roller wieder läuft.«

»Okay, das wird ihn bestimmt freuen.«

Ivo holte aus einem Abstellraum im Innenhof das Fahrrad und wischte mit einem Lappen den Staub von Sitz und Rahmen. Prohaska schob es auf die Gasse hinaus und pumpte die Reifen auf. Dann klemmte er seine Einkaufstüten am Gepäckträger fest, verabschiedete sich und fuhr zum Parkplatz.

Gerade als er das Rad im Anhänger verstauen wollte, läutete sein Handy. Er fingerte das Handy aus der Hosentasche und meldete sich.

»Hey Joe, gut dass ich dich gleich erwische«, sagte eine Männerstimme mit eindeutig schwäbischem Akzent. Im Hintergrund waren Motorengeräusche zu hören. Prohaska brauchte ein paar Sekunden, bis er begriff, dass sein früherer Kollege Heinrich Schimmelpfennig dran war.

»Mensch, Heinrich, was für eine Überraschung. Wie geht's dir?«

»Danke, danke, gut. Und dir?«

»Auch gut. Ich plage mich mit einem alten Drahtesel herum, den ich gerade geholt habe.«

Schimmelpfennig lachte. »Seit wann fährst du Fahrrad? Oder bist du unter die Schrotthändler gegangen?«

»Nichts von beiden, ich will es nur transportieren.«

»Sag mal, wie ist denn das Wetter bei dir im Süden?«

»Schön.«

»Sehr gut, dann kriege ich ein wenig Sonne ab.«

»Fährst du in den Urlaub?«

»Nein, wir sind wegen des Mordfalls Erich Jäger unterwegs nach Rovinj. Du hast sicher davon gehört.«

»Natürlich.«

»Man hat uns offiziell davon unterrichtet, der Auftrag kam von ganz oben, und weil Jäger aus Stuttgart war, sind wir zuständig. Wir treffen uns morgen Vormittag mit den kroatischen Kollegen zum ersten Informationsaustausch.«

»Aha, und wer ist ›wir‹?«

»Birgit Neumann und ich.«

»Oh, dann seid ihr ja endlich ein Team?«

»Ja, du sagst es.«

»Braucht ihr ein Doppelzimmer?«

Schimmelpfennig lachte. »Nein, danke, es ist alles schon organisiert. Übrigens, Biggi hört mit, ich bin auf der Freisprechanlage.«

»Hallo Biggi, na, wie kommst klar mit Heinrich?«, fragte Prohaska.

»Hallo Joe, pass bloß auf, was du sagst!«, rief Birgit Neumann.

»Nichts für ungut, ihr wisst, wie ich es meine«, sagte Prohaska. »Wann kommt ihr denn an?«

»Laut Navi so gegen Mitternacht«, antwortete Schimmelpfennig.

»Gut, dann sehen wir uns bestimmt, bevor ihr wieder zurück müsst. Würde mich echt freuen.«

»Natürlich sehen wir uns, deswegen rufe ich dich auch an. Wir brauchen einen Dolmetscher.«

»Das ist sicher kein Problem, die Kollegen hier haben bestimmt welche.«

»Kann sein, aber mir wäre es viel lieber, wenn du das übernehmen würdest. Oder hast du keine Zeit?«

»Zeit habe ich genug, aber ich bin kein Profi und kann mir nicht vorstellen, dass die kroatischen Kollegen damit einverstanden wären.«

»Ach, das glaube ich nicht. Ich habe sie bereits schriftlich darüber informiert.«

Prohaska sagte nichts und starrte auf das Fahrrad.

»Okay, das wäre also abgemacht. Wir treffen uns morgen Vormittag um zehn direkt vor der Polizeistation in der Istarska. Bis dann.«

»Ja, bis dann«, erwiderte Prohaska.

Schimmelpfennig legte auf.

Na klasse, das auch noch. Er war doch kein Dolmetscher. Doch dann lächelte er, schnappte sich das Fahrrad und legte es in den Anhänger. Klar würde er es machen. So schwierig würde das auch nicht werden. Während seiner Dienstzeit hatte er oft mit Profidolmetschern aber auch mit Dilettanten zusammengearbeitet. Außerdem könnte er sehen, wie die Kollegen hier arbeiteten und würde ganz nebenbei den Stand der Ermittlungen im Fall Jäger erfahren.

*

Luca Aquila überlegte, ob er den Diamant in seiner Bank deponieren sollte, aber er entschied sich dagegen. Das wäre zu viel Aufwand gewesen und womöglich würde man ihn nach der Herkunft des Steins fragen. Er legte ihn in eine leere Streichholzschachtel, die er mit etwas Watte ausgelegt hatte, packte die Schachtel in eine Plastiktüte, verknotete sie und versteckte sie dann an einem Ort, wo niemand sie vermuten würde. Anschließend fuhr er nach Rovinj. Es war schon später Nachmittag, als er seinen Kastenwagen am hinteren Ende des Parkplatzes abstellte. Er nahm das Körbchen mit den Trüffeln vom Beifahrersitz, stieg aus, verschloss den Wagen und machte sich auf den Weg zu Maurizio.

Das *Tartufo bianco* war wie immer voll. Adela stand hinter dem Tresen, und als sie Luca hereinkommen sah, bedeutete sie ihm, sich an dem Tisch neben der Küchentür zu setzen. Luca warf seine Jacke über die Stuhllehne und stellte das Körbchen vor Adela auf den Tresen.

Sie hob das Tuch, mit dem die Pilze zugedeckt waren, bedankte sich und trug sie in die Küche.

Luca setzte sich an seinen Katzentisch und streckte die Beine aus. Sein Magen knurrte. Als Adela zurückkam und ihn fragte, was er essen möchte, bat er sie, ihm eine *Mineštra* mit Brot zu bringen und Maurizio zu sagen, dass er mit ihm reden will.

»Das hätte ich ihm selbst schon gesagt, aber er ist nicht da.«

»Und wo ist er?«

»Weiß ich doch nicht. Er ist vor zwei Stunden nach einem Telefonanruf weggefahren und noch nicht zurück.«

»Was für ein Anruf?«

Adela zuckte mit den Schultern. »Es war angeblich furchtbar wichtig.«

»Und wann kommt er?«

Auf Adelas Hals hatten sich kleine rote Flecken gebildet.

»Das hat mir dein Herr Sohn nicht gesagt. Er kommt und geht, wie es ihm passt, und ich muss zusehen, dass ich mit allem allein fertig werde. Deine Gemüsesuppe kommt gleich«, sagte sie, den Tränen nahe und eilte in der Küche.

Luca hätte zu gerne gewusst, was los war. Aber er hatte sich noch nie in Maurizios Ehe eingemischt, Gott behüte. Doch dass der Haussegen schief hing, war unübersehbar.

*

Als Prohaska eine halbe Stunde später vor Roberts Wohnwagen hielt, hupte er zweimal, aber es rührte sich nichts. Auch Bella, die kleine Hündin, ließ sich nicht blicken. Vielleicht war Robert doch noch zum Arzt gegangen und hatte sie zu den Nachbarn gebracht, überlegte Prohaska. Und da sein Mofa auch nicht da war, hatte Robert vermutlich jemanden gefunden, der es in die Werkstatt transportiert hat.

Prohaska stieg aus, holte das Fahrrad und stellte es neben dem Wohnwagen ab. Dann ging er ein paar Schritte über die Wiese und schaute zu den Häusern am Waldrand, aber auf die Entfernung konnte er niemanden entdecken. Warum … warum machte er sich überhaupt Sorgen? Robert konnte selbst auf sich aufpassen. Trotzdem hatte

Prohaska kein gutes Gefühl beim Gedanken, dass der Junge hier draußen lebte. Und jetzt hatte er nicht einmal ein Handy. Dabei fiel Prohaska ein, dass er vergessen hatte, Robert seine eigene Handynummer zu geben. Er ging zum Wagen, kritzelte sie auf ein Stück Papier, das er von der Brottüte abgerissen hatte, und klemmte es an die Fahrradglocke.

Es war fast dunkel, als er in Kloštar ankam. Er brachte den Anhänger zurück, verstaute die Einkäufe im Kühlschrank, aß eine Kleinigkeit und schenkte sich ein Glas Rotwein ein. Dann ging er auf die Terrasse, zog einen Korbsessel unter dem Tisch vor, setzte sich und legte die Beine auf den Sessel daneben, trank einen Schluck, steckte sich eine Zigarette an und entspannte sich endlich.

Aber die Ruhe währte nicht lange. Seine neuen Nachbarn standen offensichtlich auf klassische Musik. Das Stück, das herüberschallte, kannte er zwar, aber er kam nicht darauf, von wem es war. Ob das die ersten Anzeichen seines geistigen Verfalls waren? Früher hatte er ein Gedächtnis wie ein Elefant gehabt. Das behaupteten vor allem jene, die ihn nicht unbedingt leiden konnten. Und nun kam er nicht auf die einfachsten Dinge. Vielleicht lag es daran, dass er im Moment so beschäftigt war. Ja, das wird es sein. Er war aus der Übung, hatte es sich zu lange im Ruhemodus bequem gemacht. Es war an der Zeit, dass sich das änderte.

Prohaska schaute zum Nachbarhaus rüber. Unter der Pergola stand eine Frau, aber in dem Zwielicht konnte er ihr Gesicht nicht erkennen. Sie lehnte an einem Pfosten und rauchte. Na, wenigstens würde sie sich nicht über seine Qualmerei beschweren, wenn der Wind mal ungünstig stand. Vielleicht sollte er rübergehen und sich vorstellen, überlegte er. Aber die Frau hatte ihn bereits bemerkt und sagte mit unverkennbar österreichischem Akzent.

»Guten Abend, Herr Nachbar.«

»Ah, hallo, guten Abend«, erwiderte Prohaska, stand auf und ging zu der Hecke, die die beiden Grundstücke voneinander trennte. Soweit er in dem Licht, das aus ihrem Wohnzimmer auf die Terrasse fiel, sehen konnte, war sie hübsch. Sie trug Jeans, Turnschuhe und ein dunkles T-Shirt. Über der Stirn hatte sie ein Tuch zusammengeknotet, unter dem rötliche Locken hervorquollen.

»Hallo, ich bin Joe Prohaska. Freut mich, Sie kennenzulernen.«

Sie streifte die gelben Plastikhandschuhe ab und streckte ihm die Hand entgegen.

»Angenehm, Schön.«

»Schön?«, fragte er verdutzt. »Ja, stimmt.«

Sie lachte schallend. »Nein, nein, das ist mein Name. Martha Schön.«

»Oh, Entschuldigung«, beeilte er sich zu sagen. Er baute also tatsächlich ab.

»Ach, machen Sie sich nichts daraus, so reagieren die meisten Leute. Ich bin übrigens aus Wien.«

»Oh, eine sehr schöne Stadt«, sagte Prohaska höflich.

»Das ist wahr, aber nur, wenn man da nicht leben muss. Hier gefällt es mir viel besser. Allein diese Ruhe, die Landschaft und natürlich das Meer. Da geht einem das Herz erst richtig auf.«

»Ja, hier lässt es sich gut aushalten.« Seine Smalltalk-Floskeln waren beinahe ausgeschöpft und so entstand eine kleine Pause, in der beide nur lächelten. Prohaska deutete auf das alte Haus, in dem Martha nun zu wohnen gedachte.

»Ich habe gar nicht gewusst, dass man es als Ferienhaus mieten kann.«

»Kann man normalerweise auch nicht, aber ich habe Bekannte, und die wiederum kennen den Sohn der Leute, die hier früher gelebt haben.«

Prohaska nickte.

»Sie sind auch nicht von hier, habe ich gehört«, sagte sie.

»Stimmt, ich bin in Deutschland aufgewachsen.«

»Und Sie sind Fotograf?«

»Auch richtig.«

»Und Sie waren früher bei der Polizei.«

»Sie sind gut informiert.«

»Ach, das haben mir die beiden alten Leutchen von da drüben erzählt, als ich mich heute Vormittag bei ihnen vorgestellt habe.« Martha zeigte auf das Nachbarhaus nebenan.

Dann spricht sie wohl Kroatisch, überlegte Prohaska, wollte aber jetzt nicht darauf eingehen. Im Hintergrund steuerte das Symphonieorchester auf den Höhepunkt zu.

»Ein schönes Stück«, bemerkte er.

»Der Sommer.«

Prohaska schaute verständnislos.

»Von Vivaldi, *Die vier Jahreszeiten.*«

»Ach ja, jetzt, wo Sie es sagen, fällt es mir wieder ein. Und was machen Sie beruflich, wenn ich fragen darf?«

»Ich schreibe.«

»Klingt sehr interessant, etwa Liebesromane?«

»Das mache ich irgendwann, aber in meinen Krimis kommt die Liebe auch ab und zu vor.«

»Sie schreiben Krimis? Interessant«, sagte Prohaska und lächelte. Es würde wahrscheinlich nicht lange dauern, bis sie ihn um ein paar Insiderinformationen bittet.

Aber Martha verschränkte die Hände vor der Brust und fragte herausfordernd.

»Sie haben doch hoffentlich nichts dagegen?«

»Aber nein, gar nicht. Ich lese manchmal auch welche, nur habe ich bisher noch keine Krimiautorin persönlich getroffen.«

»Na, dann kennen Sie jetzt mich. Aber reden wir nicht von mir. Was machen Sie, wenn Sie nicht gerade fotografieren?«

»Nichts.«

»Auch eine Möglichkeit, schön, la dolce vita, beneidenswert.«

»Ich gebe mir die größte Mühe.«

»Sie sind ein Glückspilz. Ich mache irgendetwas falsch, habe ständig zu tun. Im Moment bin ich zum Beispiel am Staubwischen und Kisten ausräumen.«

Prohaska verstand den Wink.

»Tja, dann will ich mal wieder rübergehen. Es war sehr nett, Sie kennenzulernen. Schönen Abend noch.«

»Danke, ebenfalls.«

Er ging um die Hecke herum. »Man sieht sich.«

»Das hoffe ich.«

Als er auf seiner Terrasse war, sagte Martha:

»Es ist ein Glücksfall, dass wir nun Nachbarn sind.«

Prohaska drehte sich um und lächelte in sich hinein. Jetzt kommt die Frage, ob er mal aus dem Nähkästchen plaudern könnte. Aber Martha sagte nichts weiter.

»Find' ich auch«, erwiderte er schließlich.

»Wissen Sie, ich bin aus einem bestimmten Grund hier.«

»So?«

»Ja, ich bin auf der Suche nach jemandem, der sich im Raum Rovinj aufhalten soll. Und ich überlege gerade, ob Sie mir vielleicht dabei behilflich sein könnten, selbstverständlich gegen ein entsprechendes Honorar.«

»Oh, ich weiß nicht«, erwiderte er zögernd. »Ich bin kein Privatdetektiv. Sie sollten sich lieber an die hiesige Polizei wenden.«

»Das weiß ich, aber dürfte ich Ihnen trotzdem davon erzählen?«

»Wann immer Sie wollen.«

»Danke, Joe, und Gute Nacht.«

»Gute Nacht, Martha.« Prohaska ging ins Haus und schloss die Terrassentür. Nach wem sie wohl hier suchte, überlegte er, bevor er eine halbe Stunde später in einen tiefen, traumlosen Schlaf sank.

*

Nach dem Essen ging Blagić in sein Arbeitszimmer und schloss die Tür. Er setzte sich an den Schreibtisch und schrieb dem Mann in Zagreb eine SMS, dass er ihn am nächsten Morgen um neun Uhr erwarten solle. Anschließend blätterte er die Zeitungen durch, die Tomo besorgt hatte, legte sich danach auf die Couch und verschlief den ganzen Nachmittag.

Um halb sieben servierte ihm Tomo zum Abendessen gegrillten Fisch mit Gemüse und Sepiareis. Dazu trank Blagić eine halbe Flasche *Malvazija*, und als er fertig gegessen hatte, räumte Tomo den Tisch ab und verschwand wieder in der Küche. Blagić schaltete den Fernseher ein und zappte sich durch die TV-Programme.

»Hey, Tomo, Bring mir bitte einen doppelten Espresso«, rief er über die Schulter weg. In den Abendnachrichten kam ein kurzer Bericht über den Mord auf der Insel Katarina. Das also war der Grund gewesen für den Menschenauflauf heute Morgen. Das Opfer, ein deutscher Journalist, war angeblich ein Balkanexperte. Noch so ein Experte, murmelte Blagić verärgert und schaltete den Kasten aus. Was konnte schon einer aus dem Westen über den Balkan wissen?

Ein Experte. Wenn er das schon hörte! Balkan. Als sei das eine politisch und gesellschaftlich homogene Region, als könnte man alles und jeden vom Balkan über einen Kamm scheren. Lächerlich. Die Probleme der so genannten Balkanländer konnten doch nur jene wirklich beurteilen, die hier lebten und die die historischen Tatsachen und Zusammenhänge auch kannten. Alles andere waren in seinen Augen nichts als Vorurteile, billige Meinungsmache, Propaganda, und sonst nichts. Und die Polizei tappte natürlich Dunkeln.

Blagić nahm die Zigarre, die in einem tellergroßen Aschenbecher lag, zündete sie an und lehnte sich träge zurück. Ach, was ging ihn das Ganze überhaupt an? Er musste sich um seine eigenen Angelegenheiten kümmern. Auf dem Couchtisch begann sein Smartphone zu scheppern. Blagić blies eine dicke Rauchwolke zur Decke, schaute aufs Display und meldete sich.

»Igor, was gibt's?«

»Ein paar Neuigkeiten, Chef.«

»Lass hören.«

»Die Nora hat einen neuen Verehrer.«

»Na und? Das interessiert mich nicht.«

»Sollte es aber. Sagt Ihnen der Name Josef Prohaska etwas?«

»Nein.«

Tomo kam leise aus der Küche und stellte die Mokkatasse auf den Tisch. Blagić nickte ihm zu und wartete, bis er aus seinem Blickfeld verschwunden war.

»Prohaska ist ein Freund von Ivo Horvat.«

»Kenne ich auch nicht.«

»Er hat einen Fotoladen in der Carera.«

»Der Prohaska?«

»Nein, der Horvat.«

»Igor, was soll das? Komm endlich zur Sache.«

»Ja, ja, also, nachdem Sie weggefahren sind, habe ich den Wagen in die Garage gebracht, bin dann runter zum Hafen und hab mir den Zirkus an der Mole angeschaut. Und dann, es war so gegen Mittag, sehe ich Nora. Sie geht in den Supermarkt, und kaum ist sie drin, kommt dieser Prohaska aus dem Laden, stellt sich vor die Tür und raucht eine Zigarette. Ein paar Minuten später kommt sie heraus, sie unterhalten sich und gehen dann ins Café *Piazza* im *Adriatic*, trinken

Kaffee und sitzen da etwa zwanzig Minuten. Danach geht Nora zurück ins Büro.«

»Und was soll ich mit so einer Information anfangen?«

»Ja, ich weiß, das ist nicht viel, aber ich war noch nicht fertig. Der Typ ist nämlich nicht ohne.«

»Ohne was?«

»Er war bei der Polizei.«

Blagić sprang auf, als wäre neben ihm eine Granate explodiert. Dabei stieß er mit dem Knie gegen den Couchtisch, die Tasse kippte um und der Kaffee ergoss sich auf den Teppich.

»Verdammt, warum war er bei der Polizei?«

»Nein, nicht bei uns. Er war früher bei der Polizei in Deutschland, bei der Kripo.«

»So ein verfluchter Mist!«, brüllte Blagić und rieb sich das Knie. »Und das sagst du mir erst jetzt? – Tomo, komm schnell her und wisch diese Sauerei weg!«

»Chef, ist alles in Ordnung? Was ist?«

»Gar nichts, ich habe nur meinen Kaffee verschüttet. Sprich weiter.«

»Prohaska ist angeblich nicht mehr im Dienst.«

»Mit anderen Worten, du weißt nichts über ihn. Er könnte doch ein Spitzel sein. Personenbeschreibung?«, blaffte Blagić und humpelte auf die Terrasse, damit Tomo, der mit einem Lappen kam, den Kaffeefleck entfernen konnte.

»Okay. Er ist Mitte oder Ende vierzig, cirka einsfünfundachtzig groß, athletische Statur, graumeliertes Haar, Dreitagebart, braune Augen. Ein Frauentyp. Nora hat er jedenfalls gefallen, das war nicht zu übersehen. Ich habe ein paar Fotos von den beiden gemacht. Soll ich Sie Ihnen schicken?«

»Ja, mach das.« Blagić zog an seiner Robusto, bis sie glühte. »Und worüber haben sie geredet?«

»Keine Ahnung. Ich war zu weit weg, um es mitzubekommen, aber ich nehme an über die Sache auf Katarina. Jedenfalls schauten sie immer wieder zu der Insel. Bevor Nora ging, hat Prohaska ihr seine Visitenkarte gegeben. Danach ist er zu Ivo Horvat in den Laden. Etwa eine Stunde später ist er auf einem alten Fahrrad zum Parkplatz gefahren.«

»Er fährt Fahrrad? Ist er ein Grüner?«

»Das glaube ich nicht. Er hat ein cremeweißes Mercedes-Cabrio, eine alte Kiste, aber gut in Schuss. Auf dem Parkplatz hat er telefoniert. Danach hat er das Fahrrad auf den Anhänger geladen und ist weggefahren.«

»Wohin?«

»Nach Hause vermutlich.«

»Und wo ist das?«

»Keine Ahnung.«

»Dann finde es heraus. Ich will wissen, ob sie sich treffen und vor allem warum. Sobald ich zurück bin, will ich Nora sehen, hier auf der Insel. Sie schuldet mir noch eine Erklärung wegen Davor. Wie du weißt, hat mich der Kerl bestohlen und betrogen und ist dann einfach verschwunden. Und sie weiß sicher, wo er ist. Also, ich wünsche deinen Rapport, wenn ich zurück bin. Haben wir uns verstanden?«

»Jawohl, Chef, natürlich Chef, wird erledigt.«

»Gut.«

Blagić unterbrach die Verbindung, atmete durch, um sich zu beruhigen und starrte eine Weile in die Nacht. Er war müde und verärgert. Was immer zwischen Nora und diesem Prohaska lief, musste bis übermorgen warten.

Vom Westen her zogen Wolken auf. Blagić fröstelte, ging ins Haus und schloss die Terrassentür ab. Tomo war offensichtlich zu Bett gegangen. Einen Moment lang war Blagić versucht, ihm eine gute Nacht zu wünschen, doch dann ließ er den Gedanken fallen. Der Junge war sein Angestellter, weiter nichts. Zu viel Vertraulichkeit würde er womöglich falsch auffassen. Blagić legte die Zigarre in den Aschenbecher, löschte alle Lichter und ging ins Bad.

Aber Tomo schlief nicht, im Gegenteil, er saß auf seinem Bett mit dem Rücken an die Wand gelehnt und war hellwach. Das Fenster seines Zimmers, das seitlich zur Terrasse lag, war die ganze Zeit offen gestanden, und so hatte er Blagićs Telefonat gehört. Blagić kannte Nora, aber er hatte keine Ahnung, wer sie wirklich war. Und sie hatte Kontakt mit diesem Ex-Polizisten aufgenommen.

Die Sache gefiel ihm nicht.

Und der Typ, der für Jäger herumgeschnüffelt und ihm den Tipp gegeben hatte, ist ihm durch die Lappen gegangen, nur weil ein Idiot genau in dem Moment vorbeigefahren war und sich eingemischt hat. Also musste er seinen Plan ändern. Es war ihm nichts anderes übrig geblieben, als Jäger ganz auszuschalten, statt ihm nur Angst einzujagen. Tomo hoffte, dass der Bursche wenigstens für eine Weile den Mund hielt.

»Tja, du hättest dir jemand anders aussuchen sollen, anstatt deine Nase in unsere Angelegenheiten zu stecken«, flüsterte Tomo. Jetzt musste er überlegen, wie er es anstellen sollte, Nora zu treffen, ohne dass sie sofort Verdacht schöpfte. Er würde mit ihr reden. Und danach würde er sich diesen Prohaska vorknöpfen und ihn notfalls aus dem Weg räumen. Niemand würde sich ihm in den Weg stellen. Nie wieder!

Tomo rutschte vom Bett herunter, öffnete die Tür und horchte. Blagić schnarchte in seinem Schlafzimmer. Tomo schlich in den Putzraum hinter der Küche, holte seinen Rucksack aus einem Schrank, ging zurück, setzte sich aufs Bett und nahm die Waffe heraus. Dann breitete er ein Handtuch auf dem Bett aus und legte sie darauf. Seine Hände zitterten, aber das war eine ganz normale Reaktion, schließlich hatte er zum ersten Mal getötet. Aber es war ihm verdammt noch mal nichts übrig geblieben. Es wollte doch nur herausbekommen, was Jäger gegen Drago Blagić in der Hand gehabt hatte. Blöderweise war Jägers Laptop bei der Polizei und da heranzukommen, war unmöglich.

Tomo zündete sich eine Zigarette an, nahm die Waffe auseinander, reinigte sie sorgfältig und setzte sie erneut zusammen. Dann verstaute er sie in der Innentasche des Rucksacks und schob ihn unter sein Bett.

ZWEI

Donnerstag,
12. September

Luca Aquila war seit dem frühen Morgen auf den Beinen. Nachdem er Aurora und die Hühner gefüttert hatte, werkelte er bis zum Mittag in Haus und Garten und hatte genug Zeit zum Nachdenken.

Was Robinson wohl zugestoßen war? Luca hatte ihn gestern Abend in Maurizios Lokal gesehen, und Robinson erzählte ihm etwas von einem Unfall mit seinem Mofa. Aber die Blutergüsse und Schrammen, die er unter der Schildmütze zu verbergen versuchte und der Verband am Arm sprachen Bände. Wahrscheinlich war der Junge in eine Schlägerei geraten, und es war ihm peinlich, darüber zu reden. Luca hätte gern mehr darüber gewusst, aber Robinson war einsilbig und interessierte sich mehr für das Gespräch am Nebentisch.

Luca ging in die Küche, aß etwas Brot und Käse, und nachdem er sich einen Kaffee gemacht hatte, nahm er sein Handy und rief Maurizio an.

Adela war dran.

»Hallo Schwiegertochter, ich bin's, ist Maurizio jetzt da?«

»Ja, einen Moment, ich hole ihn.«

Kurz darauf meldete sich Maurizio.

»Sag mal, wo warst du gestern?«

»Tut mir leid, Papa.«

»Du hättest mich wenigstens zurückrufen oder mir eine SMS schreiben können.«

»Es gab da ein paar Probleme, aber darüber kann ich jetzt nicht so gut reden.«

»Was denn für Probleme?«

»Warte, ich rufe dich gleich zurück«, flüsterte Maurizio und trennte die Verbindung.

Luca trommelte mit den Fingern auf den Tisch und fixierte das Telefon. Als es läutete, nahm er schnell ab.

»Hallo Papa, ich bin kurz rausgegangen. Also, ich habe mich gestern vor dem Grenzübergang mit einem Italiener getroffen. Er hat

Trüffeln bei mir gekauft. Blöderweise hat er sie nicht verzollt und wurde erwischt. Die Pilze wurden beschlagnahmt und er hat eine Anzeige am Hals.«

»Logisch.«

»Ja, schon, blöd nur, dass er schon eine Weile observiert wurde. Ich war zwar nicht sein einziger Lieferant, aber es kann durchaus sein, das sie mich jetzt auch im Visier haben.«

»Wieso?«

»Na, weil ich ihm weder eine Rechnung noch eine Quittung ausgestellt habe.«

»Das darf doch nicht wahr sein! Ich serviere dir die Trüffel auf dem Tablett und du lässt dich mit irgendwelchen Schmugglern ein. Habe ich dich nicht immer gewarnt? Ich kapier das nicht. Du bist doch kein Grünschnabel mehr, oder? Porco dio!«

»Ich weiß, ich weiß, du hast ja vollkommen recht, aber ich brauche das Geld.«

»Was denn, noch mehr? Dein Laden läuft doch wie geschmiert.«

»Papa, hör zu, ich muss dir jetzt etwas sagen, aber bitte, reg dich nicht auf, ja, bitte, bleib ganz ruhig, okay?«

»Ich bin die Ruhe selbst«, schnaubte Luca.

»Vielleicht solltest du dich lieber erst setzen.«

»Ich sitze.«

»Also, es ist Folgendes: Du bist wieder Großvater geworden.«

»Aber Adela war gar nicht schwanger, ich habe sie gestern erst gesehen.«

»Ach, Papa, es geht doch nicht um sie.«

»Na wunderbar! Ich verstehe. Das also auch noch. Ein Bastard, und das in unserer Familie. War das wirklich nötig? Wer ist die Mutter? Kenne ich die Dame?«

»Nein. Sie heißt Suzana und lebt in Dragonja, nicht weit von der slowenischen Grenze.«

»Ich weiß selbst, wo Dragonja liegt. Wie lange geht die Affäre schon.«

»Fast zwei Jahre. Ich habe einige Male in der Pension ihrer Eltern übernachtet, und da ist es dann passiert.«

»Passiert, passiert! Hast du noch nie von Verhütung gehört?«

»Papa, jetzt ist es nun mal so. Ich kann es nicht rückgängig machen. Und sie liebt mich und ich liebe sie auch.«

»Sehr schön.«

»Deinen Sarkasmus kannst du dir sparen. Meinst du, dass mir das alles egal ist?«

Luca seufzte. »Bene. Es ist jetzt wie es ist. Was ist es nun, ein Junge oder ein Mädchen?«

»Ein Junge.«

»Und wie alt ist er?«, fragte Luca etwas versöhnlicher.

»Morgen werden es drei Wochen. Er heißt übrigens Marko wie dein Vater.«

»Na, dann gratuliere ich herzlich. Dio mio, ein Junge.«

Maurizio schwieg.

»Hättest du es mir nicht früher erzählen können? Mich zumindest darauf vorbereiten?«

»Wollte ich ja, aber ich hab mich nicht getraut. Es ist alles so furchtbar kompliziert. Ich weiß nicht, wo mir der Kopf steht. Und jetzt auch noch diese blöde Sache mit den Trüffeln.«

»Schon gut, jetzt weiß ich es. Hauptsache, das Kind ist wohlauf und gesund, und die Mutter hoffentlich auch. Krieg ich ihn auch irgendwann zu sehen?«, fragte Luca nun doch gerührt.

»Ja, sicher, ich weiß nur nicht, wie ich das Adela beibringen soll.«

»Ach, da fällt dir schon etwas ein. Ich jedenfalls halte mich da raus.«

Nachdem Maurizio aufgelegt hatte, ging Luca hinaus und in den Schuppen. Aurora lag auf ihrem Strohlager und schnarchte. Er schüttete etwas Kraftfutter in ihren Trog, sie sprang auf die Beine, kam näher und begann zu fressen. Luca lehnte sich an den Holzverschlag und schaute ihr dabei zu.

»Stell dir vor, ich bin wieder Großvater geworden. Es ist ein Junge und heißt Marko. Na, was sagst du dazu?«

Er kraulte sie zwischen den Ohren und Aurora schaute hoch, drückte ihre Schnauze in seine Hand und blinzelte treuherzig. Luca wischte sich eine Träne weg. »Ja, du hast recht. Es ist, wie es ist.«

*

Kurz nach sieben Uhr wälzte sich Prohaska aus dem Bett, ging in die Küche und machte sich eine Kanne Kaffee. Draußen regnete es. Er setzte sich an den Küchentisch, schaltete den Laptop an und verbrachte eine Stunde damit, die Fotos auszusuchen und ein wenig zu bearbeiten, die er Nora zeigen wollte. Danach kopierte er sie auf einen Stick und ging ins Bad. Nachdem er geduscht hatte und angezogen war, ging er mit einer Tasse Kaffee auf die Terrasse. Bei Martha rührte sich noch nichts. Sie war entweder eine Langschläferin oder schon irgendwo unterwegs. Als er ins Haus gehen wollte, schlüpfte das schwarzweiße Kätzchen durch die Hecke, rannte zu ihm und strich ihm um die Beine.

»Komm rein, du bist ja total nass.« Er ging in die Küche, das Kätzchen folgte ihm und setzte sich erwartungsvoll neben den Kühlschrank, während er etwas Milch in der Mikrowelle aufwärmte. Er stellte die Schale auf den Boden, das Kätzchen schnupperte daran und sah zu ihm hoch.

»Soso, du magst wohl keine Milch. Okay, mal sehen, ob ich etwas anderes für dich habe.« Er öffnete den Kühlschrank, nahm Käse und Schinken heraus, schnitt ein paar Stückchen davon ab und legte sie auf einen Teller. Das Kätzchen verschlang den Schinken, probierte von dem Käse und miaute. Prohaska strich ihr übers Fell, dann machte er Rührei und stellte es dem Tier hin, aber es kostete nur davon.

»Du bist echt wählerisch«, sagte Prohaska. »Wie wär's dann mit etwas Fisch?« Er öffnete eine kleine Dose Ölsardinen und servierte sie auf einem Teller. Das schien genau das Richtige zu sein. Während die Katze ihr Frühstück aß, goss Prohaska Wasser in eine Schale und stellte sie auf den Boden.

»Das wird jetzt aber nicht zur Gewohnheit, oder?«

Das Kätzchen ignorierte ihn. Prohaska ging ins Wohnzimmer, das Kätzchen ebenfalls. Es sprang auf die Couch, legte sich auf die Wolldecke und begann sich ausgiebig zu putzen.

»Na gut, meinetwegen, du kannst hierbleiben. Ich bin ja kein Unmensch.«

Das Kätzchen warf ihm einen langen Blick zu, gähnte und rollte sich zusammen.

»Aber wenn ich zurückkomme, gehst du nach Hause, ist das klar?« Er strich ihm zärtlich über den Kopf, packte dann den Laptop in die Tasche, zog die Jacke an und verließ das Haus.

*

Viertel vor zehn stellte Prohaska seinen Wagen am Parkplatz der Polizeistation in Rovinj ab, zündete sich eine Zigarette an und wische die Regentropfen weg, die durch den Spalt an der Seitenscheibe auf seine Schulter fielen. Dabei beobachtete er die wenigen Passanten, die an dem grauen Betonklotz in der Istarska Ulica vorbeigingen. Als kurz vor zehn Uhr ein Taxi vor dem Eingang zum Parkplatz hielt und Heinrich Schimmelpfennig und Birgit Neumann ausstiegen, verließ Prohaska seinen Wagen, schlug die Fahrertür zu und ging ihnen entgegen.

Heinrich Schimmelpfennig sah ihn und winkte. Er war Ende Vierzig, kräftig und untersetzt und trug wie immer Jeans, ein olivgrünes Sweatshirt und eine braune Jacke.

Birgit Neumann hatte sich fein gemacht und sah schick aus. Statt Jeans und Schlabberpulli, trug sie einen hellgrauen Hosenanzug mit weißer Bluse, Pumps und einen Trenchcoat.

»Guten Morgen, Joe! Sag mal, wo ist das schöne Wetter, von dem du gestern gesprochen hast?«, fragte Schimmelpfennig munter und klopfte Prohaska auf die Schulter, als sie sich gegenüberstanden.

»Hallo, Heinrich, schön dich zu sehen. Na ja, für das Wetter bin ich nicht zuständig.«

Birgit Neumann reichte Prohaska die Hand, doch er zog sie an sich und gab ihr einen Kuss auf die Wange.

Heinrich grinste. »Na, na, nicht so stürmisch!«

»Nur kein Neid, Herr Kollege«, erwiderte sie und löste sich dann aus Prohaskas Umarmung.

»Lasst uns da rübergehen«, sagte Prohaska und zeigte zu der Treppe vor dem Eingang der Polizeistation.

»Und, seid ihr auch gut untergebracht?«, fragte er, während sie rübergingen.

»Ja, wir sind im *Adriatic*, direkt am Hafen, mit tollem Meerblick. Mensch, hier ist es so schön, sogar bei Regen«, erwiderte Neumann.

»Jetzt verstehe ich endlich, warum du hergezogen bist.« Sie ordnete schnell ihre hellblonde Mähne und musterte Prohaska neugierig. »Du siehst verdammt gut aus, so braungebrannt und erholt, echt beneidenswert.«

»Wie ein echter Jugo halt«, bemerkte Schimmelpfennig und grinste breit.

Prohaska überhörte seine Bemerkung. In seiner Jugend hatte er sich zur Genüge darüber aufgeregt.

»Das Klima hier tut mir gut«, sagte er und lächelte Neumann an. »Und du wirst immer schöner.«

»Danke, danke, aber lass das Schwindeln.«

»Nein, ist mein voller Ernst.«

Birgit Neumann versetzte ihm einen Stupser mit dem Ellenbogen. »Joe, du bist unverbesserlich, aber es freut mich, dass es dir so gut geht.«

»Und was machen deine beiden Jungs?«, fragte Prohaska. Er erinnerte sich noch gut daran, wie schlecht es Birgit nach der Scheidung gegangen war. Sie hatte ihm fast alle Details ihrer verkorksten Ehe anvertraut und es hatte nicht viel gefehlt, und sie hätten ein Verhältnis angefangen. Prohaska war froh, dass er damals rechtzeitig die Notbremse gezogen hatte.

»Sie pubertieren heftig, nerven mich gelegentlich, aber im Großen und Ganzen kommen wir sehr gut miteinander aus.«

Schimmelpfennig sah auf seine Uhr. »Kinder, wir sollten jetzt lieber reingehen und das Private auf später verlegen. Es ist gleich zehn. Die Kroaten sollten keinen schlechten Eindruck von uns bekommen.«

Birgit warf Prohaska einen belustigten Blick zu. Heinrich Schimmelpfennig, wie immer der überkorrekte Kollege. Prohaska hob kaum merklich die Augenbrauen und drückte auf die Klingel.

»Mach dir da mal keine Sorgen. Die akademische Viertelstunde ist auch hier bekannt.«

Als sie eingelassen wurden und sich an der Pforte angemeldet hatten, holte sie ein Polizeibeamter ab und führte sie zum Leiter der Polizeistation Inspektor Giovanni Rossi.

Sie machten sich miteinander bekannt und Rossi stellte ihnen den bereits anwesenden Untersuchungsrichter Dr. Vittorio Cipoletti aus

Pula vor, der die Ermittlungen im Mordfall Erich Jäger leitete. Sie setzten sich an einen Besprechungstisch, tauschten Visitenkarten aus, Rossi schaute in die Runde und eröffnete die Besprechung.

»Vielen Dank, dass Sie uns so schnell empfangen können«, sagte Schimmelpfennig anschließend. »Wie angekündigt haben wir unseren ehemaligen Kollegen, Kriminalhauptkommissar Prohaska gebeten, für uns zu dolmetschen. Ich hoffe, dass nichts dagegen spricht.«

Prohaska übertrug alles ins Kroatische und steckte nebenher die Visitenkarten ein.

»Ich weiß, wer Herr Prohaska ist«, erwiderte Rossi in Richtung Schimmelpfennig und wandte sich dann an Prohaska: »Herr Kollege, schön, dass wir uns nun auch persönlich begegnen. Ich habe viel von Ihnen gehört.«

»Hoffentlich nur Gutes«, erwiderte Prohaska und beeilte sich, wieder ins Deutsche zu übertragen.

»Dieser Mordfall hat uns alle tief getroffen«, fuhr Rossi mit ernster Miene fort. »Bitte überbringen Sie den Angehörigen unser herzliches Beileid.«

»Danke«, sagte Schimmelpfennig.

Rossi wartete ein paar Sekunden und fuhr dann fort. »Unsere Ermittlungen sind in vollem Gange, und natürlich erwarten die Angehörigen und die Öffentlichkeit, dass wir den oder die Täter so schnell wie möglich zu fassen kriegen. Deshalb dürfen vertrauliche Informationen auf keinen Fall nach außen dringen. Unsere Vorschriften für Dolmetschereinsätze sind nicht anders als bei Ihnen in Deutschland.«

Nun nickten Heinrich Schimmelpfennig und Birgit Neumann.

»Jedoch«, sagte Cipoletti in Richtung Prohaska, »wie immer bestätigen auch hier die Ausnahmen die Regel. Sobald Sie die Verschwiegenheitserklärung unterschrieben haben, habe ich kein Problem damit, dass Sie dabei bleiben. Und als einem ehemaligen Kriminalbeamten muss ich Ihnen nicht ja erklären, worauf es bei der Ermittlung ankommt.«

»Das müssen Sie in der Tat nicht«, antwortete Prohaska in beiden Sprachen. Das schnelle Hin und Her begann im Spaß zu machen.

Schimmelpfennig lächelte zufrieden. »Vielen Dank, Herr Rossi.«

»Schade, dass Sie kein Italienisch sprechen. Das ist bei uns die zweite Amtsprache«, bemerkte der Staatsanwalt.

Klar, dass du das bedauerst, dachte Prohaska, dann ginge jetzt alles viel schneller, und ich wäre auch nicht dabei.

»Ich spreche leider nur ein paar Brocken, obwohl ich schon oft in Italien im Urlaub war und die italienische Küche und Kultur sehr schätze.«

Soso, dachte Prohaska, Heinrich war also plötzlich ein Gourmet und Kulturkenner? Dabei war Schimmelpfennig als der schnellste und anspruchsloseste Kantinenesser des Präsidiums bekannt, bevorzugte Hausmannskost und trank am liebsten Weizenbier.

»Gut, dann erledigen wir zuerst diese Formalität.« Rossi griff zum Telefon, tippte eine Nummer ein und bat jemanden am anderen Ende der Leitung um das Formular mit der Verschwiegenheitserklärung für Dolmetscher.

Während sie darauf warteten, bot er Ihnen an, sich zu bedienen. Auf dem Tisch standen Flaschen mit Mineralwasser und Obstsaft und zwei große Schalen mit Keksen. Rossi stand auf und ließ für jeden einen Kaffee aus der Maschine heraus.

Prohaska schaute sich ein wenig um. Es herrschte die übliche Trostlosigkeit einer Amtsstube. Regale mit abgegriffenen Aktenordnern, auf einem Sideboard stand eine italienische Kaffeemaschine, daneben stapelten sich Kaffeetassen, eine angebrochene Milchtüte und eine Schachtel mit Zuckerwürfeln standen daneben. Der einzige Lichtblick in dem Raum waren die Kinderzeichnungen an einer Pinnwand hinter Rossis überladenem Schreibtisch.

Prohaska knabberte an einem Keks herum und nippte an seinem Kaffee. Cipoletti saß ihm gegenüber und unterhielt sich auf Englisch mit Birgit Neumann über das Wetter. In seinem dunklen Anzug, weißem Hemd mit dezenter Seidenkrawatte wirkte der Mittvierziger sehr elegant. Er war schlank, ungefähr so groß wie Prohaska, hatte blaue Augen und kurze dunkelbraune Haare, die an den Schläfen von ein paar grauen Strähnchen durchzogen waren. Hätte Prohaska den smarten Staatsanwalt auf der Straße gesehen, hätte er ihn für einen Bankangestellten oder Manager gehalten. Prohaska entging auch nicht, dass Birgit Neumann, die neben Cipoletti Platz genommen hatte, ein wenig nervös auf ihrem Stuhl herumrutschte und sich Mühe gab, nicht zu oft in Prohaskas Richtung zu schauen. Als eine junge Frau ins Zimmer kam und Rossi das Formular brachte, reichte er es an Prohaska weiter. Prohaska überflog den Text, unterschrieb und gab es Rossi zurück. Der bedankte sich, nahm einen Aktenordner und schlug ihn auf. Birgit Neuman packte ihren Laptop aus, legte ihn vor sich auf den Tisch und klappte ihn auf. Dabei rückte sie von Cipoletti ein Stückchen ab und lächelte entschuldigend.

Rossi warf dem Untersuchungsrichter einen kurzen Blick zu. Cipoletti nickte.

Schimmelpfennig bemerkte die Geste. »Ich hoffe, Sie haben nichts dagegen, wenn Frau Neumann ein Ergebnisprotokoll über unsere Besprechung erstellt. Sie kennen das sicher auch, die Bürokratie.«

»Kein Problem. Wenn wir eine Kopie bekommen könnten, wäre ich Ihnen dankbar«, erwiderte Cipoletti charmant.

»Aber selbstverständlich.« Schimmelpfennig nickte Neumann zu, die bereits zu tippen begonnen hatte.

»Sobald die Ermittlungen abgeschlossen sind, werden wir Ihnen unsere Ergebnisse im Rahmen der Rechtshilfe ebenfalls zur Verfügung stellen«, ergänzte Cipoletti.

Was allerdings Wochen, wenn nicht Monate dauern kann, dachte Prohaska. Dabei fiel ihm ein, dass eine der Telefonnummern auf Erich Jägers Handy, das sich bei der Polizei befand, die seines Informanten Robert war. Und Roberts Handy hatte nun der Typ, der ihn ausgeraubt hatte.

Schimmelpfennig berichtete, dass Jägers Familie sofort benachrichtigt worden war und dass sich die Witwe um die Überführung des Leichnams kümmern würde, sobald er freigegeben werde.

Rossi notierte sich etwas und sah von seinem Block auf.

»Uns würde sowohl das private als auch geschäftliche Umfeld des Opfers in Deutschland interessieren«, sagte Cipoletti. »Wir haben im Internet recherchiert und sehr viele seiner Artikel gefunden. Er war ein mutiger Journalist, wie mir scheint. Unsere IT-Leute werden seinen Laptop untersuchen. Ich möchte vor allem wissen, warum er nach Rovinj gekommen ist. Er hatte das Hotelzimmer auf Katarina für zwei Übernachtungen gebucht. Ich kann mir nicht vorstellen, dass er einen Kurzurlaub machen wollte.«

»Sein Sohn hat uns erzählt, dass Jäger sehr oft in Ex-Jugoslawien gewesen war und recht gut Kroatisch sprach«, bemerkte Neumann.

»Interessant. Wir müssen so schnell wie möglich herausfinden, mit wem er in Kroatien und speziell hier in Rovinj Kontakt hatte.«

»Das könnte eine Weile dauern, weil wir im Moment leider keine Anhaltspunkte haben«, ergänzte Rossi.

Ich weiß es, dachte Prohaska und war versucht, etwas zu sagen, aber Schimmelpfennig sprach weiter, und Prohaska musste dolmetschen. Er würde es Rossi einfach später erzählen, überlegte er, während er sich Mineralwasser einschenkte und in einem günstigen Moment einen großen Schluck nahm. Neumann sah von ihrem Laptop auf und lächelte ihm aufmunternd zu.

»Wenn wir das Motiv hätten, dann könnten wir gezielt vorgehen«, sagte Schimmelpfennig.

»Wir müssen alle Möglichkeiten in Betracht ziehen. Doch ich vermute stark, dass es etwas mit seinen Recherchen zu tun hat«, sagte Rossi.

»Ja, es drängt sich der Gedanke auf, dass er jemandem zu gefährlich geworden war und deshalb sterben musste«, ergänzte Cipoletti. »Falls Sie also irgendwelche Erkenntnisse haben, die in diese Richtung gehen, wäre ich Ihnen dankbar, uns sofort zu informieren.«

»Selbstverständlich«, sagte Schimmelpfennig. »Außerdem müsste man sein persönliches Umfeld hier in Kroatien ebenfalls unter die Lupe nehmen. Wir wissen doch alle, dass sich die meisten Tötungsdelikte als Beziehungstaten herausstellen, nicht wahr?«

»Wir werden das natürlich auch berücksichtigen, und ermitteln in alle Richtungen«, sagte Cipoletti ein wenig gereizt. »Aber bitte, Herr Rossi, Sie waren noch dran«, wandte er sich an den Inspektor.

Rossi legte den Kugelschreiber auf den Block und schaute auf die aufgeschlagene Seite, die vor ihm lag.

»Der Leichnam ist in der Pathologie des Krankenhauses in Pula. Die Obduktion wird morgen, spätestens übermorgen erfolgen. Es gibt keine Zeugen dafür, wann genau Jäger sein Zimmer verlassen hat. Ein Saisonkellner hat ihn gegen 7:45 Uhr gesehen, als er zu den Pools ging. Ein paar Minuten später ging dieser Kellner auf die Terrasse, um die Tische zu decken und hat den Toten entdeckt. Er hat uns um 7:59 verständigt. Anschließend hat er die Angestellte an der Rezeption informiert, und sie hat den Hotelmanager verständigt. Wir waren kurz vor halb neun auf Katarina und haben den Tatort abgesperrt. Der Notarzt kam ein paar Minuten später an. Er konnte nichts mehr tun, außer den Tod von Herrn Jäger festzustellen. Das Meerwasser im Pool ist temperiert, was die Blutgerinnung verlangsamt hat. Diese hat den großen Blutverlust ausgelöst. Nun müssen wir den Obduktionsbericht abwarten. Parallel dazu haben wir die Insel und die beiden Häfen von Rovinj gesperrt. Polizeiboote patrouillieren im Rovinjer Archipel, die Zufahrtstraßen werden kontrolliert. Die Polizeidienststelle für das Gebiet Istrien sowie das Ministerium für Innere Angelegenheiten in Zagreb sind benachrichtigt worden. Während wir auf die Kollegen von der Spurensicherung warteten, haben wir begonnen, Hotelgäste und Angestellte zu befragen. Allerdings haben wir dafür nicht genug Personal.«

»Ich habe bereits Verstärkung angefordert und muss nachher nach Pula zurück«, ergänzte Cipoletti.

»Zum Tathergang kann man vermutlich nicht viel sagen?«, fragte Schimmelpfennig.

»Nein, aber nachdem der Kellner, der sich später wieder im Speisesaal aufgehalten hatte, die auf Herrn Jäger abgegebenen Schüsse nicht gehört hatte, gehen wir davon aus, dass der Täter einen Schalldämpfer benutzt hat. Der Täter hat sich irgendwo auf der Terrasse versteckt und sich danach unbemerkt entfernt«, sagte Rossi und klappte die Mappe zu.

»Und weil wir keine Zeugen und keine Täterbeschreibung haben, können wir auch nicht sagen, wann und wie der Täter auf die Insel gekommen ist und wann er sie verlassen hat.«

»Vielleicht war es jemand von den Hotelgästen«, sagte Schimmelpfennig.

»Wir haben die Gästeliste hier.« Rossi blätterte in dem Ordner und reichte Schimmelpfennig mehrere Computerausdrucke. »Hier, bitte, wir haben die Gäste gebeten, sich uns zur Verfügung zu halten. Allerdings müssen einige am Wochenende abreisen. Die Protokolle bekommen Sie später.«

Schimmelpfennig schaute sich die Liste kurz an und gab sie Rossi zurück. »Vielen Dank.«

»Der Druck der Medien ist riesig, das können Sie mir glauben, und wir werden alles tun, um den Fall so schnell wie nur möglich aufzuklären.«

»Wie Sie wissen, müssen wir morgen früh leider schon zurück nach Stuttgart. Deshalb würden wir uns gerne den Tatort ansehen.«

Rossi sah auf seine Armbanduhr. »Ja, natürlich. Passt es Ihnen heute Nachmittag so zwischen drei und halb vier?«

»Ja, ja, wir möchten Sie auch nicht zu sehr in Anspruch nehmen, Herr Rossi. Sie haben hier ohnehin alle Hände voll zu tun. Wir könnten notfalls auch allein hingehen.«

»Ich nehme an, dass Herr Prohaska Sie auch dorthin begleiten wird«, sagte Cipoletti.

»Ja, das ist richtig«, erwiderte Schimmelpfennig.

»Gut, dann sehen wir uns auf Katarina«, sagte Rossi.

Cipoletti stand auf und lächelte Birgit Neumann an. »Ich bedauere sehr, dass ich nicht mitkommen kann, die Pflicht ruft, aber wir bleiben ja in Kontakt.«

Die anderen erhoben sich ebenfalls. Die Besprechung war zu Ende. Schimmelpfennig bedankte sich noch einmal für die Informationen.

Beim Hinausgehen reichte Cipoletti Birgit Neumann die Hand. »Vielleicht sehen wir uns irgendwann unter günstigeren Umständen wieder. Ich würde mich freuen.«

Birgit Neumann nickte. »Ich mich auch.«

Prohaska tat so, als hätte er das nicht bemerkt. Diese Leichtigkeit, mit der sich der Staatsanwalt an Birgit heranmachte, war dennoch bewundernswert.

Cipoletti verabschiedete sich formvollendet von den anderen und ging eilig hinaus.

Rossi begleitete Sie zur Tür und rief einen Mitarbeiter, der sie schweigend zum Ausgang begleitete.

Draußen war es kühl, und es regnete immer noch. Sie blieben unter dem Vordach stehen. Prohaska steckte sich eine Zigarette an und nahm einen tiefen Zug.

»Mensch, du warst richtig gut«, sagte Neumann. »Du könntest dich ja glatt selbstständig machen als Übersetzer.«

Prohaska lachte. »Du meinst Dolmetscher.« Es amüsierte ihn, dass sie das immer noch verwechselte.

»Ja, genau, dann hättest du bei den vielen Touristen hier sicher viel zu tun.«

»Da ist zwar etwas dran, aber was mach ich dann im Winter, wenn hier nichts los ist?«

»Einem echten Schwob wird's nie langweilig, der findet immer was zum Kruschteln, gell Josef«, sagte Schimmelpfennig bestimmt und klopfte Prohaska auf die Schulter.

Prohaska lachte schallend. »So isch es! Aber jetzt hab ich erst einmal einen Bärenhunger. Ihr seid selbstverständlich meine Gäste. Worauf habt ihr Lust?«

»Egal, Hauptsache, gut und viel«, entgegnete Schimmelpfennig.

»Gut, dann gehen wir in die beste Pizzeria der Stadt. Da gibt es solche Riesendinger«, sagte Prohaska und breitete die Arme aus, um die Größe der Pizza anzudeuten. »So eine schaffst nicht einmal du, Heinrich.«

Schimmelpfennig grinste. »Na, das wollen wir ja sehen.«

*

Als sie am frühen Morgen mit dem Schnellboot in Pula ankamen, regnete es. Es war sehr windig und das Meer unruhig. Blagić kletterte aus dem Boot, wobei er beinahe ausgerutscht wäre, nahm von Tomo sein Gepäck entgegen und rannte mit hochgeschlagenem Kragen zum Taxistand.

Tomo drehte ab und fuhr zurück zur Insel. Nachdem er gefrühstückt hatte, zog er Einweghandschuhe an und ging in Blagićs Arbeitszimmer. Dort nahm er ein Blatt Papier aus dem Drucker, holte die alte Reiseschreibmaschine aus dem Schrank, die er beim Aufräumen entdeckt hatte, und stellte sie auf den Tisch. Er klappte den Deckel herunter und spannte das Blatt ein. Das Farbband war ziemlich ausgetrocknet, aber für diesen Zweck würde es schon ausreichen. Mit zwei Fingern tippte er ein paar Zeilen, zog das Blatt heraus und faltete es zusammen. Die Maschine stellte er an ihren Platz, steckte das Blatt in einen Briefumschlag und ging in sein Zimmer. Er zog seinen Rucksack unter dem Bett hervor, legte den Umschlag hinein und verließ das Haus.

Als er etwa eine Stunde später im Nordhafen von Rovinj ankam, regnete es immer noch, jedoch nicht mehr so heftig wie am Morgen. Er machte das Boot fest, zog die Kapuze tief ins Gesicht und sprang auf die Mole. Falls ihn eine der Überwachungskameras erfasste, die an verschiedenen Gebäuden installiert waren, würde man sein Gesicht hoffentlich nicht erkennen. Mit gesenktem Kopf ging er zum Markt an der Valdibora, wo drei ältere Männer vor dem Eingang einer *Konoba* an einem Weinfass lehnten und bei Bier und Bevanda philosophierten. Während Tomo neue Vorräte einkaufte, wich er einer Gruppe von Japanern aus, die ihm in durchsichtigen Regencapes und mit Fotokameras bewaffnet, entgegenkam. Ein paar Kinder, deren Eltern es mit der Erziehung offensichtlich nicht so genau nahmen, weil sie mit ihren eigenen Problemen zu tun hatten, sprangen auf dem Spielplatz und vor dem Kriegerdenkmal herum.

Tomo verließ den Markt und blieb unter dem Vordach eines Zeitungskiosks stehen. Ein paar Schritte weiter fischte ein schlaksiger, etwa zwölfjähriger Romajunge aus einem Abfalleimer leere Plastikflaschen und Getränkedosen heraus und warf sie in einen Müllsack. Einen anderen hatte er sich als Regenschutz übergezogen. Aus den aufgeschnittenen Schlitzen ragten sein Wuschelkopf und die dünnen Arme heraus.

»He, Kleiner, komm doch mal her«, rief Tomo.

Der Junge schaute sich um, und als er Tomo sah, kam er langsam näher, den halbvollen Plastiksack hinterherziehend.

»Meinst du mich?«

»Ja.«

»Und was is'?«

»Willst du dir etwas dazu verdienen? Ich hätte einen kleinen Job für dich.«

»Klar will ich, das Zeug da wirft ohnehin nicht viel ab.« Der Junge kickte nach dem Plastiksack und sah Tomo neugierig an. »Und was soll ich machen?«

Tomo öffnete den Rucksack und zog den Briefumschlag heraus.

»Bring das rüber ins Touristikbüro am Uhrturm und gib es der Frau mit den langen dunklen Haaren. Sie heißt Nora. Nur ihr, klar?

Und kein Wort darüber, wer dich schickt. Mich hast du hier nie gesehen, kapiert? Dann kommst du sofort zurück.«

»Seh ich aus, als wäre ich ein Vollidiot? Was krieg ich dafür?«

»Zwanzig Kuna.«

Der Junge wiegte den Kopf hin und her und schnalzte mit der Zunge.

»Alter, ein Liebesbrief sollte dir schon mehr wert sein.«

»Das ist kein Liebesbrief.«

»Okay.«

»Wenn du zurückkommst, kriegst du noch mal so viel.«

»Dann sagen wir doch gleich fünfzig.«

»Von mir aus, und jetzt ab mir dir.«

»Erst bezahlen.«

Tomo gab ihm zwanzig Kuna. »Es ist sehr wichtig.«

Der Junge grinste. »Ja, schon klar.«

»Ich passe solange auf deine Flaschen auf. Also, mach keinen Scheiß!«

»Was denkst du dir eigentlich? Ich bin ein Ehrenmann!« Der Junge schnappte den Umschlag und rannte los.

»Das bin ich auch«, sagte Tomo leise und steckte die restlichen dreißig Kuna in den Plastiksack.

Ein paar Minuten später kam der Junge wieder und streckte schon von weitem den rechten Daumen hoch. Tomo winkte ihm und ging eilig zum Boot zurück.

*

Während des Essens redeten sie über die Besprechung bei Rossi, dann erzählten Schimmelpfennig und Neumann abwechselnd oder gleichzeitig von den Neuigkeiten im Präsidium und von den aktuellen Ereignissen in Stuttgart. Birgit Neumann wollte wissen, wie Prohaska sich im Süden eingelebt hätte und womit er sich die viele Freizeit vertrieb. Er erzählte ausführlich von dem Umbau seines Hauses und dass er nun Teilhaber in Ivos Fotogeschäft geworden war. Über Roberts Anruf bei Erich Jäger und allem, was damit zusammenhing, sprach er mit keiner Silbe. Er hatte dabei zwar kein gutes Gefühl, aber wenn er den beiden erst jetzt davon erzählte, würde er nur eine wilde Diskussion auslösen, warum er es bisher verschwiegen hatte.

Heinrich aß seine Riesenpizza mit großem Appetit und im Nu auf, Birgit Neumann ließ die Hälfte ihrer stehen, und Prohaska und Schimmelpfennig teilten den Rest brüderlich. Nach dem Essen tranken sie einen Espresso und blieben noch eine Weile im Lokal sitzen.

Um drei fuhren sie gestärkt und trotz des Anlasses gut gelaunt mit einem Linienboot zur Katarina. Schimmelpfennig und Neumann fotografierten mit ihren Handys alles, was ihnen während der kurzen Fahrt vor die Linse kam.

Prohaska führte sie ins Hotel und meldete sie bei einem der dort herumstehenden Polizeibeamten an. Der schickte sie in den Speisesaal, wo andere das Personal und die Hotelgäste befragten. Inspektor Rossi traf kurz vor halb vier ein. Gemeinsam schauten sie sich den Tatort an, aber da gab es nicht mehr viel zu sehen. Das Wasser im Pool war abgelassen worden und neues Meerwasser wurde gerade eingefüllt. Nichts erinnerte an das Verbrechen, das sich hier abgespielt hatte. Die Spurensicherung war inzwischen abgeschlossen. Nur ein paar Reste des Absperrbandes flatterten an einer Hecke. Zwischen der hinteren Wand des Speisesaales und der Mauer befand sich ein schmaler Durchgang. Während die anderen die Treppe zu den Pools hinunterstiegen, schaute sich Prohaska um. Der Durchgang führte entlang der Mauer auf der einen Seite zur Anlegestelle im Westen, auf der anderen zum Weg und dem winzigen Hafen im Nordosten. Falls der Täter nicht jemand von den Hotelgästen oder dem Personal war, hätte er hier schnell und ungesehen auf die Terrasse kommen und auf demselben Weg wieder verschwinden können. Prohaska steckte sich eine Zigarette an und wartete oben, dass Schimmelpfennig und Neumann mit Rossi wieder hinaufkamen.

Prohaska war auf einmal müde, und das kam sicher vom Essen, dem vielen Reden und jetzt vom Herumstehen. Sein Bein begann zu schmerzen. Der Regen hatte etwas nachgelassen, aber der kalte Wind kroch ihm unter die Jacke und ließ ihn frösteln. Als sich Rossi nach einer knappen Stunde verabschiedet hatte, fuhren sie zurück aufs

Festland, und die beiden überredeten ihn, obwohl er eigentlich nach Hause wollte, auf einen Drink ins Café *Piazza* mitzukommen.

*

Blagić hasste es zu fliegen und war heilfroh, dass die Maschine sanft gelandet war, aber das ließ er sich nicht anmerken. Nachdem er das Gepäck abgeholt hatte, verließ er eilig das Flughafengebäude. Noch im Gehen zog er seine Handschuhe an, stieg in ein Taxi und nannte dem Fahrer die Adresse.

Auf der Stadtautobahn herrschte dichter Berufsverkehr. Der Taxifahrer, ein junger Mann mit dicker Hornbrille und Rauschebart, hatte nach ein paar Floskeln über das blöde Wetter jeden weiteren Versuch aufgegeben, ein Gespräch mit seinem Fahrgast in Gang zu bringen und fluchte leise vor sich hin, weil er nicht schnell genug vorankam.

Die unzähligen Wolkenkratzer von Novi Zagreb, waren schon von weitem zu sehen. Inzwischen waren viele renoviert und bunt angestrichen, andere jedoch trugen noch das Einheitsgrau der sozialistischen Plattenbauweise.

Sie bogen von der Schnellstraße ab. Der Fahrer nutzte jede Möglichkeit, vorwärtszukommen und überholte, wo es nur ging.

Straßenzüge mit Mietshäusern aus der Gründerzeit, Neubauten, hübsche Grünanlagen mit Kinderspielplätzen, Läden, Cafés, blaue Straßenbahnen, zugeparkte Trottoirs, Passanten mit und ohne Regenschirm huschten vorbei. Hinter dem Häusermeer zeichnete sich die Silhouette des Zagreber Hausbergs Medvednica ab. Darüber hing der bleiche Herbsthimmel.

Als das Taxi in einer Einbahnstraße zwischen zwei langgezogenen zehngeschossigen Plattenbauten anhielt, bezahlte Blagić die Fahrt und stieg aus.

Entlang einer Grünfläche führte ein alter Mann seinen weißen unfrisierten Zwergpudel an der Leine, der gerade ein Häufchen setzte. Der Alte sagte etwas zu seinem Liebling, und als er Blagić kommen sah, packte er die Hinterlassenschaft schnell in eine Plastiktüte, aber Blagić marschierte nur wortlos an ihm vorbei. Er suchte den richtigen Eingang, drückte auf die Klingel, neben der auf einem zerkratzten Plastikschildchen die Initialen »A. J.« standen und sah sich um. Eine Weile tat sich nichts. Blagić klingelte noch einmal.

»Wer ist da?«, schnarrte nach ein paar Sekunden eine Männerstimme aus dem Lautsprecher.

»Wer wohl? Der Weihnachtsmann«, sagte Blagić ungehalten. Er hatte doch Jergić geschrieben und ihm die Uhrzeit und das Codewort genannt.

»Ach, sind Sie das, Herr Blagić?«

Das Schloss surrte. Blagić drückte die Tür auf, betrat das Treppenhaus und fuhr mit dem Lift in den fünften Stock. Das Neonlicht über ihm flackerte nervös, die Metallwände waren zerkratzt und mit Graffiti verschmiert. Als er oben war, durchquerte er den langen, schlecht beleuchteten Gang. Es roch nach angebrannter Milch, Kaffee und menschlichen Ausdünstungen.

Blagić blieb vor Jergićs Tür stehen und klopfte an. Kurz darauf rasselte die Vorhängekette und Jergić öffnete ihm. Er war um die vierzig, fast kahl und unrasiert. Seine wasserhellen Augen erschienen hinter der Nickelbrille noch kleiner. Der offene, tabakbraune Morgenmantel hing an ihm herunter wie an einer Vogelscheuche. Darunter trug er einen blauweiß gestreiften Pyjama, die Füße steckten in Filzpantoffeln. In der Linken hielt er ein mit Marmelade verschmiertes Messer.

»Guten Morgen, kommen Sie bitte herein«, flüsterte er und ging zur Seite.

»Guten Morgen. Haben Sie meine Nachricht eigentlich bekommen?«, fragte Blagić, nachdem er sich an ihm vorbeigezwängt hatte.

Jergić schloss die Tür, hängte die Kette vor und schlappte in die Küche.

»Doch, doch, hab ich.«

Blagić stellte seinen Koffer und die Aktentasche neben der überladenen, nach kaltem Zigarettenrauch müffelnden Garderobe ab.

»Bitte entschuldigen Sie die Unordnung, aber ich habe die Nacht durchgearbeitet.«

»Kein Problem. Ist alles fertig?«

»Ja, aber nehmen Sie doch Platz. Kaffee?«

»Gerne.« Blagić setzte sich auf einen Hocker am Küchentisch.

Jergić ging zum Gasherd, schenkte Blagić eine Tasse Mokka ein und stellte sie auf den Tisch.

»Ich hole schnell die Papiere.«

Blagić schaute sich um. In der Spüle unter dem Fenster mit einer gelbstichigen Gardine stapelte sich Geschirr zu einem wackeligen Turm, auf dem Tisch lagen Zeitschriften, mehrere CDs mit und ohne Hülle und neben einem vollen Aschenbecher eine Schachtel Marlboro und ein rotes Einwegfeuerzeug.

Als Jergić mit einer Plastikmappe zurückkam, trug er Einweghandschuhe. Er nahm vier Reisepässe heraus und reichte sie Blagić.

»Bitte sehr. Mein Lieferant ist sehr zuverlässig, die Personalien sind echt.«

Blagić blätterte die Dokumente durch. Auf den Passfotos waren junge Frauen zwischen siebzehn und zweiundzwanzig Jahren abgebildet. Gute Ware, überlegte Blagić. Sie waren dezent geschminkt und blickten ernst in die Kamera. Die jüngste war brünett und mollig, Nummer zwei und drei waren gertenschlank und blond. Die Nummer vier rothaarig. Vermutlich allesamt gefärbt, aber das interessierte ihn nicht. Blagić wollte auch nicht wissen, wo und unter welchen Umständen diese Fotos gemacht wurden. Sobald die Mädchen in Italien waren, würden seine Geschäftspartner die Pässe einkassieren, zu ihrer eigenen Sicherheit natürlich. Die Mädchen waren als Haushaltshilfen, Kindermädchen oder Kellnerin angeworben worden, aber er wusste, was mit ihnen tatsächlich geschehen würde. Und sie wussten es sicher auch längst. Wenn nicht, würden sie es bald genug erfahren.

Blagić steckte die Pässe in die Hüllen zurück, nahm einen Umschlag aus der Brusttasche seiner Jacke und legte ihn auf den Tisch.

»Sehr gute Arbeit.«

»Vielen Dank.«

»Willst du nicht nachzählen?«

Jergić nahm den Umschlag und schaute kurz hinein.

»Das ist bestimmt nicht nötig.«

»Wie du willst.« Blagić nahm die Pässe und stand auf. »Danke, dass es so schnell ging.«

»Immer wieder gerne und bis zum nächsten Mal. Es war mir eine Ehre.«, erwiderte Jergić.

Blagić ging in den Flur, nahm seinen Rollkoffer und die Tasche. Jergić begleitete ihn zur Tür.

»Schon gut. Ich melde mich, wenn ich dich wieder brauche. Und vergiss nicht, ich war nie hier, wir kennen uns nicht, verstanden?«

Jergić streckte den Rücken durch. »Keine Sorge, ich kenne Sie nicht.«

Blagić reichte ihm die Hand, nickte freundlich und ging hinaus. Jergić schaute ihm kurz nach und schloss die Tür.

Als Blagić den Lift erreichte, wartete eine mollige Frau davor und starrte die verschmierten Metalltüren an. Unter ihrer schwarzen Baskenmütze schauten helle Locken heraus. Sie trug eine graue Jacke, Jeans und Sportschuhe. In der Linken hielt sie einen Stockregenschirm, in der anderen eine zerknautschte Ledertasche. Als er neben ihr stehen blieb, schaute sie ihn kurz an und gleich wieder weg. Der Aufzug kam, die Türen glitten ruckartig auseinander, und sie gingen hinein. Die Frau fing an in ihrer Tasche zu kramen, zog einen Schlüsselbund heraus und lächelte.

»Ich werde langsam vergesslich. Jedes Mal muss ich diese blöden Schlüssel suchen.«

Blagić lächelte nur und betrachtete die Graffitis an der Aufzugswand.

»Ach, diese Jugend«, seufzte die Frau. »Unter Tito hätte es so was nicht gegeben, nicht wahr?«

Blagić schwieg.

Als der Lift mit einem Ruck unten anhielt, ließ er ihr den Vorritt und öffnete die Haustür. Sie bedankte sich mit einem Seitenblick, ging hinaus und blieb abrupt stehen, um den Schirm aufzuspannen. Blagić ging an ihr vorbei und zurück zur Hauptstraße. Am Ende des Betonklotzes schaute er sich um. Die Frau hantierte mit ihrer Handtasche und dem Schirm in der einen Hand, während sie den rechten Arm hochhielt. Auch aus dieser Entfernung erkannte er, dass sie ein Smartphone in der Hand hatte. Was zum Teufel gab es da zu fotografieren? Etwa ihn? Am liebsten wäre er zurückgegangen und hätte ihr das Ding aus der Hand geschlagen, aber er tat es nicht, sondern ging um die Ecke und rannte zur nächsten Tramway-Haltestelle. Als ein paar Minuten später die Straßenbahn hielt, stieg er hinein und suchte nach einem Sitzplatz. Die Fahrgäste beachteten ihn nicht weiter. Er fuhr ins Zentrum, stieg am Jelačić Platz aus und ging in das Wiener Café *Aida*, wo er sich ein kräftiges Frühstück bringen ließ. Als er es eine Stunde später verließ und in ein Taxi einstieg, dachte er, die Frau aus dem Aufzug auf der anderen Seite des Platzes gesehen zu haben, doch als er wieder hinsah, war sie fort.

*

Nora war allein im Büro, als der Junge hereinkam. Sie schaute von ihrem Computer auf.

»Guten Tag, sind Sie Frau Nora?«

»Ja, warum?«

Er legte den Umschlag auf die Theke. »Ich soll Ihnen das da geben.«

»Wer hat dich geschickt?«

Der Junge lächelte. »Niemand. Ciao!«

Bevor Nora etwas sagen konnte, war er draußen.

Sie stand auf, nahm den Briefumschlag, ging zum Schreibtisch zurück und setzte sich. Auf dem Kuvert war weder ein Empfänger noch ein Absender. Sie riss es auf, zog ein Blatt heraus und faltete es auseinander.

Erwarte dich heute Abend um neun mit dem Boot an der Marina am Ende der Mole. Sei pünktlich. Es ist wichtig. B.

Nora erschauderte, ihre Hände begannen heftig zu zittern. Sie stopfte das Blatt in den Umschlag und warf ihn in die Handtasche. Er wollte also mit ihr reden? Aber da gab es nichts, worüber sie mit ihm zu reden hätte. Absolut nichts. Sie ballte die Fäuste und blieb sitzen, bis sich ihr Puls wieder beruhigt hatte. Keiner hatte ihr etwas zu befehlen, er schon gar nicht. Ihre Gedanken überschlugen sich, ihr Gehirn arbeitete jetzt wie ein Uhrwerk. Und dann fügte sich alles zusammen.

Als ihre Kollegin von der Pause zurückkam, stand Nora auf, nahm ihre Handtasche und sagte, sie habe etwas zu erledigen. Sie verließ das Büro und kehrte nach einer Stunde zurück. Ihrer Kollegin stand zwar die Neugier ins Gesicht geschrieben, aber Nora ignorierte sie und arbeitete weiter. Um achtzehn Uhr machten sie Feierabend. Auf dem Platz wimmelte es von Menschen. Nora blieb in der

Tür stehen, sah sich um und schnaubte innerlich, als sie Prohaska in der Nähe des Brunnens entdeckte. Was machte der schon wieder hier? Hoffentlich bemerkte er sie nicht. Er war der letzte, mit dem sie etwas zu tun haben wollte. Sie wurde nicht schlau aus ihm. Glaubte er wirklich, sie hätte ihn nicht sofort durchschaut? Glaubte er, dass es ausreichte, sie zu einem Kaffee einzuladen und ihr eine fadenscheinige Geschichte aufzutischen, um sie dann irgendwann in sein Bett zu kriegen? Wenn er auf ein Abenteuer aus war, sollte er sich doch hier nur umschauen. Es gab genug Frauen, die sein Angebot nicht ausschlagen würden. Glaubte der Typ, sie sei so naiv? Sie würde sich seine blöden Fotos nicht anschauen, geschweige denn deswegen in der Hauptverwaltung anrufen und sich lächerlich machen. Er glaubte tatsächlich, ein großer Künstler zu sein. Wie beschränkt. Der Mann war Polizist gewesen und würde nie etwas anderes sein. Dazu noch ein Jugoschwabe, vermutlich ein unverbesserlicher Nostalgiker. Er hatte bestimmt keine Probleme und lebte jetzt hier wie die Made im Speck. Was wusste er schon von Tod und Zerstörung, von Krieg und Existenzangst? Und wusste er, wie sie sich fühlte? Wie er sie nur gemustert hatte! Hat sie förmlich ausgezogen mit seinem Blick. Bildete er sich ein, sie würde auf ihn fliegen?

Nora schaute kurz in Prohaskas Richtung, aber er hatte sie offensichtlich nicht bemerkt. Gut so. Er stand da, das Handy ans Ohr gedrückt und schaute zum Hafen. Nein, er war auch nicht anders als andere Männer. Er soll sie einfach in Ruhe lassen, überlegte Nora, während sie sehr eilig den Platz überquerte, unter den *Balbi*-Bogen ging und in der Altstadt verschwand.

*

Als sich Prohaska eine Stunde später von Heinrich Schimmelpfennig und Birgit Neumann verabschiedete, versprach er, sich zu melden, wenn er nach Stuttgart kommen würde. Das Dolmetschen und das viele Reden hatten ihn angestrengt, und er wollte endlich nach Hause fahren und sich ein wenig hinlegen.

Er verließ das Café und war kaum ein paar Schritte über den Platz gegangen, als zwei Dinge gleichzeitig geschahen. Nora kam aus dem

Büro und schaute sich um, als ob sie nicht gesehen werden wollte, und während Prohaska überlegte, sie wegen der Fotos anzusprechen, klingelte sein Handy. Er blieb in der Nähe des Brunnens in der Mitte des Platzes stehen, an dessen Rand ein paar Touristen saßen, sah aufs Display, doch die Nummer wurde nicht angezeigt. Nach dem vierten Klingeln meldete er sich.

»Hallo, ich bin's, Robert, danke für das Fahrrad.«

»Keine Ursache, ich dachte, du könntest es gut gebrauchen. Es gehört übrigens einem Freund.«

»Ich werde darauf aufpassen. Sind Sie eigentlich noch in der Stadt?«

»Ja, woher weißt du, dass ich hier bin?«

Prohaska sah, dass Nora immer noch vor der Tür stand. Sie schien schlechte Laune zu haben.

»Ich hab Sie gesehen, als Sie mit einer Frau und einem Mann mit dem Boot zur Katarina gefahren sind.«

»Ach so, ja, ich war dort«, erwiderte Prohaska und schaute zur Insel. Der Wind zerriss gerade die Wolken wie verkohltes Papier, ihre Ränder leuchteten von der untergehenden Sonne golden auf. »Und, was gibt's bei dir? Hast ein neues Handy, wie ich sehe.«

»Nein, noch nicht, das hier gehört einem Bekannten. Ich bin hier oben im *Trevizol*. Könnten Sie auf einen Sprung vorbeischauen, oder sollen wir uns später bei Maurizio treffen?«

»Worum geht es denn?«

»Das sag ich Ihnen lieber unter vier Augen.«

Prohaska drehte sich um und sah gerade noch, wie Nora den Platz überquerte und unter dem Stadttor durchging.

»Du, ich muss auflegen. Bis nachher.«

»Okay.«

Prohaska unterbrach die Verbindung und rannte los.

Nora war inzwischen am Rathaus vorbeigegangen, das gleich hinter dem Tor lag. Nach etwa hundert Metern bog sie nach rechts und verschwand in einen Durchgang zwischen zwei Häuserzeilen. Prohaska folgte ihr mit einigem Abstand. Sie erreichte das Ende der Gasse und bog nach links. Nach weiteren, immer enger werdenden Gassen, erreichten sie die Švalba. Die Laternen gingen an und tauchten sie in ein weiches, bernsteinfarbenes Licht. Die Schatten der Passanten krochen über das glattgewetzte, glänzende Pflaster, ihre Schritte hallten von den hohen Wänden wider. Prohaska ließ Nora einen größeren Vorsprung. Nach etwa fünf Minuten blieb Nora vor einem Haus auf der rechten Seite stehen, drückte die Tür auf und ging hinein. Sie tat es mit einer Selbstverständlichkeit, aus der Prohaska schloss, dass sie nicht das erste Mal hier war. Rasch ging er weiter, und als er fast das Haus erreicht hatte, schaute er hoch. Im zweiten Stock ging gerade das Licht an. In wenigen Schritten war er an der Haustür. Er lehnte sich dagegen und stand im dunklen Treppenhaus, suchte den Lichtschalter und knipste ihn an. Von der hohen Decke hing eine schwache Glühbirne mit tellerförmigem Schirm herab. Ihr klägliches Licht erhellte das Schachbrettmuster der kaputten Keramikfliesen und eine Holztreppe, die steil nach oben führte. Von den einst weiß gekalkten Wänden bröckelte wegen der Nähe zum Wasser der Putz ab, in der Ecke neben der Tür stapelten sich Zeitungen. Prohaska warf einen Blick auf die verbeulten Briefkästen an der Wand. Die Namen sagten ihm nichts. Plötzlich klickte es laut, und er stand im Dunkeln. So leise wie möglich tastete er sich zur Treppe vor. Gerade als er die ersten Stufen genommen hatte, ging das Licht wieder an. Prohaska sprang herunter, schlich in den hinteren Teil des engen Flurs, zwängte sich unter die Treppenschräge und stolperte über einen Kinderwagen, der neben einer müffelnden Mülltonne stand. Er schob das Ding beiseite und hielt sich die Nase zu. Die Schritte über ihm wurden lauter, dann trippelte jemand über die Fliesen, die Haustür ging auf und fiel wieder zu.

Prohaska kam aus seinem Versteck und atmete tief durch. In der Luft hing ein schwacher Duft von Oleander. Prohaska öffnete die Tür und sah Nora die Gasse hinuntergehen. Er beschloss, ihr nicht zu folgen. Wenn sie ihn zufällig entdeckte, müsste er erklären, warum er ihr gefolgt war.

Er kehrte ins Haus zurück, machte Licht und ging leise wie ein Dieb die Treppe hinauf. Die Stufen knarrten, als wollten sie ihn verraten. Hinter der abgegriffenen Tür der Wohnung im ersten Stock waren Stimmen zu hören, die von einem Fernseher auszugehen schienen. Die Tür im zweiten Stock war nagelneu, hatte einen Spion und einen Messingknauf. Auf dem Messingschild daneben waren zwei verschnörkelte Lettern eingraviert: »D. B.«. Drago Blagić. Nora kannte ihn also. Prohaska beugte sich ein wenig vor und lauschte, aber außer seinen unterdrückten Atemzügen war nichts zu hören.

Leise ging er die Treppe hinunter. Das Licht ging erneut aus. Durch die Klappläden des Fensters zur Straßenseite fiel etwas Licht hinein. Als er draußen war, steckte er sich eine Zigarette an und ging langsam hinauf in Richtung Kirche. Dabei fragte er sich, was Nora in Blagićs Wohnung gesucht hatte. Sie war ja kaum fünf Minuten drin. Wie ist sie überhaupt hineingekommen? War er da und hatte ihr aufgemacht, oder hatte sie einen Schlüssel?

Die Švalba machte einen leichten Bogen und führte immer steiler nach oben. Als Prohaska die Treppe zum Kirchplatz erreichte, blieb er stehen. Der von Scheinwerfern angestrahlte Campanile und die Basilika waren zwischen den Bäumen gut zu erkennen. Ein paar Passanten überholten ihn, andere kamen ihm entgegen. Prohaska ging weiter. Der Kirchplatz war leer, aber ein Grüppchen Teenager saß auf der Mauer, die den Platz umsäumte. Vom ehemaligen Friedhof, zu welchem ein paar Stufen hinunterführten und wo sich eine Bar befand, schallten südamerikanische Klänge herauf. Prohaska erkannte das *La camisa negra* von Juanes. Eine Windböe fuhr in die Baumkronen und zerzauste die Zypressen. Prohaska schlug den Jackenkragen hoch und blieb kurz stehen. Sein Bein schmerzte seit geraumer Zeit wieder. Während er sich eine Zigarette anzündete, fragte er sich, was er da eigentlich machte. Wieso saß er nicht einfach in irgendeinem Lokal oder zu Hause vor der Glotze, anstatt sich die Hacken abzulaufen und eine Frau zu beschatten, die er nicht einmal kannte und die vermutlich weder an seinen Fotos noch an ihm ein Interesse hatte. Warum sollte sie auch? Er war ein Polizist und somit von vornherein suspekt. Einmal Bulle, immer Bulle, hatte Robert gesagt. Und vermutlich hatte er damit recht gehabt. War es das, was ihn antrieb? Prohaska lächelte. Ja, genau das war es. Er war durch und durch Polizist, und er wollte verdammt noch mal wissen, was da vor sich ging. Sobald er Klarheit hatte, würde er Inspektor Rossi ins Bild setzen. Aber erst dann.

Prohaska überquerte den Kirchplatz, blieb auf der anderen Seite an der Mauer stehen und ließ den Blick schweifen über die Dächer der Altstadt, den Hafen mit der erleuchteten Uferpromenade und die Insel Katarina, die sich dunkel aus dem Meer hob. In der samtblauen Ferne flackerten die Lichter der Fischerboote wie winzige Irrlichter auf dem offenen Meer.

Prohaska trat die Zigarette aus und musste, ein wenig wehmütig geworden, an das bunte Lichtermeer von Stuttgart denken, das genauso unverwechselbar war wie dieses hier.

*

Luca knabberte Salzstangen und sah sich eine Quiz-Sendung an. Der Kandidat, ein sympathischer junger Mann, war eindeutig ein Genie, und der charmante Fiesling von Moderator quälte ihn so gut es nur ging. Aber der Kandidat ließ sich nicht aus der Ruhe bringen. Er hatte alles richtig beantwortet, nur bei der Millionenfrage versagten ihm die Nerven dann doch. Was für ein blödes Spiel, murmelte Luca und schaltete den Kasten aus. Er stand auf und ging ins Bad. Als er nach dem Duschen das Fenster aufmachte, um den Dampf herauszulassen, hörte er, wie vor dem Haus eine Autotür zugeschlagen wurde. Wer konnte so spät etwas von ihm wollen? Wer wohl? Die Polizei natürlich. Luca schlüpfte schnell in seinen Pyjama, warf den Morgenmantel über und ging ins Wohnzimmer. Vorsichtig schob er den Vorhang am Fenster zur Seite und lächelte dann erleichtert. Seine Enkelin nahm gerade vom Rücksitz eines Wagens eine Tasche heraus.

Luca ging zur Haustür und öffnete. Klara stand bereits davor.

»Klara, dio mio, was für eine nette Überraschung«, rief er und umarmte sie.

Sie küsste ihn auf die Wange. »Guten Abend, Nono, bitte entschuldige, dass ich dich noch so spät überfalle. Ich wollte dich anrufen, aber dann hab ich es doch nicht mehr geschafft.«

»Ach was, kein Problem, ich freue mich, dass du da bist.«

Er nahm ihr die Tasche ab, stellte sie in den Flur und ging in die Küche.

»Ich wusste gar nicht, dass du einen Führerschein hast.«

»Ja, seit zwei Wochen. Ich wollte dich überraschen. Schau her!« Klara zog eine kleine Plastikkarte aus ihrem Geldbeutel und zeigte sie ihm voller Stolz.

»Gratuliere! Und was für ein schickes Auto du hast.«

»Danke schön, aber das Auto gehört nicht mir. Ich hab es von meiner Freundin geborgt.« Klara steckte den Führerschein wieder ein und rieb sich die Augen. »Ich bin so müde. Außerdem glaube ich, dass ich nachtblind bin. Ich habe viel länger gebraucht, als ich gedacht hätte, dabei war nicht so viel Verkehr.«

»Hauptsache, du bist gut angekommen. Und jetzt hast du bestimmt Hunger.«

»Ja, und wie!«

Luca holte Brot, Käse, Schinken, Oliven und Tomaten. Dann brachte er Klara einen Teller und Besteck, schenkte Rotwein in zwei Gläser ein und verdünnte ihn mit etwas Leitungswasser. Klara begann zu essen. Luca setzte sich ihr gegenüber.

»Und, was gibt es Neues bei euch in Rijeka? Wie geht es deinen Eltern? Reden sie wieder miteinander?«

»Das müssen sie wohl oder übel. Sie laufen sich im Krankenhaus dauernd über den Weg. Aber Mama ist froh, dass sie die Scheidung hinter sich gebracht hat. Papa sicher auch. Er lebt mit seiner Geliebten zusammen. Ich halte mich da heraus. Übrigens, Mama hat jetzt einen Freund, er ist Anästhesist.«

»Ja, sie ist noch jung und sollte nicht allein bleiben.«

»Du aber auch nicht, Nono.«

Luca winkte ab. »Ach, wer will schon so einen alten Knacker wie mich? Außerdem kann keine Frau meine Emilia ersetzen. Sag mir lieber, was macht dein Studium? Und wie geht es deinem Freund? Wie hieß er noch?«

»Frag mich bloß nicht nach dem. Wir haben Schluss gemacht. Er war ein Streber und ein Macho obendrein. Es war echt nervig.«

»Er war eben nicht der Richtige.«

»Na ja, egal. Ich habe keine Zeit und keine Lust auf komplizierte Beziehungen. Du kannst dir nicht vorstellen, wie anstrengend das Studieren sein kann. Ich bin nur noch am Rennen, muss wahnsinnig viel lesen und mich auf meine Klausuren vorbereiten. Aber es macht echt Spaß. Neulich waren wir in der Pathologie. Das war schon gruselig. Zwei Mädchen sind rausgerannt und ein Kommilitone ist tatsächlich umgekippt.«

Luca nickte. »Das kann ich gut verstehen.«

»Na ja, mir war auch nicht wohl dabei, aber ich habe bis zum Schluss durchgehalten. Übrigens, ich ziehe mit einer Freundin zusammen. Wir haben eine total süße Wohnung gefunden, Altbau zwar, aber schön gelegen, oben am Hang. Wir haben sogar einen Balkon mit Blick aufs Meer. Da wäre nur ein kleines Problem.«

»Und welches?«

»Die Einrichtung. Du kennst doch mein altes Jugendzimmer?«

Luca nickte.

»Ehrlich Nono, ich kann diese rosa Möbel unmöglich mitnehmen. Außerdem, wo sollte ich schlafen, wenn ich zu Mama komme. Und da dachte ich, du könntest mir vielleicht zumindest vorläufig das alte Bett und den Schrank geben, die bei dir oben im Gästezimmer stehen. Wenn ich später Geld verdiene, kaufe ich mir andere Möbel und du bekommst deine wieder.«

»Aber Kind, das Zeug ist uralt. Ich könnte dir gleich neue Möbel kaufen.«

»Lieb von dir, aber das möchte ich nicht. Außerdem gefallen mir alte Sachen, die haben Stil und machen was her.«

Luca lachte. »Na, wenn es so ist. Klar kannst du sie haben, und den Schreibtisch und den Sessel gleich dazu.«

»Danke, das ist ja super!« Klara beugte sich vor und gab Luca einen Kuss auf die Wange. »Es bliebe jetzt noch die Frage des Transportes, aber das organisiere ich dann schon. Ach, bin ich so froh, dass ich hergekommen bin. Weiß du noch, wie wir früher, als ich klein war, auf Trüffeljagd gegangen sind?«

»Aber ja, natürlich weiß ich es, du warst ein kleiner Wildfang.«

»Lass uns doch gleich morgen früh zu unserer Lichtung gehen. Da haben wir schon viele Trüffeln gefunden.«

Luca kratzte sich am Kopf.

»Gerne, aber vielleicht lieber ein anderes Mal. Aurora ist nämlich momentan ein wenig erkältet.«

»Oh, hoffentlich ist es nichts Schlimmes?«

»Nein, das wird schon wieder. Aber es ist nicht nur deswegen.«

»Bist du etwa auch krank?«

»Nein, mir geht es gut.« Luka nippte an seinem Wein und stellte das Glas ab. »Es ist nur so, dass Aurora gestern ausgerechnet dort einen Toten gefunden hat.«

Klara schlug sich Hände vor den Mund.

»Einen Toten?«

»Ja.«

»O nein, wie schrecklich. Und wer ist es?«

»Das weiß ich nicht.«

»Und die Polizei? Was sagt die dazu?«

»Gar nichts. Die haben noch keine Ahnung davon. Ich habe es nur Maurizio gesagt, aber der konnte nicht herkommen. Und dann noch dieser Mord in Rovinj auf Katarina … Du hast bestimmt davon gehört.«

»Es kam ständig in den Nachrichten.«

»Nun, und deshalb dachte ich, ich warte noch ein wenig mit meinem Toten im Wald. Die Polizisten haben jetzt auch so genug um die Ohren.«

»Aber Nono! Das ist kein Grund. Du hättest das sofort melden müssen.«

»Ja, ja, weiß ich selbst.«

»Dann ruf doch bitte jetzt an.«

»Ich mache es morgen, versprochen.«

*

Das Restaurant *Trevizol* befand sich seit über vierzig Jahren in der Altstadt und war, wie die meisten Lokale ein Familienbetrieb und in der Hochsaison sehr gut besucht. Doch nun war der Sommer fast zu Ende, die überdachte Terrasse geschlossen und die Stühle an die Tische gelehnt.

Prohaska betrat den Gastraum und schaute sich um. An einem Tisch saßen vier Männer und spielten Domino. Ein etwa zwanzigjähriger Bursche, vermutlich der Enkel des aus dem Kosovo stammenden Lokalbesitzers, polierte hinter dem Tresen stehend ein Glas. Ein Handvoll Touristen saß beim Abendessen. Prohaska grüßte in die Runde und bestellte im Vorbeigehen ein Glas Karlovačko. Robert saß an einem Tisch am Fenster, und als er Prohaska hereinkommen sah, hob er die Hand und winkte ihm. Robert hatte die Pflaster weggemacht. Die Nase und der Mund waren zwar nicht mehr geschwollen, aber der Bluterguss unter seinem Auge war immer noch deutlich zu sehen. Prohaska ging zu ihm und setzte sich gegenüber.

»Guten Appetit«, sagte er mit dem Blick auf die Reste von Čevapčići und Pommes frites auf Roberts Teller.

»Danke.«

»Und, wie geht's?

»Ganz gut.«

»Und was gibt es so Dringendes?«

Robert beugte sich vor. »Ich war gestern im *Tartufo bianco*«, sagte er leise. »Aber vorher muss ich Ihnen etwas anderes erzählen. Ich hatte vor einiger Zeit einen Aushilfsjob bei Ercole, dem Malermeister, wir haben eine Wohnung renoviert. Und da …«

Prohaska fiel ihm ins Wort. »In der Švalba, ich weiß. Wo da genau?«

Robert sah ihn verdutzt an.

»Nino, der Schreiner, hat es gestern erwähnt, er kam vorbei, als ich bei Ivo war.«

»Ach so. Die Hausnummer weiß ich nicht, zwei- oder vierundfünfzig.«

Prohaska nickte.

»Also, eines Nachmittags, ich hatte gerade Feierabend gemacht und schob mein Mofa aus dem Treppenhaus, hielt ein schwarzer Audi vor der Tür. Und jetzt raten Sie mal, wer am Steuer saß?«

»Der Chauffeur?«

»Genau, Blagićs Fahrer.«

Prohaska grinste. »Und woher weiß du das?«

»Er hat es selbst gesagt, als er mich anblaffte, wann wir endlich mit der Arbeit in der Wohnung fertig sein würden. Sein Chef wolle endlich einziehen. Ich fragte, wer denn sein Chef sei und er sagte, Blagić, aber das ginge mich einen Scheiß an. Ich schickte den Kerl zu Ercole hoch, der noch in der Wohnung war. Später erfuhr ich von ihm, dass der Typ Igor heißt.«

»Wie sah er denn aus?«

»Er ist Ende dreißig oder Anfang vierzig, hat ein Pferdegesicht, braune Augen, kurze dunkle Haare, ist hager und viel kleiner als ich. Er trug einen dunklen Anzug, ein hellblaues Hemd und Krawatte und Sonnenbrille. Sah aus wie ein kleiner Mafioso.«

»Seinen Nachnamen weißt du aber nicht zufällig?«

»Nein.«

Prohaska grinste. »Mensch, da weißt du so viel über die Leute, aber sich Nachnamen zu merken, gehört wohl nicht zu deinen Stärken.«

»Manchmal ist es besser, nicht alles zu wissen.«

Der Kellner brachte Prohaska das Bier und schlenderte zurück zum Tresen.

Robert legte sein Besteck weg und stand auf. »Einen Moment, das haben wir gleich.« Er ging zu den Kartenspielern, sprach mit einem der Männer, dieser sagte etwas und schaute dabei zu Prohaska rüber.

Robert kehrte zurück und setzte sich.

»Also, er heißt Igor Busetta und wohnt in der Via Montalbano, nicht weit von hier.«

»Okay, aber er interessiert mich eigentlich nicht so. Blagićs Wohnung in der Švalba ist im zweiten Stock, nicht wahr?«

»Genau. Woher wissen Sie das?«

»Nicht so wichtig. Was war also gestern im *Tartufo*? Erzähl weiter.«

»Dieser Busetta war auch da. Er saß am Nebentisch mit zwei älteren Damen, Dinka und Sonja, vielleicht kennen Sie die?«

»Flüchtig.«

»Sie sprachen natürlich über den Mord auf Katarina, darüber reden ja alle. Aber dann fragte Busetta auf einmal, ob die beiden jemanden kennen, der sich mit Diamanten auskennt.«

Prohaska hob die Augenbrauen.

»Mit Diamanten? Bist du dir da ganz sicher?«

»Ich habe mich ganz bestimmt nicht verhört. Dinka sagte, Igor solle doch zu einem Juwelier in der Stadt gehen, und Sonja wollte wissen, ob er Diamanten hätte und wenn ja, woher überhaupt.«

»Und was hat Busetta geantwortet?«

»Das habe ich leider nicht mitgekriegt, weil sich in dem Moment Mauros Vater Luca zu mir setzte. Er fragte, was mit mir passiert sei.

Ich antwortete, ich sei mit dem Mofa gestürzt. Ich dachte, er würde gleich wieder gehen, aber er blieb sitzen und schwärmte von seiner Sau.«

Prohaska lachte. »Von seiner Sau?«

»Ja, Luca ist Trüffeljäger und seine Sau Aurora ist sein ganzer Stolz.«

»Ein hübscher Name für ein Schwein. Ich dachte, die Trüffeljäger hätten nur Hunde.«

»Die meisten schon, aber Luca schwört auf seine Aurora. Jedenfalls konnte ich deshalb nicht hören, worüber die am Nebentisch geredet haben. Nur ein paar Wortfetzen habe ich noch aufgeschnappt.«

»Zum Beispiel?«

»Es ging um eine Frau, Lora oder Nora.«

Prohaska, der gerade zum Trinken angesetzt hatte, fing an zu husten.

»Was ist los?«

»Nichts, nichts, sprich ruhig weiter.«

»Na, die Drei haben halt getratscht. Diese Frau habe ein Verhältnis mit irgendeinem verheirateten Typen und ließe sich von ihm aushalten. Das übliche Gerede. Sie wissen, wie die Leute sind. Aber Busetta wurde immer stiller und ging kurz danach weg. Aber dann ist mir heute Abend ein Licht aufgegangen.«

»Das ist immer gut.«

»Mir ist nämlich eingefallen, dass ich Busetta vor ein paar Tagen mit einer Frau auf dem Parkplatz gesehen habe. Sie standen neben einem Auto ...«

»Dem Audi?«

»Nein, es war ein roter Kleinwagen, Fiat oder Golf, keine Ahnung. Ich hätte sie nicht weiter beachtet, wenn sie sich nicht gestritten hätten. Busetta hielt die Frau am Arm fest und schrie sie an. Dann sagte sie etwas und er ließ sie los. Sie stieg in den Wagen und fuhr davon.«

Prohaska nickte. »Interessant.«

»Finde ich auch.«

Prohaska winkte dem jungen Mann und ließ sich die Rechnung bringen.

»Ich muss weiter«, sagte er, nachdem er bezahlt hatte. »Danke Watson, gute Arbeit.«

Robert grinste. »War mir ein Vergnügen, Mr. Holmes, und danke für die Einladung.«

»Gern geschehen, also bis bald.«

»Ciao, commissario.«

»Ex-commissario, wenn schon!«

Prohaska verließ das Lokal und nahm die Treppe, die hinunter zum Hafen führte. Während er an der Uferpromenade entlang zum Stadtplatz ging, überlegte er, was Nora mit Igor Busetta überhaupt zu tun hatte. Und vor allem, in welcher Beziehung sie zu Blagić stand. War er ihr Liebhaber? War er vorhin da gewesen und hatte ihr aufgemacht, oder hatte sie einen Schlüssel?

*

Das Viertel in der Nähe des Maksimir-Parks war eines der nobelsten der Stadt. Die Villen aus der Gründerzeit, Bungalows und Einfamilienhäuser neueren Datums verbargen sich hinter Mauern und gepflegten Hecken. Blagić ließ den Taxifahrer in einer Seitenstraße anhalten, bezahlte, stieg aus und bog in eine Sackgasse, die von Kastanienbäumen gesäumt war.

Als er sein Grundstück erreichte, schloss er die Stahltür auf, die sich neben dem Schiebetor befand und ging zum Haus. Der Gärtner hatte den parkähnlichen Garten wie immer vorbildlich aufgeräumt. Nur am Saum des englischen Rasens lag etwas Herbstlaub unter den Bäumen.

Blagić öffnete die Haustür und stellte den Koffer in der Diele ab. Auf einem Chippendale-Tisch lag eine Notiz von seiner Putzfrau. Alles sei erledigt, sie käme in zwei Tagen wieder, um den Briefkasten zu leeren. Blagić zerknüllte den Zettel und warf ihn in den Papierkorb. Das Haus war gelüftet die Möbel poliert, die Parkettböden glänzten. Auf den Perserteppichen war kein Stäubchen zu sehen. Jedes Ding war an seinem Platz. Im Kühlschrank lagen Lebensmittel für die nächsten zwei Tage.

Blagić trug den Koffer ins Schlafzimmer im Obergeschoss, legte das Geld und die Pässe in den Safe, der sich hinter der Kopie eines großen Historiengemäldes befand. Dann ging er in die Küche hinunter, machte sich ein Kanne Tee, aß Brot mit Orangenmarmelade und anschließend eine Schale Früchtemüsli. Bis seine Männer eintrafen, hatte er viel Zeit, sich auszuruhen. Er zog die Vorhänge im Wohnzimmer zu und streckte sich auf der Couch aus.

Als er wieder aufwachte, brauchte er eine Weile, um zu realisieren, dass er in seinem Haus in Zagreb war. Er sah auf die Uhr und stellte fest, dass er den ganzen Nachmittag geschlafen hatte. Normalerweise erinnerte er sich nicht daran, was er geträumt hatte. Diesmal schon. Er war wieder ein kleiner Junge von acht oder neun Jahren, der von anderen Kindern verhöhnt und ausgelacht wurde. Und er hatte sich wieder einmal nicht gewehrt, als sie ihn wie einen herrenlosen Hund durch die Straße jagten. Als er hinfiel und weinte, schlugen sie wie von Sinnen auf ein. Da war er schreiend aufgewacht.

Blagić stammte aus einer Kleinstadt im Osten Slawoniens unweit der serbischen Grenze. Sein Vater war Beamter im Katasteramt gewesen, seine kroatischstämmige Mutter Hausfrau. Sie kümmerte sich um die bettlägerige Schwiegermutter, die bei ihnen lebte. Er war ein spätes Einzelkind, schüchtern und pummelig, von der Mutter verhätschelt, vom Vater streng erzogen. Seine Schulkameraden hänselten ihn wo es nur ging wegen seines Aussehens und riefen ihm hässliche Spitznamen nach. Wenn er weinend nach Hause kam, pflegte sein Vater zu sagen: »Bist du mein Sohn oder eine Memme? Hör auf zu flennen und wehr dich endlich.« Erst als er in die Pubertät kam, änderte sich alles. Als ein Nachbarsjunge seine Mutter beleidigte, passte er ihn auf dem Nachhauseweg ab und schlug ihm die Nase blutig. Sein Vater sagte: »Jetzt bist du ein richtiger Mann.« Die Standpauke des Schuldirektors ertrug er regungslos und ließ sich fortan nichts gefallen. Er redete nicht viel, sondern schlug zu. Sofort bildeten sich zwei Lager. Die einen schmeichelten sich bei ihm ein, die anderen machten einen Bogen um ihn. Nach dem eher mittelmäßigen Abitur leistete er seinen Militärdienst bei der Volksarmee im tiefsten Mazedonien an der bulgarischen Grenze ab. Das gefiel ihm, trotz der Schikanen und Erniedrigungen, die er auch da über sich ergehen lassen musste. Die Armee war sein Ding. Als er an der Militärakademie in Belgrad aufgenommen wurde, platzte sein Vater beinahe vor Stolz.

Seine Mutter hingegen weinte. Sie war katholisch und sehr gläubig und konnte nicht verstehen, dass ihr Sohn ausgerechnet ein Berufssoldat werden sollte. Nach der Niederschlagung des Prager Frühlings und dem Einmarsch der Russen in der Tschechoslowakei wurde die jugoslawische Armee neu gegliedert. In den Republiken wurden Einheiten der Territorialverteidigung geschaffen, die als eine Art Feuerwehr im Falle eines Angriffs rasch und unbürokratisch eingesetzt werden konnte. Blagić absolvierte eine Guerilla-Ausbildung und kam Ende der Siebzigerjahre zur 5. Armee mit Hauptquartier in Zagreb, wo er schnell Karriere machte. Als Anfang der Neunziger der Krieg ausbrach, hatte er Beziehungen bis in die höchsten militärischen Kreise. Er wechselte zu der sich neu formierenden Kroatischen Armee, wurde kurze Zeit später zum Oberst ernannt und kämpfte gegen die serbischen Aufständischen in der Krajina, die von der Volksarmee und paramilitärischen Einheiten unterstützt wurden. Er war Soldat durch und durch. Niemand sollte ihm mit moralischen oder ethischen Problemen kommen. Jeder Krieg forderte nun einmal Opfer und war ein Geschäft, bei dem es Gewinner und Verlierer gab. Und er gehörte eindeutig zu den Gewinnern, auch wenn er bei einem Einsatz an der Hand verletzt wurde. Es hätte auch schlimmer kommen können.

Blagić schaute auf seine Hände und den hellen Rand, den die Handschuhe hinterlassen hatten. Er schüttelte die Gedanken an die Vergangenheit ab, stand auf und ging ins Bad. Nachdem er geduscht hatte, kleidete er sich für den Abend an. In dem hellbraunen Tweedanzug, dunkelrotem Pullover, cremeweißem Hemd mit Krawatte sah er beinahe aus wie ein englischer Gentleman. Er ging hinunter, machte sich einen Kaffee und aß etwas Brot und Käse. Danach räumte er alles ab, schenkte sich einen Whisky ein und setzte sich mit der Zeitung, die er am Flughafen gekauft hatte, in den Wintergarten.

Eine Stunde später kam endlich der Anruf.

»Hallo Chef, wir sind in fünf Minuten da«, sagte eine Männerstimme.

»Gut, ich mache euch das Tor auf.«

Blagić ging ins Arbeitszimmer, setzte sich an den Schreibtisch und schaltete den Monitor der Außenkamera ein. Kurz darauf rollte ein dunkelgrauer Porsche Cayenne auf die Toreinfahrt zu. Blagić drückte auf einen Knopf und das Tor glitt zur Seite. Als der Wagen vor der Garageneinfahrt zum Stehen kam, öffnete er das Tor und der Cayenne fuhr hinein. Das Stahltor glitt zurück und das Garagentor senkte sich. Blagić ging ins Schlafzimmer hoch, holte das Geld und die vier Pässe aus dem Safe, lief wieder hinunter und durch die Eingangshalle über eine weitere Treppe in die Garage.

Der Beifahrer war ausgestiegen und wartete mit den Händen in den Hosentaschen. Als er Blagić kommen sah, nahm er sie schnell heraus.

Sie begrüßten sich per Handschlag.

»Und, läuft alles nach Plan?«, erkundigte sich Blagić.

»Kein Problem. Wenn nichts dazwischen kommt, sind wir gegen Mitternacht unten.«

»Hier sind die Papiere und das Geld für die Tickets. Sieh zu, dass ihr das Schiff nach Venedig nicht verpasst. Der Chefsteward weiß Bescheid. Er ist unser Mann.«

»Alles klar.«

»Und ruf Igor an, damit er den Wagen später in die Garage bringt. Du hast seine Handynummer?«

Der Mann nickte.

»Okay, ihr wisst, was ihr zu tun habt.«

»Natürlich, wie immer halt.«

»Gib mir ihre alten Pässe«, sagte Blagić zu dem Fahrer, der auch ausgestiegen war.

Der Mann, ein korpulenter Mittvierziger, zog wortlos einen Umschlag unter seinem Sitz hervor und gab ihn Blagić.

Die würde er einschließen und später verscherbeln oder falls nötig vernichten.

Blagić deutete auf den Wagen. »Ich will sie sehen.«

Der Fahrer schloss die Zentralverriegelung auf, der Beifahrer öffnete die Seitentür, und Blagić spähte hinein. Zwei Mädchen schliefen auf der hinteren Bank, die anderen beiden vorne.

Blagić machte die Tür leise zu und wandte sich an den Beifahrer. »Hör mal, da drin stinkt es erbärmlich. Wenn ihr schon rauchen müsst, dann lüfte wenigstens ab und zu.«

»Wird gemacht, Chef.«

»Habt ihr ihnen auch die richtige Dosis verpasst?«

»Ja, gleich nachdem wir sie geholt haben. Zuerst haben sie sich geziert und wollten das Zeug nicht schlucken. Ich musste ein wenig nachhelfen.«

»Gib ihnen so viel sie brauchen. Außerdem sind sie viel zu leicht angezogen. Haben sie genug Klamotten dabei?

»Ich glaub schon.«

»Glauben heißt nicht wissen. Sie müssen auf der Überfahrt anständig aussehen, also kein Make-up, kein Schmuck oder sonstiger Schnickschnack. Vor allem sollen sie möglichst die Klappe halten.«

»Keine Sorge, wir passen gut auf sie auf.«

»Okay. Melde dich, wenn ihr sie abgeliefert habt. Das Geld für die Spesen ist in dem Umschlag. Und jede kriegt zweihundert Euro als Startkapital, ist das klar?«, fragte Blagić mit Nachdruck.

»Ja, natürlich Chef, wie immer.«

»Behandelt sie gut. Keine Schläge, keine Beleidigungen, Drohungen oder dergleichen. Sie sollen sich sicher fühlen. Schließlich müssen sie lange durchhalten, damit sie ihre Schulden für die Pässe und den Transport zurückzahlen können.« Die beiden Männer grinsten.

»Noch Fragen? Nein? Dann ab mit euch und gute Fahrt.«

*

In einem langen Beet auf dem Pignaton-Platz hinter dem Uhrturm wuchsen prächtige Oleanderbüsche. Prohaska blieb beim vorderen stehen, riss schnell einen weiß blühenden Zweig ab, ging weiter und bog dann in einen Durchgang, der in die Carera führte. Die Läden waren noch geöffnet, die Gasse voller Menschen. Als er nun am Fotoladen vorbeiging, stand Ivo an einer Vitrine und redete mit einem Kunden.

Am Lokva-Platz am Busbahnhof blieb Prohaska vor einem Bistro stehen. Von hier aus konnte er den unteren Teil der Gasse überblicken, in der Nora wohnte. Er ging hinein und bestellte einen Espresso. Dann nahm er die Tasse nach draußen, setzte sich an einen Tisch neben der Tür, legte den Oleanderzweig darauf und zündete sich eine Zigarette an. Nach einer Weile kam der junge Barista heraus, lehnte sich an den Türrahmen und zündete sich ebenfalls eine Zigarette an.

»Soll ich Ihren Oleander ins Wasser stellen, bis die Dame kommt?«

Prohaska drehte sich zu ihm um. »Welche Dame?«

»Na, die, auf die Sie warten.«

Prohaska lachte. »Danke, das ist nicht nötig. Du bist ein guter Beobachter.«

»Berufskrankheit.«

»Arbeitest du schon lange hier?«

»Seit drei Jahren. Das Lokal gehört meinem Vater. Er macht den Papierkram und ich kümmere mich um die Gäste, allerdings nur in den Semesterferien.«

»Und was studierst du?«

»Betriebswirtschaft. Mal sehen, ob ich danach einen Job kriege. Sonst gehe ich nach Österreich oder Deutschland.«

»Verstehe.«

»Hoffentlich müssen Sie nicht zu lange warten.«

»Auf eine Frau wie Nora muss man eben warten können.«

»Sie meinen die Frau aus dem Touristikbüro?«

»Exakt. Ich wollte sie eigentlich überraschen, aber sie hat mir leider nicht ihre Hausnummer verraten. Ich weiß nur, dass sie da drüben wohnt.« Prohaska deutete mit dem Kinn zur Gasse.

»Ich kenne Nora vom Sehen. Meine Tante wohnt in Nummer 34 und Nora zwei Häuser weiter oben.«

»Oh, danke sehr.« Prohaska lächelte. Auf diese Weise an Information zu kommen, war ihm am liebsten.

»Keine Ursache, wir Männer müssen zusammenhalten. Bitte, verstehen Sie mich nicht falsch, ich finde Frauen klasse, aber ich verstehe sie nicht. Sie sind mir manchmal zu kompliziert.«

»Da hast du verdammt recht.« Prohaska drückte die Zigarette aus, trank den Espresso und stand auf. »Tja, dann will ich mal sehen, wo sie bleibt.« Er nahm den Oleanderzweig, legte einen Geldschein unter den Aschenbecher und wandte sich zum Gehen. »Du machst einen sehr guten Kaffee.«

»Danke schön, aber warten Sie, Sie kriegen noch etwas raus.«

Prohaska winkte ab. »Ist in Ordnung, es war nett, mit dir zu plaudern.«

»Ganz meinerseits«, rief ihm der Barista nach.

Prohaska steckte den Zweig in die Jackentasche und ging die Gasse hoch, die im Schein der Laternen wie eine Filmkulisse aussah. Die Häuser klebten aneinander, als würden sie sich gegenseitig stützen. Im ersten Stock der Nummer 38 brannte Licht. Am unteren Klingelknopf stand ein italienischer Nachname, am oberen E. Nurkić. Prohaska ging ein paar Schritte zurück und schaute nach oben. Plötzlich fragte er sich, was er sagen sollte, wenn er bei ihr klingelte. Würde sie ihn überhaupt hereinlassen? Er würde es darauf ankommen lassen. Er nahm den Oleanderzweig und roch daran. Der Stiel war klebrig. War Oleander nicht giftig, fragte er sich. Ach, was soll's, er wird ganz sicher nicht daran sterben. Prohaska ging zur Tür und hatte schon die Hand ausgestreckt, um zu klingeln, als in Noras Wohnung das Licht ausging. Er ließ die Hand sinken, ging rasch die Gasse hinauf und stellte sich in den Schatten eines Hauseingangs. Nur einen Moment später verließ Nora das Haus. Sie trug eine dunkle Hose und Windjacke, flache Schuhe und eine große Umhängetasche über der Schulter.

Prohaska sah auf die Uhr. Es war zwanzig vor neun. Wohin wollte sie jetzt noch, fragte er sich, während er ihr folgte. Nora überquerte den Platz vor dem Bistro und lief zur Uferpromenade. Dort wandte sie sich nach links, ging an der alten Zigarettenfabrik vorbei, und nach etwa zehn Minuten bog sie zum Jachthafen ab. Die Boote und Jachten schaukelten, die Takelagen klirrten. Prohaska blieb immer wieder im Schatten der parkenden Autos stehen. Nora rannte hinunter zum Parkplatz vor dem Jachthafen. Das Wachhäuschen an der Zufahrtsrampe war geschlossen. Nora ging zum Gittertor, das die lange Mole absperrte. Aber das Tor war nicht abgeschlossen. Nora drückte es auf und als sie es hinter sich wieder schloss, duckte sich Prohaska gerade rechtzeitig hinter einen der Müllcontainer, die am Rand des Parkplatzes standen. Plötzlich hörte er ein lautes Fauchen. Prohaska fuhr herum, bekam eine Gänsehaut und seine Nackenhaare stellten sich auf. Genau über ihm saßen auf der Mauer hinter den Containern mehrere Straßenkatzen und starrten ihn an.

»Was gibt's da zu sehen?«, zischte er. Dann verließ er sein Versteck und rannte geduckt zum Tor. Die etwa zweihundert Meter lange Mole war von mehreren hohen Flutlichtlampen erhellt. Die Teile dazwischen lagen im Dunkeln. Der Wind hatte aufgefrischt und Prohaska fröstelte. Leise öffnete er das Tor und sprang auf die Mauer, die hier nur einen halben Meter hoch war und dann immer höher wurde. Dahinter türmten sich Betonquader auf, Wellenbrecher, die wie riesige schwarze Spielklötze aussahen. Nora war inzwischen am Ende der Mole angekommen. Prohaska rannte geduckt und so leise wie möglich vor und versteckte sich hinter einem Betonklotz.

Nora sprach jetzt mit jemandem, der in einem Boot saß oder stand, das dort angelegt hatte.

»Ich dachte, er würde selbst herkommen«, sagte sie nervös.

»Davon weiß ich nichts, ich soll Sie nur auf die Insel bringen. Also, steigen Sie schon ein.«

»Das kommt überhaupt nicht in Frage. Ich rufe ihn erst an.«

Der Mann sprang auf die Mole und packte Nora am Arm.

»Los, kommen Sie, ich will hier keine Wurzeln schlagen. Herr Blagić wartet nicht gerne.«

»Lass mich los!«, schrie Nora und versuchte sich aus seinem Griff zu befreien.

Doch der Mann schob sie unsanft an den Rand der Mole, und sie stiegen ein.

Prohaska sprang auf die Mole, rannte los und brüllte:

»Halt, sofort anhalten!«

Nur noch wenige Schritte trennten ihn von der Stelle, wo das Boot lag.

Die Motoren heulten auf, das Wasser am Heck wirbelte und schäumte, das Gefährt schaukelte und bewegte sich rasch von der Mole weg.

Prohaska hatte den richtigen Anlauf und sprang. Das Meerwasser war verdammt kalt. Der Motorenlärm über ihm dröhnte und entfernte sich. Als er wieder auftauchte und nach Luft schnappte, verließ das Boot immer schneller werdend den Hafen.

Prohaska schwamm zu einer Eisenleiter am Kai und kletterte hinauf.

»So eine verdammte Scheiße, so ein blöder Mist!«, fluchte er in einem fort. Er bibberte vor Kälte, alles an ihm klebbte, und um seine Schuhe bildete sich eine Pfütze.

Im fahlen Licht des Mondes war von dem Schnellboot nur noch eine weiß schimmernde Spur zu sehen.

Prohaska spuckte den salzigen Speichel aus und machte sich auf den Rückweg. Seine Schuhe quietschten bei jedem Schritt. Ein paar Meter weiter lag der Oleanderzweig, den er beim Spurt verloren hatte. Er hob ihn auf und steckte ihn in die Tasche. Als er am Wachhäuschen vorbeikam, versetzte er ihm einen solchen Schlag mit der Faust, dass die Blechwand nur so schepperte. Die Katzen schauten stumm von der Mauer zu.

Er musste sofort Inspektor Rossi anrufen, der war jetzt dran. Mit klammen Fingern zog Prohaska sein Handy aus der Hosentasche, aber das Ding war natürlich ersoffen und machte keinen Mucks. Am liebsten hätte er es in hohem Bogen ins Meer geschleudert. Er steckte es wieder ein und rannte über den Parkplatz hinauf zur Straße. Sein Bein schmerzte. Weit und breit war kein Mensch zu sehen. Nur die Grillen zirpten im Verborgenen. Die Viecher hatten einfach die Ruhe weg. Egal, was passierte, sie sägten weiter. Genauso der blöde Wind. Er rauschte in den Baumkronen, als ob nichts geschehen wäre. Prohaska fror immer mehr. Die Lichter der Altstadt spiegelten sich lieblich im Hafen. Diese Postkartenidylle war unerträglich und machte ihn noch wütender.

Aber er war selbst schuld. Hätte er sich nicht so lange mit Robert unterhalten und hätte er im Bistro nicht den Kaffee getrunken, wäre er viel früher bei Nora gewesen. Sie wäre nicht zum Jachthafen gegangen und er hätte herausbekommen, in welcher miesen Sache sie da steckte. Und er hätte ihr seine Hilfe angeboten. Ganz bestimmt hätte er das getan. Sie wäre nicht entführt worden. Aber das Hätte und Wäre nützte ihm jetzt auch nichts. Er hatte einfach kläglich versagt.

Als er vor Ivos Haustür ankam und läutete, schlenderten zwei Jugendliche an ihm vorbei.

»Alter, hast du den Penner da gesehen? Den hat wohl einer ins Wasser geschubst«, sagte einer und drehte sich nach Prohaska um.

Der andere Junge nuschelte etwas und lachte schallend.

Prohaska biss die Zähne zusammen, und als endlich die Tür aufging, schleppte er sich die Treppe hinauf.

»Mama mia! Heilige Mutter Gottes«, rief Miranda und schlug sich die Hand vor den Mund. »Was ist denn mit dir passiert?«

»Nichts, ich war nur ein wenig schwimmen.«

Sie zog ihn in die Diele. »Na, hoffentlich hast du dir keine Lungenentzündung geholt. Komm schnell rein.«

»Nein, nein, mir geht es gut. Ist Ivo auch da?«

»Ja, aber zuerst musst du aus diesen Sachen raus. Ich mache dir schnell einen Tee und bring dir etwas zum Anziehen.«

Prohaska verzog das Gesicht. »Ich hasse Tee!«

»Dann eben Tee und eine Grappa.«

»Das klingt schon besser.«

Prohaska bückte sich und zog die Schuhe aus. Miranda half ihm, die Jacke abzustreifen. Dabei fiel der Oleanderzweig auf den Boden. Sie hob ihn auf. »Und für wen war der gedacht?«

»Für eine Frau, aber ...«

»Sie wollte ihn nicht?«

»Ich kam nicht dazu, sie zu fragen.«

»Vielleicht ist sie es gar nicht wert, dass du dich so engagierst.«

»Wie kommst du darauf, dass ich mich engagiere?«

Miranda lächelte.

»Ach, du weißt es schon?«

»Klar, Ivo hat es mir erzählt.«

»Na dann.«

Prohaska ging ins Badezimmer, zog sich aus, stellte sich unter die Dusche und ließ so lange heißes Wasser über seinen Rücken laufen, bis es brannte.

Als er später in Ivos viel zu engem Trainingsanzug auf der Couch saß, erzählte Prohaska den beiden, was vorgefallen war.

»Wenn Nora entführt wurde, müssen wir doch die Polizei verständigen«, sagte Miranda.

»Schon, aber bis die ihre Leute zusammengetrommelt haben und sich auf die Suche machen, kann es Stunden dauern. Was für ein Boot war es?«, fragte Ivo.

»Keine Ahnung. Ein weißes Schnellboot halt. Ziemlich groß. Hatte zwei starke Motoren. Ein Zodiak vielleicht«, antwortete Prohaska, während er sichtlich angewidert an seiner Teetasse nippte. Dennoch tat ihm die heiße Flüssigkeit gut.

»Dann sind sie längst über alle Berge«, meinte Miranda.

Prohaska sah sie an. »Berge?«

»Ach, du weißt, was ich es meine.«

Ivo hob die Hand. »Warte mal. Die Fischer sind doch draußen. Vielleicht haben sie es gesehen. So ein Gefährt fällt in der Nacht bestimmt auf, außerdem haben wir fast Vollmond. Ich ruf gleich meinen Cousin Rico an.«

»Ich bin für die Polizei«, sagte Miranda bestimmt. »Erst der schreckliche Mord auf der Katarina und nun eine Entführung. Was, wenn ihr der Mann etwas antut?«

Prohaska stellte die Tasse ab und stand auf. »Ich rufe Rossi an.«

*

Von außen war die Kellerschenke nur wegen eines Aufstellers aus verwittertem Holz als ein Lokal zu erkennen, auf dem jemand mit weißer Farbe die Worte »Vino & Grappa« gemalt hatte. Hier waren Fischer, Arbeiter und Arbeitslose, Tagelöhner und andere arme Schlucker unter sich. Auf dem großen Kamingrill brutzelten kleine und große Fische, ein paar Čevapčići und Schweinebauchscheiben, die die Gäste mitgebracht hatten. Ein Mann stand davor und achtete, dass nichts anbrannte, und wenn er mit der Gabel in den Speck stach, tropfte das Fett auf die glühenden Kohlen und stieg dampfend in die Höhe. Die Luft war zum Schneiden. Die Gespräche immer lauter. In dem langen Raum standen Holztische mit Bänken und Stühlen, von der Decke hingen nackte Glühbirnen, die so schwach waren, so dass man den Staub und die Spinnweben nicht gleich sehen konnte. Hinter dem Tresen, eigentlich waren es mehrere nebeneinander liegende lange Bretter auf Holzböcken, stapelten sich fast bis zur Decke Getränkekästen und Weinfässer.

Die Gespräche kreisten um die alten Fragen des menschlichen Daseins, Glück und Pech in der Liebe und im Leben überhaupt, um

Geld, Fußball und Politik, dabei wurde auch gelacht und auf die Schultern geklopft. Die Gläser klirrten und immer neue Runden wurden bestellt. Es ging sehr familiär zu. Brot und Wein wurden geteilt, wer Durst und Hunger hatte, war eingeladen. Hier hielt man zusammen, und Streitigkeiten waren Tabu. Wenn einer doch Stunk machte, bekam es mit dem Wirt Gianni zu tun und flog raus.

Igor Busetta saß an einem Tisch in der Mitte des Raumes und starrte auf das leere Glas vor ihm. Früher, als sein Leben trotz chronischen Geldmangels noch unkompliziert verlief, war er hier oft eingekehrt, doch seitdem er für Blagić arbeitete, musste er mehr oder weniger abstinent sein, weil er jederzeit damit rechnen musste, seinen Chef zu kutschieren. Aber der war jetzt unterwegs, und Busetta hatte endlich Zeit für sich selbst.

Als er sich schwankend erhob, um sich am Tresen ein neues Glas Bevanda zu holen, stieß er mit einem Mann zusammen und schob ihn grob zur Seite.

»He, lass mich durch.«

»Immer mit der Ruhe, der Herr, es ist genug für alle da«, knurrte der andere, doch als er Busettas wütenden Gesichtsausdruck sah, ließ er ihn passieren.

Einer der Umstehenden hob sein Glas und begann ein Fischerlied zu singen. Die anderen stimmten vierstimmig mit ein. Der Lärm wurde so groß, dass Igor das Klingeln seines Handys nicht mitbekam.

»Gib mir noch eine Bevanda, aber diesmal mehr Wein als Wasser, wenn ich bitten darf.«

Gianni, schenkte großzügig ein, stellte das Glas hin und schaute Igor an.

»Alles okay bei dir?«

»Aber sicher doch, warum auch nicht?«

»Das ist schon dein sechstes Glas.«

»Stimmt. Na und?« Busetta trank die Hälfte auf einmal und wischte sich den Mund ab. »Mir ist eben danach.«

Gianni klopfte ihm auf die Schulter und sang den Refrain mit.

»Weißt du, Gianni, mir geht es wirklich blendend, wenn man mal davon absieht, dass das Leben ein großer Haufen Scheiße ist«, sagte Igor, als das Lied zu Ende war.

»Oh je, so schlimm?«

»Noch viel schlimmer.«

»Hab gehört, dass du Privatchauffeur geworden bist. Da kannst du dich nicht beklagen, oder? Schau dich um. Die meisten sind arbeitslos und wissen nicht, wie sie die nächste Miete bezahlen sollen.«

»Ja, ja, ich hab's geschafft, stimmt genau, ich bin jetzt wer, doch darum geht es nicht. Ich habe ganz andere Sorgen.«

»Wegen einer Frau?«

»Unter anderem.«

»Ach, vergiss sie einfach und such dir eine andere.«

Busetta nahm noch einen Schluck.

»Genau das hab ich vor, genau das. Živio!«

»Salute. Aber jetzt solltest du lieber nach Hause gehen.«

»Auf die Weiber, auf die kein Verlass mehr ist. Und auf mein so genanntes Zuhause.«

»Du hast eine hübsche kleine Wohnung, hab ich gehört.«

»Was du so alles hörst? Aber wenn du es genau wissen willst, also ganz genau, meine kleine Wohnung ist es ein viel zu teures schräges Zimmer im Dachgeschoss, mit einer Kochnische und einem Badezimmer, in dem man sich nicht einmal umdrehen kann, geschweige denn baden. Ich komme mir vor wie eine Ratte im Käfig und könnte manchmal alles kurz und klein schlagen.«

»Dann such dir etwas Besseres. Jetzt verdienst du doch genug.«

»Das hast du wohl auch gehört?«

Gianni lächelte.

»Ist auch egal. Ich halte das schon aus. Aber eines Tages komme ich da raus, dann bin ich weg, haue einfach ab. Das hab ich mir geschworen. Vielleicht sehr bald. Du wirst sehen.«

»Igor, du hast heute den Moralischen. Geh heim und schlaf dich aus. Morgen sieht die Welt viel besser aus. Schau mich an. Ich kümmere mich um diese armen Menschen, der Laden läuft wie geschmiert, ich zahle meine Steuern und bin ein geachtetes Mitglied der Gesellschaft. Man muss eben mit dem Strom schwimmen und mit dem zufrieden sein, was man hat. Und ich bin zufrieden.«

»Schön für dich«, sagte Busetta ironisch und leerte sein Glas. »Ich gehe jetzt. Und wenn du es genau wissen willst, dein Wein ist furchtbar. Mach lieber Essig daraus oder wechsle den Lieferanten.«

Gianni verzog das Gesicht zu einem Lächeln.

»Och, das tut mir aber wirklich leid. Wie es scheint, bist du inzwischen etwas Besseres gewohnt?«

»Schon möglich.«

»Mein Wein ist hervorragend, der ist nämlich von meinem Schwager, und auf den lass ich nichts kommen.«

»Ja, hervorragend, natürlich, nichts für ungut, Gianni.« Busetta bezahlte, schaute sich noch einmal um und ging mit leichter Schlagseite hinaus.

*

Prohaska holte aus der Jackentasche Rossis Visitenkarte, die zwar durchweicht, aber noch lesbar war und nahm Ivos Handy vom Tisch. Er tippte die Nummer ein, und als sich Rossi müde meldete, kam Prohaska gleich zur Sache.

»Herr Inspektor, Prohaska hier, entschuldigen Sie die späte Störung.«

»Kein Problem, worum geht's?«

»Nun, ich war heute Abend Zeuge einer Entführung.«

»Wie bitte?«

»Frau Nora Nurkić wurde am Jachthafen von einem Mann in ein Schnellboot gezerrt. Ich wollte es verhindern, bin hinterher gesprungen, aber leider …«

»Noch einmal und zum Mitschreiben. Sie waren also wo?«

»An der Marina, am Jachthafen.«

»Und Sie sind wo hinterher gesprungen?«

Prohaska räusperte sich. »Na, diesem Boot hinterher.«

»Wann war das genau?«

»Vor etwa einer Stunde.«

»Aber warum haben Sie uns nicht gleich informiert?«

»Mein Handy ist abgesoffen und funktioniert nicht mehr.«

»Verstehe. Und Sie sind sicher, dass es Frau Nurkić war?«

»Natürlich bin ich mir sicher. Sie arbeitet im …«

»Ich weiß, wo sie arbeitet. Wissen Sie auch, wer sie entführt hat?«

»Nein, woher?«

»Könnten Sie den Mann beschreiben?«

»Nur vage, es war viel zu dunkel. Er war groß und kräftig, sprach mit zagreber Dialekt. Könnten Sie bitte sofort eine Suchaktion veranlassen?«

»Jetzt?«

»Ja, sicher.« Prohaska verdreht genervt die Augen.

»Prohaska, so einfach ist das nicht. Es ist schwierig, aufgrund einer Vermutung, dass es sich um eine Entführung handelt, eine Suchaktion zu starten, und dann noch mitten in der Nacht. Ich habe kein Personal. Meine Männer sind wegen des Mordfalls Jäger seit Stunden auf den Beinen und brauchen ihren Schlaf.«

»Ich weiß, aber Nora, ich meine Frau Nurkić, ist in großer Gefahr.«

»Ich an Ihrer Stelle würde mir keine so großen Sorgen machen.«

»Ach, und wieso nicht?«

»Hören Sie, Prohaska«, sagte Rossi geduldig. »Ich bin sehr müde und Sie bestimmt auch. Ich bin überzeugt, dass Frau Nurkić auf sich selbst aufpassen kann. Mir sind da gewisse Gerüchte zu Ohren gekommen, Sie wissen schon, was ich meine.«

Prohaska entging nicht der anzügliche Unterton in Rossis Stimme. Er schaute zu Miranda und Ivo, die auf der Couch saßen und schüttelte den Kopf.

»Nein, das weiß ich nicht. Und es interessiert mich auch nicht die Bohne. Es ist einfach Gefahr im Verzug!«

Miranda fuchtelte mit den Händen, als wollte sie Prohaska anfeuern, energischer zu sein.

»Jetzt regen Sie sich nicht so auf, Herr Prohaska. Ich habe mir alles notiert und werde mich darum kümmern.«

»Heute noch?«

»Nein, aber gleich morgen früh. Gute Nacht, und machen Sie sich nicht verrückt. Ach, eine Frage hab ich noch: Warum sind Sie ihr eigentlich nachgegangen?«

»Das ist eher privater Natur.«

»Hm, ich verstehe. Sie ist eine sehr schöne Frau. Und dann schnappt sie Ihnen einer vor der Nase weg. Das ist natürlich bitter.«

»Sie irren sich, Herr Inspektor. Es geht um etwas ganz anderes.«

»Und das wäre?«

Prohaska überlegte, wie er es anstellen sollte, Rossi auszufragen, ohne zu verraten, was er selbst wusste.

»Sagt Ihnen der Name Drago Blagić etwas?«

»Ja, warum?«

»Was wissen Sie über ihn?«

»Nun, er ist ein Geschäftsmann und hat in Rovinj einen Zweitwohnsitz. Aber wie kommen Sie jetzt auf den?«

»Noras Entführer hat gesagt, dass er sie zu Blagić bringen muss. Sie wollte Blagić anrufen und weigerte sich, einzusteigen, aber der Typ hat sie ins Boot gezerrt. In meinen Augen ist das eine Entführung.«

»Na, sehen Sie? Sie wollte ihn anrufen. Das Ganze war vermutlich nur ein Missverständnis. Sie wissen doch, wie die Frauen sind. Wenn sie ungeduldig werden, geht das Temperament mit ihnen durch. Außerdem ist Nora mit Blagićs Kompagnon liiert. Rufen Sie sie einfach an, dann klärt sich alles auf.«

»Würde ich ja gerne, aber ich habe nicht ihre Telefonnummer.«

»Ich auch nicht. Also, machen Sie sich keine Sorgen, sie wird morgen bestimmt wieder im Büro sein.«

»Ich weiß, was ich gesehen habe. Ich möchte Nora als vermisst melden.«

»Prohaska, Sie wissen genauso gut wie ich, dass nicht jeder, der verschwindet, gleich ein Entführungsopfer sein muss. Warten Sie doch ab. Wenn sie bis morgen nicht aufgetaucht ist, können Sie immer noch zu uns kommen.«

»Mein Wort reicht Ihnen wohl nicht?«

»Okay, okay, kommen Sie morgen Nachmittag zu mir, ich werde mich persönlich darum kümmern.«

»Danke.«

»Und Sie sind ihr wirklich hinterher gesprungen?«, fragte Rossi mit leisem Spott in der Stimme.

»Was hätten Sie an meiner Stelle getan?«

»Keine Ahnung. Ich bin nicht Sie. Und Sie haben sich hoffentlich nichts getan.«

»Nein, ist nicht der Rede wert.«

»Dann bin ich beruhigt. Gute Nacht, Prohaska.«

Na klasse, dachte Prohaska, nachdem die Verbindung unterbrochen war und gab Ivo das Handy zurück.

»Er unternimmt also gar nichts«, bemerkte Miranda.

»Nein, ich soll morgen zu ihm kommen. Aber ich muss jetzt sofort etwas tun. Wenn ich nur wüsste, wohin sie gefahren sind.« Prohaska nahm das Handy wieder und tippte Rossis Nummer noch einmal ein.

»Herr Rossi, Sie sagten, dass dieser Blagić hier einen Zweitwohnsitz hat. Wo genau?«

»Ich müsste nachschauen lassen. Das hat bestimmt Zeit bis morgen. Außerdem darf ich es Ihnen nicht so ohne weiteres sagen. Sie sind weder verwandt noch verschwägert und überdies …«

»Okay, okay, ich hab's verstanden. Dann frage ich anders: Könnte es sein, dass Blagić auf der Insel, zu der Nora vorhin gebracht wurde, ein Haus hat? Wenn ja, wissen Sie, wie die heißt?«

Rossi seufzte und sagte langsam und jedes Wort betonend.

»Herr Prohaska, bitte, lassen Sie's gut sein. Wir reden morgen, okay?«

»In Ordnung, bitte entschuldigen Sie die Störung. Gute Nacht.«

Prohaska drückte das Gespräch weg, legte das Handy auf den Tisch und zündete sich eine Zigarette an.

»Verdammter Mist! Dann kriege ich es eben auf meine Weise heraus.«

»Joe, so kenne ich dich gar nicht. Liegt dir an dieser Frau wirklich so viel? Morgen klärt sich bestimmt alles auf«, sagte Ivo.

»Tut mir leid, dass ich euch solche Umstände mache, aber ich muss einfach etwas unternehmen.«

»Ich rufe jetzt Rico an, er ist mit seinem Boot draußen.« Ivo nahm sein Handy und tippte eine Nummer ein.

Miranda stand auf. »Also, ich bin todmüde und muss mich hinlegen. Die Kinder haben morgen Schule. Gute Nacht Joe.«

»Gute Nacht, Miranda.«

Miranda gab Ivo einen flüchtigen Kuss und verließ das Wohnzimmer.

Prohaska setzte sich auf die Couch, streckte die Beine aus und verschränkte die Arme hinter dem Kopf. Hatte Rossi doch Recht, und Nora war gar nicht in Gefahr? Wollte sie nur, dass er das dachte?

Hatte sie bemerkt, dass er ihr gefolgt war und das Ganze war nur Theater? Aber weshalb hätte sie das tun sollen? Sie war doch in Panik, hatte geschrien, und er hatte nichts tun können.

Ivo erklärte Rico schnell, worum es handelte.

»Nichts«, sagte er, als er aufgelegt hatte. »Rico hat kein Schnellboot gesehen, aber er fragt die anderen Fischer und meldet sich. Außerdem wollte er wissen, ob wir noch alle Tassen im Schrank hätten.«

Prohaska grinste. »Das frag ich mich auch manchmal.«

Erst jetzt nahm er wahr, dass im Bad der Fön lief. Eine Minute später kam Miranda und legte Prohaskas Jeans über einen Stuhl. »Bitte sehr, die ist jetzt einigermaßen trocken.«

»Ach, Miranda, danke dir, du bist ein echter Schatz.«

»Ich weiß, aber nächstes Mal solltest du lieber nicht in voller Montur ins Wasser springen. Gute Nacht.«

*

Igor Busetta blieb im Schatten unter dem Balbi-Bogen stehen und schaute zum Uhrturm. Es war zwei Minuten vor Mitternacht.

Er nahm sein Handy aus der Tasche und tippte Noras Nummer ein. Es klingelte ein paar Mal, dann meldete sich wieder nur die Mailbox. Busetta fluchte und als er den Piepston hörte, begann er leise zu sprechen.

»Geh endlich ran! Wo steckst du? Ich hab den ganzen Tag versucht dich zu erreichen. Glaub nicht, dass ich das noch länger mit mir machen lasse. Wenn du dich bis morgen Mittag nicht gemeldet hast, erzähle ich dem Chef alles, hörst du, alles. Dann kannst du zusehen, wie du aus der Sache rauskommst. Auf mich fällt kein Verdacht, er wird sich sogar bei mir bedanken, wenn ich ihm sage, wie das passiert ist. Und falls du ihm eine von deinen Lügengeschichten auftischen solltest, vor allem was diesen Prohaska betrifft, bin immer noch ich da, vergiss das nicht. Übrigens, ich habe ein paar Fotos von euch beiden gemacht. Der Chef weiß inzwischen Bescheid. Nimm dich also in Acht und ruf mich zurück. Und sag nachher nicht, ich hätte dich nicht gewarnt. Ciao!«

*

Als Rico sich nach zwanzig Minuten meldete, stellte Ivo das Gespräch auf laut, damit Prohaska mithören konnte. Rico berichtete, dass einer der Fischer vor ungefähr einer Stunde ein Schnellboot gesehen hat, das in südlicher Richtung gerast war. Aber es sei viel zu weit entfernt gewesen, außerdem könnte man auch bei Vollmond kaum mehr als Konturen erkennen. Ivo dankte ihm und drückte das Gespräch weg.

»Tja, das hilft uns jetzt auch nicht weiter.«

Prohaska stand auf, ging zum Fenster und starrte hinaus.

»Könntest du mir dein Boot borgen?«, fragte er nach einer Weile.

»Du willst jetzt noch raus? Mensch, Joe, das hat doch keinen Sinn.«

»Sinn oder Unsinn, ich kann nicht noch länger untätig herumsitzen. Krieg ich nun das Boot oder nicht?«

Ivo seufzte. »Ja, aber unter der Bedingung, dass ich mitgehe.«

»Okay. Ich ziehe mich gleich um.«

Ivo schüttelte den Kopf und ging zu Miranda ins Schlafzimmer.

Während Prohaska sich anzog, hörte er die beiden reden. Miranda klang nicht sehr begeistert und Ivo versprach, bald zurück zu sein. Prohaska sei eben durcheinander, er könne ihn nicht allein da rausfahren lassen, Joe könne gar nicht navigieren, also müsse er mit.

Als sie eine Viertelstunde später am Hafen waren, war kaum noch jemand unterwegs. Sie stiegen über mehrere miteinander vertäute Boote, Ivo machten sein Batana-Boot los, manövrierte es langsam zwischen den anderen hidurch und startete dann den Außenbordmotor. Nach anfänglichem Husten und Stottern sprang der an, und sie fuhren zwischen der Insel Katarina und dem Jachthafen nach Süden. Auf dem Meer blinkten die Laternen der Fischerboote. Ivo schaltete die Lampe am Bug an und gab Gas.

Pohaska zog den Reißverschluss seiner Jacke hoch, und der Fahrtwind trieb die letzten Reste seiner Müdigkeit fort.

»Kannst du mal übernehmen?«, fragte Ivo nach einer Weile. »Ich hab Miranda versprochen, mich zu melden.«

»Okay.«

»Immer geradeaus.«

»Aye, Captain.« Prohaska griff nach der Steuerstange. Ivo rief Miranda kurz an und zündete sich eine Zigarette an. Die Wellen wurden immer höher, je weiter sie rausfuhren. Sie passierten die Insel Sveti Andrija, die als Rote Insel bekannt war und dann eine weitere kleine Insel, deren Namen Prohaska vergessen hatte. Dann verließen sie dan Rovinjer Inselarchipel und steuerten aufs offene Meer zu. Die Küste war nur noch an kleinen Lichtpunkten zu erkennen. Der Motor spuckte und tuckerte immer stärker vor sich hin.

»Ivo, ich glaube, wir werden langsamer. Mit dem Motor stimmt was nicht.«

»Gib einfach mehr Gas.«

»Was glaubst du, was ich gerade mache?«

»Rutsch rüber und lass mich ran.« Ivo übernahm wieder und drehte kräftig am Griff. Der Motor jaulte auf wie ein verwundetes Tier. Dann ertönte ein Knall wie von einem Schuss.

Prohaska fuhr erschrocken zusammen. »Was war denn das?«

Das Boot schaukelte auf den Wellen wie eine Nussschale.

»So ein blöder Mist! Fuck!«, schrie Ivo. »Keine Ahnung, was er hat. Ich bin schon eine ganze Weile nicht damit gefahren.« Er zog bei vollem Choke drei Mal kräftig am Seilzug. Der Motor gluckerte ein wenig. Dann wurde es still.

»Der ist hinüber«, stellte Prohaska fest.

»Warte, warte, gleich hab ich ihn so weit.«

Ivo drückte den Choke und zog erneut am Seilzug. Der Motor begann zu blubbern. Ivo warf den Gang rein und gab Gas. Der Motor rührte sich nicht. Nach weiteren vergeblichen Versuchen, gab Ivo laut fluchend auf.

»Und was nun?«, fragte Prohaska.

»Na, was wohl? Wir rudern, oder willst du wieder schwimmen?«

»Nein danke.«

Sie montierten die Ruder, Ivo drehte das Boot in Richtung Land und legte sich in die Riemen.

Prohaska zündete sich eine Zigarette an und sah ihm zu. Nach zehn Minuten sagte er. »Vielleicht solltest du doch den Rico anrufen.«

»Warum denn? Er hätte sich gemeldet, wenn es etwas Neues gäbe.«

»Ja, ich weiß, aber er könnte uns ins Schlepptau nehmen.«

»Mann, das hättest du auch gleich sagen können!«

Sie schauten sich an und brachen dann in schallendes Gelächter aus.

*

Blagić nahm seinen Mantel, steckte den Autoschlüssel ein und ging hinunter in die Garage. Er hatte vor Tagen schon einen Tisch im *Esplanade* reserviert, wo er sich mit einem Mann zum Abendessen treffen wollte. Dieser arbeitete bei einer Bank und sollte ihm ein paar Informationen über ein angeschlagenes Unternehmen in Split übergeben, in das Blagić über einen Strohmann einsteigen wollte. Der Deal war fast perfekt und von langer Hand vorbereitet.

Er ließ das Garagentor hoch, stieg in seinen schwarzen Porsche und startete den Motor, als sein Handy klingelte. Er nahm es vom Beifahrersitz und schaute aufs Display. Die Nummer kannte er nicht. Vermutlich war es der Banker.

»Hallo, wer ist dran?«

»Spreche ich mit Herrn Blagić?«

»Ja.«

»Hier Hotel *Esplanade*, Rezeption, ich soll Ihnen ausrichten, dass das Treffen heute ausfällt.«

Blagić schoss das Blut durch die Adern. Da war doch etwas faul. Es war vollkommen unwahrscheinlich, dass sein Kontaktmann über eine kleine Rezeptionistin etwas so Wichtiges ausrichten ließ. Der Mann hätte ihn sicher selbst angerufen.

»Ich glaube, Sie haben sich verwählt«, sagte er so freundlich wie möglich.

Aber die Frau sprach weiter. »Ich soll Ihnen außerdem mitteilen, dass der Herr, den Sie heute früh aufgesucht haben, festgenommen wurde. Sie sollen die Person, mit der Sie bei uns verabredet waren, auf keinen Fall kontaktieren. Man wird sich später bei Ihnen melden. Das wäre alles, einen schönen Abend.«

Die Verbindung wurde unterbrochen.

Blagić starrte auf das Display, als müsste da eine Erklärung stehen. Sein Mund war trocken, als hätte er Sand geschluckt, seine Hände zitterten. Dass das Treffen ins Wasser gefallen war, konnte nur heißen, dass die Polizei irgendwie davon Wind bekommen hat. Aber von wem? Und jetzt ließ ihn sein Kontaktmann warnen? Der konnte doch gar nicht wissen, dass er bei Jergić war oder dass der verhaftet wurde? Wenn das wirklich stimmte, konnte er nur hoffen, dass Jergić nicht gesungen hat. Natürlich! Diese Frau im Lift, die ihn fotografiert hatte. Sie muss eine Polizistin gewesen sein. Und das wiederum bedeutete, dass sie ihn observierten. Na, wenn schon! Sie würden ihn nicht kriegen. Er hatte schon ganz andere Katastrophen überstanden. Blagić schaltete den Motor aus, stieg aus, rannte zurück ins Haus, sprang die Treppe ins Schlafzimmer hoch, räumte den Safe leer, holte ein paar Kleidungsstücke aus dem Schrank und stopfte alles in den Rollkoffer. Auf dem Rückweg löschte er alle Lichter, schloss ab und verstaute den Koffer im Kofferraum. Dann ließ er das Garagentor hochfahren, startete den Wagen und wischte sich mit einem Taschentuch den Schweiß von der Stirn. Das blöde Tor glitt im Schneckentempo hoch. Als es endlich oben war, fuhr er ohne die Scheinwerfer einzuschalten vor und wartete, dass sich das Tor wieder senkte. In der Sackgasse vor dem Haupttor war es ruhig. Es ist eine trügerische Ruhe, dachte er, während er auf dem mit Solarlampen beleuchteten Weg um das Haus rollte. Vor einem Holztor, das in der Hecke kaum zu sehen war, hielt er an, stieg aus, öffnete es und fuhr auf die ruhige Einbahnstraße. Dann stieg er wieder aus, rannte zurück, schloss das Tor und fuhr los. Unterwegs rief er Busetta an, aber der ging nicht ran, und es meldete sich nur die Mailbox. Auch Tomo erreichte er nicht. Blagić fluchte. Ihm war übel. In der Stadt herrschte viel Verkehr, und er hätte am liebsten jeden vor ihm von der Straße gefegt. An einer großen Kreuzung sprang die Ampel genau dann auf Rot, als er durchfahren wollte. Er stieg auf die Bremse und der Hintermann wäre beinahe aufgefahren. Dann hupte der Idiot auch noch und gestikulierte wild. Blagić musste sich beherrschen, um nicht auszusteigen und ihn aus dem Wagen zu zerren. Die Ampel schaltete um. Mit quietschenden Reifen fuhr er los. Nach wenigen hundert Metern musste er wieder halten. Er nahm sein Handy und rief Mirko Grabar an. Wenigstens der ging sofort ran.

»Wo bist du?«, fragte Blagić.

»Zu Hause, warum?«

»Okay. Ich erzähle es dir nachher.«

Als er vor Grabars Haus anhielt, rief er ihn noch einmal kurz an, und Grabar machte das verschnörkelte Eisentor auf. Blagić fuhr ums Haus herum und stellte den Wagen ab. Dann holte er seinen Koffer und eilte zum Vordereingang.

»Was ist los?«, fragte Grabar, als sie im Wohnzimmer waren. »Du siehst ja furchtbar aus.«

Blagić war froh, dass Mirkos Frau Viktoria nicht zu Hause war. Sie musste ja schließlich nicht alles wissen.

»Ich brauche erst einen Whisky«, sagte Blagić.

Grabar holte zwei Gläser und schenkte ein. Blagić kippte seinen hinunter und bat um noch einen. Grabar füllte sein Glas erneut und setzte sich auf die Couch. Blagić blieb stehen und erzählte von dem seltsamen Anruf.

»Und das ausgerechnet jetzt, wo alles so gut angelaufen war. Wenn ich diesen Jergić zu fassen kriege, vergesse ich mich.«

»Jetzt beruhige dich endlich und setzt dich. Du machst mich ja ganz nervös. Wir finden schon eine Lösung.«

»Mir wird schlecht, wenn ich nur daran denke.«

Blagić ließ sich auf die Couch fallen.

»Du hättest einfach nicht herkommen sollen, ich hätte die Pässe genauso gut abholen können.«

»Jetzt ist es aber zu spät. Sag mir lieber, wie ich aus der Stadt komme. Ich muss sofort verschwinden.«

»Ich bin ja schon am Überlegen, aber um diese Uhrzeit erreiche ich niemanden, ohne lange Erklärungen abgeben zu müssen. Solche Dinge bespricht man doch unter vier Augen und nicht am Telefon, nicht wahr?«

»Mirko, du weißt, dass ich dich da nicht hineinziehen würde, wenn ich eine bessere Idee hätte. Vermutlich haben sie mich schon länger observiert, und vermutlich nicht nur hier. Und ich Idiot habe es nicht bemerkt.«

»Die sind halt auch nicht blöd.«

»Nimmst du sie etwa in Schutz? Du steckst genauso tief drin wie ich. Ich muss weg, koste es was es wolle. Also, streng dein Hirn an. Wenn sie mich zu Hause nicht antreffen, wird es nicht lange dauern, bis sie bei dir auftauchen. Sie wissen, dass wir befreundet sind.«

»Ja, ich weiß. Deshalb kannst du leider auch nicht hierbleiben. Aber in ein Hotel oder zu einem von unseren Leuten kannst du auch nicht. Wann wolltest du nach Istrien zurück?«

»Morgen Abend, aber das kann ich natürlich vergessen. Spätestens am Flughafen würden sie mich schnappen.«

Grabar sah auf die Uhr. »Jetzt ist es gleich zehn. Ich muss kurz telefonieren. Wenn alles klappt, kommst du zumindest bis nach Rijeka. Dein Chauffeur kann dich dort abholen.« Grabar stand auf und ging in sein Arbeitszimmer. Blagić schenkte sich noch einen Whisky ein.

»Alles okay, ich habe alles organisiert«, sagte Grabar, als er fünf Minuten später zurückkam. Er erklärte Blagić, was er zu tun hatte und drückte ihm einen Zettel in die Hand. »Fahr zu dieser Tankstelle und lass deinen Wagen dort. Viktoria und ich holen ihn dann morgen früh ab.«

»Bist du wahnsinnig geworden? Ich kann doch meinen Porsche nicht irgendeinem Wildfremden überlassen.«

»Fällt dir was Besseres ein? Hier kannst du ihn jedenfalls nicht lassen, das wäre zu riskant.« Grabar legte den Zettel auf den Tisch. »Das ist die Handynummer des LKW-Fahrers, für den Fall, dass ihr euch verpassen solltet. Und jetzt zieh schnell etwas anderes an. In diesem feinen Zwirn fällst du nur unnötig auf.«

Blagić erhob sich, nahm seinen Koffer und ging ins Bad. Als er wieder herauskam, trug er Jeans und eine Lederjacke. Er setzte eine schwarze Schildmütze auf und reichte Mirko die Hand.

»Ich danke dir, mein Alter. Grüß Viktoria von mir.«

»Schon gut. Hauptsache, du kommst gut an.«

»Ich melde mich, sobald ich kann. Ach ja, gib bitte meinem Hausmädchen Bescheid, dass ich für unbestimmte Zeit verreist bin.«

»Ja, ja, ich kümmere mich um alles. Du musst los. Pass auf dich auf.«

Blagić versuchte zu lächeln.

»Keine Sorge, Unkraut vergeht nicht.«

Obwohl es riskant war, von der Polizei angehalten zu werden, fuhr Blagić zum vereinbarten Treffpunkt. Die Tankstelle lag am Standrand unweit der Autobahnzufahrt. Er stellte den Porsche hinter einem aufgebockten LKW-Anhänger ab und ging in den Verkaufsraum. Ein dünner Mann um die Vierzig saß an der Kasse und las Zeitung. Blagić zog die Kappe in die Stirn, kaufte zwei Sechserpack Bier, zwei Tafeln Schokolade und eine Stange Zigaretten, und während der Mann kassierte, fragte er beiläufig, ob er seinen Wagen über Nacht dalassen könnte.

Der Tankwart musterte ihn argwöhnisch. »Warum fahren Sie nicht einfach in eine Tiefgarage? Wissen Sie, ich kann meinen Job nicht wegen irgendwelchen krummen Sachen riskieren. Ich habe Frau und Kinder.«

»Um Himmels willen, es ist nichts dergleichen. Die Sache ist nur ein wenig kompliziert. Ich befinde mich in einer wirklich blöden privaten Situation.« Blagić zog einen Hunderteuroschein aus der Brieftasche und legte ihn auf die Theke. »Ich kann meinen Porsche nicht auf der Straße stehen lassen, und in eine öffentliche Garage schaffe ich es jetzt nicht mehr. Ich bin schrecklich in Eile. Deshalb wäre es unglaublich nett von Ihnen, wenn ich ihn hier abstellen könnte und …«

Der Mann schaute ihn skeptisch an. »Ich verstehe nicht ganz.«

Da erzählte ihm Blagić mit verzweifelter Miene, dass er am Abend einen furchtbaren Krach mit seiner Frau gehabt habe. Das sei leider schon öfter vorgekommen, die Einzelheiten wolle er ihm aber lieber ersparen. Es gehe um eine kleine Affäre mit einer jüngeren Frau, das Übliche halt. Seine Gattin habe ihm eine Szene gemacht und mit der Scheidung gedroht. Das wäre nicht zwar so wild, aber ihm sei es zu viel geworden und da sei ihm leider die Hand ausgerutscht. Nein, es sei nichts Schlimmes passiert, doch seine Frau habe ein Riesentheater gemacht und ihm gedroht, ihn anzuzeigen. Und das könne er im Moment wegen einer anderen dummen Sache noch viel weniger gebrauchen. Daraufhin sei er Hals über Kopf weggefahren, allerdings mit dem Wagen seiner Gattin, weil sein Mercedes ausgerechnet seit heute Morgen in der Werkstatt sei. Und nun wolle er einfach nur seine Ruhe haben und werde für ein paar Tage zu Freunden aufs Land fahren, bis sich seine Gnädige wieder beruhigt habe. Doch weil sie ihren Sportwagen morgen dringend brauche, werde ihn ihre

Freundin Viktoria morgen früh abholen und ihr zurückbringen. Sie wisse auch schon Bescheid. »Wissen Sie, ich möchte nicht noch mehr Stress mit ihr haben.«

Der Tankwart hörte sich das alles geduldig an und nickte verständnisvoll.

»Ja, ja, mit den Weibern ist nicht zu spaßen.«

»Ach, wem sagen Sie das!«

»Na gut, lassen sie den Wagen da. Doch wie wollen Sie jetzt zu Ihren Freunden kommen?«

Blagić hob den rechten Daumen. »Na, so wie früher, per Anhalter.«

Der Tankwart grinste, nahm den Hunderter vom Tresen und steckte ihn in die Hosentasche. Dann gab er Blagić die Hand und drückte sie fest. »Ich heiße Vanja, Vanja Kras.«

»Ich bin Tihomir Zagorac«, erwiderte Blagić.

Wie alte Freunde gingen sie nach draußen. Blagić zeigte, wo der Porsche stand und gab Vanja den Autoschlüssel.

»Danke fürs Aufpassen. Wenn ich zurück bin, trinken wir ein Bier zusammen.«

»Gerne, wir Männer müssen zusammenhalten.«

Blagić klopfte Vanja auf die Schulter und steckte ihm einen Fünfziger extra zu, damit er auch wirklich den Mund hielt.

»Alles Gute«, sagte der Tankwart und schlenderte zurück zum Verkaufsraum.

Blagić atmete auf und stellte sich an den Straßenrand. Er hatte ein ungutes Gefühl wegen des Autos, aber Grabar würde das schon hinbekommen.

Kurz vor Mitternacht kam endlich der LKW. Der Fahrer hupte und hielt an. Der lange Anhänger stank nach Urin und Schweinekot. Das Scharren und Quieken der eingepferchten Tiere, die in ein paar Stunden in einem Schlachthaus in der Nähe von Rijeka ihr Leben lassen würden, stieg ihm scharf in die Nase.

Blagić kletterte mit seinem Gepäck in die Kabine und stellte sich als Tihomir Zagorac vor. Der Fahrer erwiderte, sein Chef habe ihn gerade noch rechtzeitig erwischt. Er habe den Auftrag, einen Mann mitzunehmen, der ihm einen guten Preis für diese Gefälligkeit bezahlen würde.

Blagić verstand den Wink und gab ihm zweihundert Euro.

»Ich hoffe, das reicht für den Sprit.«

Der Fahrer nickte und zeigte auf die Kaffeekanne, die in einer Halterung am Armaturenbrett stand.

»Bitte, bedien dich ruhig.«

DREI

Freitag,
13. September

Noch mit geschlossenen Augen griff Prohaska unter das Kopfissen. Sein Handy war nicht da. Er setzte sich auf und sah auf seine Armbanduhr. Es war zwanzig nach neun und sein totes Handy lag auf dem Couchtisch. Er stand auf und ging in die Küche, wo er eine Notiz von Miranda fand. Der Kaffee sei in der Thermoskanne, alles andere finde er ja selbst. Ivo sei im Laden. Sie hoffe, dass die Sache mit Nora gut ausgehe.

Das hoffte Prohaska auch. Er schenkte sich einen Kaffee ein und nahm die Tasse mit ins Bad. Nachdem er geduscht und sich angezogen hatte, fühlte er sich immer noch hundeelend. Seine Unterwäsche zwickte und fühlte sich so störrisch an als wäre sie aus Stroh. An den Nähten seiner Jacke und der Jeans hatten sich dünne Salzstreifen gebildet. Prohaska versuchte sie ohne großen Erfolg mit einer Handbürste zu entfernen, sammelte seine Sachen ein und verließ die Wohnung.

»Guten Morgen, ach, du siehst aus wie das blühende Leben«, sagte Ivo, als Prohaska den Fotoladen betrat.

»Du aber auch«, erwiderte Prohaska und kratzte sich am Hals. »Mensch, das juckt vielleicht, ich komme mir vor wie ein Salzhering.«

»Und mir tut jeder Knochen weh. Hätte uns Rico nicht abgeschleppt, wäre ich überhaupt nicht ins Bett gekommen.« Ivo winkte ihn in den Nebenraum. »Ich habe einen extrastarken Kaffee gemacht. Du willst sicher auch einen.«

Prohaska nickte.

»Übrigens, Rossi hat mich vorhin angerufen«, sagte Ivo und reichte Prohaska eine Mokkatasse.

»Warum denn dich?«

»Na, dich kann er ja schlecht erreichen. Zucker?«

»Ja, danke, zwei. Und was wollte er?«

Prohaska nahm noch einen Würfel und ließ ihn langsam im Mund zergehen. Sie gingen zurück und stellten die Tassen auf die Theke.

»Das hat er mir leider nicht verraten. Du sollst ihn sofort zurückrufen.« Ivo hielt ihm sein Handy hin. »Die Nummer ist gespeichert.«

Prohaska drückte auf Rossis Nummer, und der Inspektor meldete sich.

»Guten Morgen, Herr Rossi, Sie wollten mich sicher wegen der Anzeige sprechen.«

»Ja, das auch. Können Sie in einer Stunde hier sein? Danach könnten wir irgendwo einen Kaffee trinken, ich brauche dringend frische Luft.«

»Ja, aber ...«

»Gut, dann bis nachher. Ich muss zu einer Besprechung.«

Rossi beendete das Gespräch.

»Und, was wollte er?«

»Er will mit mir Kaffee trinken. Und das bei meinem Kaffeekonsum.« Er leerte seine Tasse, Ivo holte das Kännchen und schenkte ihm einen neuen ein, während sich Prohaska fragte, wann er eine Koffeinvergiftung bekommen würde. Er streckte seine Hände vor. »Sie zittern noch nicht, oder?«

Ivo grinste. »Nein, du bist die Ruhe selbst.«

»Das sehe ich auch so. Ich muss mir jetzt erst einmal ein neues Handy kaufen.«

»Gute Idee.«

»Wie haben wir es früher nur ohne diese Dinger ausgehalten?«

»Keine Ahnung.«

»Ciao, Ivo, ich melde mich dann«, sage Prohaska und ging hinaus, um gleich wieder hereinzukommen. »Ach, danke euch für Kost und Logis und überhaupt. Und grüß Miranda von mir.«

Eine Stunde später hatte er zwar ein neues Handy, aber keine Zeit, es auch zu aktivieren. Auf dem Weg zum Parkplatz kaufte er in einer Bäckerei ein großes Sandwich und eine Limo und fuhr zur Polizeistation.

»Herr Rossi erwartet Sie bereits«, sagte der Beamte an der Pforte, als er Prohaska den Ausweis zurückgab. »Ich rufe jemanden, der Sie zu ihm bringt.«

Prohaska bedankte sich, und als der Pförtner kurz wegsah, zog er die Ärmel und Hosenbeine in die Länge und rieb den weißen Salzrand vom Saum der Jacke ab.

Eine etwa dreißigjährige Uniformierte kam zu ihm und bat ihn, ihr zu folgen. Sie blieb vor Rossis Tür stehen und meldete ihn an. Sie grüßte Prohaska mit einem müden Kopfnicken und verschwand in einem Büro drei Türen weiter. Rossi telefonierte gerade und deutete auf den Stuhl vor seinem Schreibtisch. Prohaska setzte sich. Rossi hörte jemandem zu und schrieb etwas in seinen Block.

Als er das Gespräch beendet hatte, beugte er sich vor und schüttelte Prohaska die Hand.

»Guten Morgen, Sie sehen ein wenig ramponiert aus.«

»Ja, ich habe nicht viel geschlafen.«

»Die Bootstour war wohl nicht sehr erfolgreich?«

»Sie sind gut informiert.«

»Sicher. Wir haben sogar ein paar hübsche Videoaufnahmen von Ihnen und Ihrem Freund Ivo.«

»Verstehe.« Prohaska kratzte sich unauffällig unter der Kniekehle. Die Stelle juckte furchtbar.

»Aber lassen wir das. Warum ich Sie sprechen wollte, ist Folgendes:« Rossi blätterte seine Notizen durch und sah wieder auf. »Sie haben gestern Blagić erwähnt.«

Prohaska nickte.

»Also, wir haben gesicherte Erkenntnisse darüber, dass er keine so weiße Weste hat, wie er es nach außen hin darstellt.«

»Das überrascht mich jetzt irgendwie nicht.«

»Prohaska, was ich Ihnen nun sage, muss strengstens unter uns bleiben. Habe ich Ihr Wort darauf?«

»Selbstverständlich.«

»Also gut. Erstens, sein Name ist nicht Drago Blagić. Zweitens, er ist ein Gauner und Drittens, er ist offensichtlich der Kopf einer kriminellen Vereinigung, einer Schleuserbande.«

»Klingt interessant.«

»Ja, nicht wahr? Leider ist er nicht der einzige Pate in Kroatien. So gut wie in jeder größeren Stadt in Kroatien und natürlich in den anderen Nachfolgestaaten gibt es viele solcher Organisationen. Aber das wollen wir jetzt lieber nicht vertiefen. Zurück zu Blagić. Gestern Abend wurden in Zagreb zwei seiner Handlanger festgenommen. Sie wollten offensichtlich vier junge Frauen ins Ausland bringen, vermutlich nach Italien. Blagić konnte sich allerdings rechtzeitig absetzen.«

»Jemand hat ihn also gewarnt?«

»Darauf können Sie Gift nehmen.«

»Was ist mit Nora? Gehört sie auch dazu?«

»Das nehme ich stark an. Sie hat mit seinem Kompagnon, einem gewissen Davor Bukač ein Verhältnis.«

»Dieser Bukač soll spurlos verschwunden sein.«

»Soso, woher wissen Sie das?«

»Ich habe es irgendwo aufgeschnappt.«

»Was Sie so alles aufschnappen.« Rossi drehte sich zum Bildschirm und tippte auf der Tastatur herum. »Wie ich sehe, taucht Bukač nicht in der Vermisstendatei auf, aber danke für den Tipp. Apropos vermisst, möchten Sie Frau Nurkić immer noch als vermisst melden? Sie sind mit ihr weder verwandt noch verschwägert.«

Prohaska lächelte. »Ich mache mir eben Sorgen um meine Mitmenschen.«

»Joe, ich möchte Ihnen einen freundschaftlichen Rat geben. Halten Sie sich aus dieser Sache strikt heraus. Sie geraten in Teufels Küche, falls Blagić und die Nurkić unter einer Decke stecken. Der Mann ist äußerst gefährlich. Es wird übrigens nach ihm gefahndet. Und das sage ich Ihnen inoffiziell und bitte um strengste Geheimhaltung.«

»Sie können ganz beruhigt sein.«

»Gut, also, keine Anzeige?«

»Nein.«

Rossi lächelte breit und erhob sich. »Kommen wir nun zum angenehmeren Teil des Tages. Ich kenne ein kleines Lokal unten an der Riva. Da gibt es die besten Fuži mit Trüffeln weit und breit.«

Prohaska stand ebenfalls auf. »Sie meinen sicher das *Tartufo bianco*.«

»Genau. Also, gehen wir? Sie sind eingeladen.«

Prohaska zupfte an seiner Jacke. Die Salzstreifen waren nicht zu übersehen.

»Sehr freundlich, Herr Inspektor, aber ich glaube, ich bin heute ein wenig unpassend angezogen. Vielleicht ein anderes Mal. Außerdem möchte ich die Gerüchteküche nicht noch mehr anheizen. Wenn man uns da zusammen sieht ... Sie wissen schon, was ich meine?«

»Gut, dann ein anderes Mal.«

Rossi nahm seine Jacke vom Kleiderbügel, zog sie an und öffnete Prohaska Tür.

Draußen war es angenehm warm, der Himmel blau und wolkenlos. Eine Brise wehte vom Meer herauf und raschelte in den Oleanderbüschen am Straßenrand.

»Soll ich Sie zum Hafen mitnehmen?«, fragte Prohaska.

»Danke, nein, ein kleiner Spaziergang wird mir gut tun.«

Rossi bot Prohaska ein Zigarillo an und steckte sich auch einen an. »Sie sehen ein wenig mitgenommen aus. Vielleicht sollten Sie sich mal richtig ausschlafen.«

»Das ist genau mein Plan für heute. Was passiert eigentlich mit den Videoaufnahmen von gestern Nacht?«

»Nichts. Sie werden nach einer gewissen Zeit gelöscht. Warum fragen Sie?«

»Ach, nur so. Übrigens, Sie sollten Blagićs Wohnung mal unter die Lupe nehmen.«

Rossi hob die Augenbrauen. »Prohaska, ich sagte doch gerade, lassen Sie die Finger von der Sache. Ich weiß, was ich zu tun habe.«

»Ja, aber wissen Sie auch, dass Nora Nurkić gestern dort war?«

»Aha, und woher wissen Sie das nun schon wieder?«

»Na, weil ich ihr nachgegangen bin.«

»Natürlich, ich vergaß, und danach sind Sie baden gegangen. Gibt es noch etwas, was ich wissen sollte?«

Prohaska ging nicht darauf ein. »Sie war nur ein paar Minuten drin. Irgendwie seltsam, oder?«

»Ich kümmere mich darum, sobald der Durchsuchungsbeschluss da ist.«

Prohaska drückte die Zigarette mit dem Schuh aus, hob die Kippe auf und warf sie in den Gully. Rossi grinste und tat es ihm nach.

»Joe, Sie sind ein echter Schwabe, wissen Sie das?«

»Wenn schon, dann Halbschwabe mit kroatisch-tschechischen Wurzeln, und die sind tief«, erwiderte Prohaska grinsend.

»Von mir aus, aber dass Sie einer sind, ist nicht zu übersehen.«

»Schönen Nachmittag, Herr Rossi.«

»Danke, und schlafen Sie dann gut nachher.«

Prohaska winkte und schlenderte zu seinem Wagen. Dieser Rossi war wirklich okay.

Er ließ das Verdeck herunter, aktivierte endlich sein Handy und fuhr los. Er war noch keine zwei Kilometer gefahren, als Rossi anrief. Prohaska hielt am Straßenrand an und meldete sich.

»Wo sind Sie?«, fragte Rossi aufgeregt.

»Na, auf dem Weg nach Hause. Was ist los?«

»Es gibt einen weiteren Toten.«

»Wo denn?«

»In der Nähe vom Mirna-Tal. Ein Trüffelschwein hat eine Leiche ausgegraben.«

»Ein Trüffelschwein?«

»Ja, es gehört Luciano Aquila, Vater von Maurizio, dem Besitzer von …«

»*Tartuffo bianco*, ich weiß«, ergänzte Prohaska.

»Genau dem.«

»Das ist aber sehr unerfreulich.«

»Wem sagen Sie das? Ich kann nur hoffen, dass das nichts mit unserem Mordfall zu tun hat.«

Klang das etwa wie eine Aufforderung nachzuforschen, fragte sich Prohaska.

»Man müsste der Sache halt ein wenig nachgehen.«

»Klar, aber ich kann nicht überall sein.«

»Natürlich nicht.«

Rossi legte auf, Prohaska gab Gas und fuhr zu Robert. Zwanzig Minuten später hielt er vor dem Wohnwagen und stieg aus.

»Hallo Robert, bist du da?«

Bella rannte Prohaska kläffend entgegen und sprang an ihm hoch. Er tätschelte ihr den Kopf und rief noch einmal.

Robert kam aus dem Schuppen und wischte sich die Hände an der Hose ab.

»Hallo, Joe, ich hab Sie nicht gleich gehört, war gerade dabei, den Stall auszumisten.«

»Wie Herkules, was?«

Robert lachte. »So ungefähr. Kann ich Ihnen etwas anbieten, ein Bier oder Kaffee vielleicht? Ich gehe mir nur schnell die Hände waschen.«

»Nein, danke, ich wollte nur kurz nach dir sehen. Wie geht es dir?«

Robert wusch sich die Hände und fuhr sich mit dem Handrücken über die Stirn, auf der noch ein paar Schrammen zu sehen waren. Der Bluterguss auf seiner Wange war nicht mehr so dunkel wie anfangs, aber grünlichblau.

»Ganz gut, es tut fast nicht mehr weh.«

»Das freut mich. Wo ist denn dein Mofa?«

»Noch in der Werkstatt. Gibt es schon etwas Neues wegen Herrn Jäger? Ich muss dauernd daran denken, dass er sich mit mir treffen wollte und jetzt tot ist. Der Kerl, der ihn auf dem Gewissen hat, soll auf ewig in der Hölle schmoren. Und wenn ich herauskriege, wer mich überfallen hat, dann setzt es was!«

»Ich glaube, die Polizei hat noch keine heiße Spur. Wie war das eigentlich, als du das erste Mal mit Jäger gesprochen hast? Könnte es sein, dass jemand euer Gespräch mitgekriegt hat?«

Robert schüttelte den Kopf. »Ich weiß nicht. Wie gesagt, wir saßen an einem großen Tisch, und im Lokal waren sehr viele Leute. Warum fragen Sie?«

»Nun, es könnte sein, dass es zwischen dem Überfall auf dich und dem Mord an Jäger einen Zusammenhang gibt. Wie sonst hätte der Täter wissen können, dass Jäger nach Rovinj kommt? Er muss auch gewusst haben, dass du dich mit Jäger treffen wolltest.«

»Sie meinen, der Überfall war kein Zufall?«

»Es gibt keine Zufälle.«

»Hm, aber ich habe mit keinem Menschen darüber gesprochen.«

»Wenn es so war, wie ich vermute, hat dich der Täter einfach beschattet. Ist dir da nie etwas aufgefallen.«

»Nein.« Robert war kreideblass geworden und setzte sich. »In was bin ich da nur hineingeraten?«

»Keine Ahnung. Denk noch einmal nach. Wie war das, als du Jäger angerufen hast, dass Blagić in der Stadt ist?«

»Sie meinen, an dem Tag, als er mit dem Katamaran aus Venedig ankam?«

Prohaska nickte.

»Ich fuhr mit meinem Mofa in die Stadt. Der Katamaran hatte gerade angelegt, und die Leute gingen von Bord. Ich fuhr ganz langsam vorbei, weil da so viel los war. Plötzlich sah ich Blagić. Er winkte einem jungen Mann zu. Sie gingen zum Parkplatz, aber ich habe sie im Gewühl aus den Augen verloren. Dann habe ich Jäger angerufen.«

»Es war also nicht Igor Busetta, der ihn abgeholt hat?«

»Nein, denn hätte ich erkannt.«

»Wie sah der andere aus?«

Robert kratzte sich am Kopf. »Na ja, er war ziemlich groß und kräftig. Sein Gesicht habe ich nicht gesehen, weil er eine Kapuzenjacke trug.«

»Okay.«

»Sie meinen, das war derselbe Typ, der mich zusammengeschlagen hat?«

Prohaska hob die Schultern. »Ich weiß es nicht. Aber inzwischen ist noch etwas passiert.«

»Was denn?«

»Nora Nurkić wurde entführt.«

»Nein!«

»Ich habe es selbst gesehen. Es war gestern Abend am Jachthafen. Ein Mann hat sie gezwungen, in ein Boot einzusteigen. Dann sind sie weggefahren.«

»Das gibt's nicht.«

»Doch. Und vorhin, auf der Fahrt hierher, hat mich der Polizeichef Rossi angerufen. Luca Aquila, du kennst ihn ja, hat beim Trüffelsuchen einen Toten gefunden.«

»Das ist ja ein Ding! Zuerst der Überfall auf mich, dann wird Jäger erschossen, Nora entführt und jetzt findet Luca eine Leiche. Wissen Sie, ich frage mich die ganze Zeit, ob Jägers Mörder vielleicht einen Komplizen hatte.«

»Daran habe ich auch schon gedacht. Aber ich vermute, dass er allein agiert hat und mit einem Schnellboot unterwegs war wie Noras Entführer. Der Tote, den Luca Aquila gefunden hat, kann vermutlich nichts mit dem Fall Jäger oder der Entführung von Nora zu tun haben. Grožnjan ist fast hundert Kilometer von hier entfernt.« Prohaska zündete sich eine Zigarette an und begann auf der Wiese auf und ab zu gehen.

»Sie sind in Ihrem Element, nicht wahr?«

Prohaska blieb stehen. »Sieht ganz danach aus. Wie sagtest du noch, einmal Bulle, immer Bulle?«

»Ja, ist doch irgendwie schade, dass Sie es nicht mehr sind.«

»Ich weiß nicht. Andererseits, bis die Polizei mit ihren Ermittlungen fertig ist, könnten Wochen oder Monate vergehen. Ich muss aber bald herausfinden, wo Nora ist.« Prohaska ging wieder ein paar Schritte und setzte sich schließlich zu Robert an den wackeligen Tisch.

»Ich glaube, ich könnte jetzt doch einen starken Kaffee vertragen.«

»Ich auch.« Robert stand auf und verschwand im Wohnwagen.

Bella legte sich Prohaska zu Füßen, schaute zu ihm auf und bellte kurz. Er strich ihr über den Rücken.

»Sei froh, dass du ein Hund bist.«

Bella schüttelte sich und legte den Kopf auf die Vorderpfoten. Ein paar Minuten später kam Robert mit einem Tablett mit zwei Tassen und einem Kupferkännchen zurück und stellte es auf den Tisch.

»Du hast nicht zufällig Lucas Telefonnummer? Ich muss mit ihm reden«, sagte Prohaska.

»Leider nein. Ich würde ja Maurizio fragen, aber seine Nummer ist auf meinem Handy gespeichert, und das ist ja weg.«

»Dann fahre ich einfach direkt zu Luca. Wie wär's, wenn du mitkämest?«

»Wie, jetzt sofort?«

»Klar.«

»Okay, ich geh mich nur rasch frisch machen und umziehen …«

Prohaska kratzte sich am Hals.

»Das sollte ich auch dringend tun.«

Als sie Grožnjan erreichten, stand die Sonne schon tief am Horizont. Prohaska stellte den Wagen am Parkplatz vor der Stadtmauer ab und nahm die Kamera vom Rücksitz. Sie stiegen aus und gingen über den Platz zum Rand des Plateaus, von wo man einen wunderbaren Panoramablick hatte.

»Gehen wir? Die Läden haben noch auf«, sagte Robert und zeigte zum alten Stadttor. »Da können wir nach Lucas Adresse fragen.« Der Junge fühlte sich in seiner neuen Rolle als Prohaskas Assistent offensichtlich immer wohler.

»Gute Idee, aber vorher möchte ich ein paar Aufnahmen machen. Das Licht ist gerade perfekt.« Prohaska drehte sich mit der Kamera vor dem Gesicht um die eigene Achse und drückte dabei auf den Auslöser. Der Weg vom Parkplatz führte hinunter zum Stadttor und auf der anderen ging es etwa fünfhundert Meter leicht bergauf zum alten Friedhof.

»Lass uns erst einmal da hochgehen«, sagte Prohaska und zeigte zum Friedhofseingang. Das schmiedeeiserne Tor war offen, sie gingen hindurch und Prohaska machte Fotos. Durch den Sucher sah er eine schwarz gekleidete Frau vor einem frischen Grab stehen. Sie legte einen Strauß weißer Chrysanthemen auf die Erde, ging um das Grab herum und nahm einen verwelkten Blumenstrauß aus einer Vase, die vor dem Holzkreuz stand. Aus einer Plastikflasche goss sie Wasser in die Vase und stellte die Blumen hinein. Dann ging sie zurück und faltete die Hände. Prohaska zoomte sie heran und drückte ein paar Mal auf den Auslöser. Die Frau war früher bestimmt sehr schön gewesen. Ihr Gesicht war weich und beinahe faltenlos. Sie drehte den Kopf und schaute direkt in die Kamera. Prohaska drückte schnell auf den Auslöser und ließ dann die Kamera sinken. Die Frau kam jetzt langsam auf sie zu, und als sie fast vor ihnen stand, gingen Prohaska und Robert zur Seite und grüßten. Die Frau erwiderte den Gruß und ging weiter.

»Ach, Entschuldigung, dürfte ich Sie etwas fragen?«, rief Prohaska.

Die Frau blieb stehen und drehte sich um.

»Sind Sie Reporter? Wollen Sie zu Luca?«

»Ja, aber leider weiß ich nicht, wo er wohnt.«

»Da wird er sich aber freuen«, sagte sie ironisch und lächelte. »Heute früh war die Polizei schon bei ihm. Er hat ihnen die Stelle gezeigt, wo er den Toten gefunden hat.«

»Sie sind gut informiert.«

»Ach, ganz Grožnjan weiß Bescheid. Ich habe es von meiner Cousine Claudia erfahren. Sie wohnt nur ein paar Häuser von Luca entfernt.«

»Und wo ist das?«

»Kommen Sie. Man kann sein Haus von hier oben gut sehen.«

Sie verließen den Friedhof und gingen am Parkplatz vorbei auf die schmale Straße, die auf der anderen Seite des Berges durch den Wald hinunterführte. Die Frau deutete mit der Hand zu einem Dorf, das weit unten im Tal lag.

»Sehen Sie das letzte Haus auf der linken Straßenseite?«

Prohaska hob die Kamera und zoomte das Dorf heran.

»Ja.«

»Sie können es nicht verfehlen. Klaras Auto steht davor. Klara ist Lucas Enkelin.«

»Danke sehr«, sagte Prohaska und machte gleich ein paar Aufnahmen.

»Aber sagen Sie ihm bitte nicht, dass ich es Ihnen gesagt habe.«

»Kein Wort.«

»Wissen Sie, ich möchte nicht, dass Luca auf mich sauer wird«, sagte die Frau, während sie zum Parkplatz zurückgingen. »Seine Frau Emilia war eine Freundin von mir. Sie ist aber vor vielen Jahren gestorben und liegt auch da oben auf dem Friedhof. Er lebt allein, und ich sehe ihn selten.«

»Vielen Dank, Sie haben uns sehr geholfen«, sagte Prohaska, während sie zum Auto zurückgingen.

Die Frau machte eine wegwerfende Geste mit der Hand.

»Keine Ursache. Sie haben vorhin von mir auch Fotos gemacht, stimmt's?«

»Ja, ich hoffe, es stört Sie nicht.«

»Ich weiß nicht. Komme ich jetzt auch in die Zeitung?«

»Nein, keine Sorge.«

»Warum haben Sie mich dann fotografiert?«

Prohaska lächelte. »Ich mache gerne Fotos von Menschen. Die brauche ich für einen Bildband über Istrien.«

»Sie meinen, ein richtiges Buch?«

»Ja, genau.«

»Und ich komm darin vor?«

»Wenn Sie nichts dagegen haben?«

»Das Grab meines Mannes etwa auch?«

»Ja, aber wenn Sie es nicht wollen, dann natürlich nicht.«

»Doch, doch. Könnte ich dann auch ein Buch bekommen?«

Prohaska lachte. »Natürlich, aber das könnte noch eine Weile dauern.«

»Egal, und wissen Sie was? Ich bestelle gleich zwei. Eines schicke ich meinem Schwager Umberto nach Amerika, er ist nämlich sehr krank und konnte nicht zur Beerdigung kommen. Mein Mann ist vor sechs Wochen gestorben.«

»Herzliches Beileid.«

»Danke.«

»Ich müsste mir dann Ihren Namen und die Adresse notieren.«

»Ich bin Cecilia Grimaldi.«

»Angenehm. Mein Name ist Joe Prohaska und der junge Mann hier ist Robert.«

Robert lächelte brav.

»Ach, Ihr Sohn, wie nett.«

Prohaska zwinkerte Robert zu. Dann zog er seinen Notizblock, den er am Morgen eingesteckt hatte, und einen Kugelschreiber aus der Jackentasche. »So, jetzt kann ich mir Ihre Adresse notieren.«

Die Frau zögerte. »Wissen Sie was? Schicken Sie die Bücher einfach an Luca, und ich hole sie bei ihm ab.«

»Das ist eine gute Idee. Auf Wiedersehen und danke.«

»Einen Moment noch. Was wird mich das kosten?«

Prohaska schloss den Wagen auf und Robert stieg ein.

»Nichts, ich schenke sie Ihnen natürlich.«

»Danke sehr, dann beeilen Sie sich mal mit dem Buch. Sie wissen ja, mein Schwager ist krank. Wer weiß, wie lange er noch zu leben hat.«

»Ich tu mein Bestes!«

Prohaska startete den Wagen, fuhr auf die Straße. Die Frau winkte ihnen nach. Prohaska lächelte. Es war immer wieder faszinierend zu erleben, wie schmal der Grat zwischen Misstrauen und Vertrauen war.

»Sie hat mich für Ihren Sohn gehalten«, sagte Robert, während sie ins Tal fuhren.

»Ist ja auch kein Wunder, die Ähnlichkeit ist offensichtlich.«

Robert klappte den Spiegel herunter und betrachtete sich kurz. »Stimmt, das ist mir noch gar nicht aufgefallen.«

Als sie nach einer Viertelstunde vor Lucas Haus hielten, stiegen sie aus und gingen in den Hof.

»So, nun bist du an der Reihe, mein Sohn.«

Robert ging zu der Haustür an der Längsseite des Hauses und klopfte an. Ein paar Sekunden später öffnete eine junge Frau die Tür und blieb an der Schwelle stehen. Sie war zierlich und schlank, hatte lange schwarze Haare und eisblaue Augen. Robert starrte sie an, als hätte er eine Erscheinung erblickt. Prohaska räusperte sich vernehmlich und Robert kam wieder zu sich.

»Hallo, ist dein Opa Luca da?«

Das Mädchen schaute von Robert zu Prohaska und wieder zu Robert.

»Ja, ist er. Worum geht es?«

Prohaska befürchtete, sie würde ihnen gleich die Tür vor der Nase zuknallen.

»Also, ich bin der Robert. Dein Opa und dein Onkel Mauro kennen mich. Und das hier ist Joe Prohaska, ein Freund von mir. Er ist Fotograf.«

Prohaska kam näher. »Du bist die Klara, nicht wahr?«

»Ja, und was wollt ihr?«

»Ich würde gerne mit deinem Großvater sprechen, es dauert nicht lange.«

»Es ist echt wichtig«, ergänzte Robert.

»Okay, ich frage ihn.« Klara verschwand im Haus, kam zurück und führte sie ins Wohnzimmer, das mit antiquierten Möbeln vollgestopft war.

Sie bot ihnen Platz an, aber sie wollten lieber stehen blieben. Klara ging hinaus, und als gleich darauf Luca in der Tür erschien, stellte Robert ihm Prohaska vor. Sie schüttelten sich die Hände und setzten sich dann doch nebeneinander auf die Couch. Luca setzte sich in einen Sessel gegenüber.

»Klara sagt, Sie seien Fotograf.«

»Ja, aber …«, begann Prohaska und wollte es genauer erklären, aber Luca fiel ihm ins Wort.

»Bei mir gibt es absolut nichts zu fotografieren.«

»Schon klar. Ich wollte mir eigentlich nur kurz den Platz anschauen, wo Sie den Toten gefunden haben.«

»Ach, sind Sie auch so ein Schreiberling von der Zeitung? Vorhin haben Reporter angerufen. Ich habe sie zum Teufel geschickt.«

»Nein, nein, ich bin kein Reporter, ich habe private Gründe.«

»Wie war noch mal Ihr Name?«

»Prohaska, Joe Prohaska.«

»Sie sind doch dieser Polizist aus Deutschland? Ich habe Sie auf dem Parkplatz in Rovinj gesehen. Sie haben ein Mercedes Cabrio.«

»Ja, der steht draußen. Wissen Sie, ich mache Fotos für einen Fotoband über Istrien und deshalb …«

»Ach, kommen Sie mir nicht damit! Sie geben sich als Fotograf aus, aber in Wahrheit schnüffeln Sie herum. Soviel ich weiß, ist hier immer noch unsere Polizei zuständig.«

»Ich habe mit der Polizei nichts zu tun.«

Luca verschränkte die Arme vor der Brust. »Und das soll ich Ihnen abkaufen?«

»Es wäre überaus freundlich«, erwiderte Prohaska ruhig und lächelte.

Klara kam mit einem Tablett herein, stellte eine Karaffe mit Limonade und Gläsern auf den Tisch und setzte sich dann auf die Armlehne von Lucas Sessel.

»Mein Großvater hat schon genug Stress wegen dieser Sache. Er hat der Polizei alles erzählt, nicht wahr, Nono?«

»So ist es. Trotzdem möchte ich wissen, warum Sie sich auch dafür interessieren«, sagte Luca, während er Prohaska und Robert Limonade einschenkte.

Prohaska nahm ein Glas und trank einen Schluck.

»Na ja, es geht eigentlich um eine Frau.«

»Eine Frau?«

Prohaska hob die Schultern und schaute unschuldig.

»Ja, und die Sache ist ziemlich kompliziert.«

»Okay, das lass ich gelten«, erwiderte Luca und entspannte sich.

»Das kann ja jeder behaupten!«, platzte Klara heraus.

»Wenn du es genauer wissen willst, erzähle ich es dir mal bei einem Kaffee«, schlug ihr Robert vor.

»Das wirst du schön bleiben lassen, mein Junge. Wenn einer etwas dazu sagt, dann ich selbst«, sagte Prohaska in gespielt strengem Ton.

»Aber, ich wollte doch nur … ich habe gemeint …«, stotterte Robert.

»Also gut, wenn das so ist«, sagte Luca. »Aber heute können wir da nicht mehr hin, es wird gleich dunkel.«

»Kein Problem. Rufen Sie mich an, wenn es Ihnen zeitlich besser passt.« Prohaska nahm seinen Notizblock, kritzelte seine Telefonnummer darauf, riss die Seite ab und legte sie auf den Tisch.

Luca nahm den Zettel und steckte ihn ein.

»Könnten Sie mir die Fundstelle beschreiben?«

»Na ja, da gibt es nicht viel zu beschreiben. Es war kein schöner Anblick, das können Sie mir glauben. Die Polizisten haben jeden Grashalm umgedreht und fotografiert. Ich saß etwas abseits. Der Tote lag auf dem Rücken. Sein Gesicht hab ich nur kurz gesehen. Die Haut hat sich schon fast abgelöst. Es war grausig.«

»Was hatte er an?«

»Einen dunklen Anzug, weißes Hemd, Krawatte, aber die waren natürlich verdreckt.«

»Klar. Ist Ihnen etwas Besonderes aufgefallen?«

Luca überlegte. »Seine Schuhe. Die waren zwar auch voller Erde, sahen aber neu und teuer aus. Es waren hundertprozentig italienische.«

»Wissen Sie, ob man bei ihm irgendwelche Papiere gefunden hat, wonach man seine Identität hätte feststellen können?«

Luca erstarrte.

»Eine Brieftasche mit Dokumenten, zum Beispiel«, ergänzte Robert.

Luca schüttelte den Kopf. »Weiß nicht, ich saß ja wie gesagt weiter weg. Und wenn, hätten mir das die Polizisten nicht gesagt, oder?«

Prohaska nickte. »Na ja, es hätte ja sein können.«

»Und was hat das alles jetzt mit einer Frau zu tun?«, fragte Klara.

Prohaska erhob sich. »Das weiß ich noch nicht. Vielen Dank für die Limonade, sie ist köstlich.« Er zwinkerte Robert zu, und Robert stand auf.

»Ach, jetzt hab ich noch etwas vergessen«, sagte Prohaska, als sie schon draußen standen. »Könnten Sie den Toten beschreiben?«

»Aber das hab doch ich vorhin schon gemacht«, sagte Luca.

»Ich meine, seine Statur und so.«

»Er war vielleicht einen Kopf kleiner als Sie und hatte eine kräftige Figur. Seine Haare waren kurz und vermutlich dunkel, aber genau kann ich das nicht sagen. Ach ja, er hatte einen Bart, aber nicht so einen wie Sie, sondern einen dünnen, an den Seiten ausrasierten wie das heute modern ist.«

Prohaska kratzte sich am unrasierten Kinn. »Danke für Ihre Zeit. Wir sehen uns dann.«

Sie schüttelten sich die Hände und gingen zum Auto. Robert drehte sich um und winkte Klara, die mit verschränkten Armen neben Luca stand.

»Das war nicht sehr ergiebig, oder?«, fragte Robert, nachdem sie losgefahren waren.

»Doch, doch. Wir haben eine ungefähre Personenbeschreibung und wissen, dass der Tote kein armer Schlucker gewesen war. Italienische Schuhe kann sich nicht jeder leisten.«

»Und er hatte einen Bart.«

»Genau.«

»Und was nun?«

»Tja, auch wenn es unpassend klingt, ich habe einen Mordshunger. Außerdem muss ich endlich aus diesen Klamotten raus.«

*

Eigentlich wollte Prohaska Robert zum Essen einladen, aber der hatte es wegen seiner Tiere eilig. Also brachte er ihn nach Hause und fuhr nach Kloštar. Als er ankam, war es stockdunkel. Noch bevor er den Schlüssel ins Schloss steckte, fiel ihm das Kätzchen ein. Er schloss schnell die Tür auf, machte Licht und zog die Jacke aus.

»Katze, wo bist du? Miez, Miez«, rief er und kam sich gar nicht lächerlich vor, hatte er doch ein schlechtes Gewissen, weil er das Tier total vergessen hatte. Aber das Kätzchen lag friedlich auf der Couch und blinzelte ihn verschlafen an.

»Ich bin gleich da.« Prohaska hängte die Kamera an den Garderobehaken, ging ins Bad, riss sich die Kleider vom Leib und stellte sich unter die Dusche. Endlich ließ das Jucken nach. Er duschte lange, zog dann seinen Morgenmantel an und ging in die Küche. Die Katze saß vor der Terrassentür und miaute kläglich und vorwurfsvoll.

»Tut mir leid, dass du warten musstest.« Er strich ihm übers Fell und ließ es hinaus. Dann wärmte er etwas Milch auf und briet eine

Pfanne voll Rührei. Die Katze kam zurück und verlangte Futter. Prohaska tat etwas davon in eine Schale und aß den Rest mit Brot, Käse, Tomaten und Oliven. Morgen würde er endlich Katzenfutter kaufen und sich etwas richtig Gutes kochen.

Nachdem Essen wollte das Kätzchen in den Garten. Prohaska ließ es gehen, ging ins Wohnzimmer und schenkte sich ein Glas Rotwein ein. Dann startete er den Laptop, legte eine CD in den Player, holte seine Kamera und speicherte die Fotos, die er in Grožnjan gemacht hatte. Nicht alle waren wirklich gelungen, aber einige von der Frau auf dem Friedhof waren richtig gut. Luca Aquila hatte er nicht fotografiert, doch das konnte er später immer noch machen. Luca war eine echte Marke, aber etwas stimmte an seiner Geschichte nicht ganz. Prohaska wurde das Gefühl nicht los, dass Luca ihm nicht alles erzählt hatte.

Erst als zwischen zwei Musikstücken eine kurze Pause entstand, hörte Prohaska das Klopfen an der Terrassentür. Er ging hin und öffnete.

Martha stand mit dem Kätzchen im Arm davor und lächelte.

»Hallo Martha, Sie sind's?«

»Na, wer sonst? Hoffentlich störe ich nicht.«

»Nein, ich habe Sie nur nicht gehört, die Musik war zu laut.«

Martha ließ das Kätzchen hinunterspringen, das sofort um Prohaskas nackte Beine strich und ins Wohnzimmer stolzierte.

»Wie süß! Gehört das Katzerl Ihnen?«

»Nein, es ist eher umgekehrt.«

Martha sah an ihm herunter. »Ja, das Leben ist sonderbar, finden Sie nicht auch? Wenn man etwas sucht, findet man es nicht, sondern wird gefunden.«

»Stimmt genau.« Prohaska bemerkte Marthas Blick und zog rasch den Gürtel seines Morgenmantels fest. »Entschuldigen Sie bitte meinen Aufzug.«

»Kein Problem. Ich wollte nur fragen, ob Sie vielleicht auf ein Glas Wein rüberkommen wollen. Quasi als Einweihungsparty.«

»Gerne, ich war seit einer Ewigkeit auf keiner Party mehr. Ich zieh mich nur schnell um.«

»Schön, dann bis gleich.«

Als Prohaska mit der Weinflasche und zwei Gläsern auf Marthas Terrasse erschien, war sie im Haus. Er warf einen Blick in ihr Wohnzimmer, in dem eine zerknautschte Ledercouch, zwei Sessel und ein Tischchen aus Olivenholz standen. Auf dem Schreibtisch unter dem Fenster lagen Bücher und ein Laptop.

Martha kam mit einem Kuchen heraus.

»Hoffentlich mögen Sie Wiener Apfelkuchen.«

»Wow, der sieht aber gut aus.« In Wirklichkeit meinte er aber Martha. Es war ihm beim ersten Mal gar nicht aufgefallen, wie hübsch sie war.

Martha stellte den Kuchenteller auf den Tisch, eilte ins Haus und kam mit zwei Wolldecken zurück.

»Es ist kühl geworden, finden Sie nicht auch?« Sie gab Prohaska eine Decke. Er aber legte sie auf die Stuhllehne.

»Danke, aber ich friere nicht so schnell«, sagte Prohaska und lächelte. Dass das nicht so ganz stimmte, musste Martha ja nicht unbedingt wissen.

»Oh, ich schon, aber nehmen Sie doch Platz.«

Prohaska setzte sich.

Martha ging erneut ins Haus, brachte zwei Teller und Gabeln und zündete die Teelichter an, die sie auf dem Tisch und der Terrasse verteilt hatte.

Prohaska füllte die Gläser und sah ihr zu. Dabei musste er sich eingestehen, dass ihm die Situation nicht unangenehm war.

Martha schnitt den Kuchen an und legte ein Stück auf Prohaskas Teller.

»Ich habe ihn vorhin erst aus dem Backofen herausgenommen.«

Sie stießen an. Prohaska kostete vom Kuchen.

»Mhh, schmeckt ausgezeichnet, wie bei Muttern, wie man so schön sagt, so aromatisch und süß.«

Martha biss ein Stück von ihrem ab.

»Danke sehr. Ja, schmeckt echt fein. Das liegt bestimmt an der südlichen Luft«, sagte sie mit übertriebenem Ernst.

Prohaska nickte und aß seinen Kuchen auf.

»Ich habe über Sie nachgedacht«, sagte Martha kauend.

Prohaska hob die Augenbrauen. »So? Und zu welchem Schluss sind Sie gekommen?«

»Zu keinem, dafür kenne ich Sie zu wenig.«

»Da geht es mir mit Ihnen genauso.«

»Ich glaube, Sie haben ein Problem.«

Prohaska lachte. »Aber natürlich, mal ein größeres, mal ein kleineres. Es geht doch jedem so.«

»Genau. Und egal wohin man auch flieht, um ihnen aus dem Weg zu gehen, man entkommt ihnen nicht. Im Gegenteil, es kommen immer neue hinzu.«

»Wie meinen Sie das?«

»Sie können Ihr Problem im Moment nicht lösen.«

»Finden Sie?«

»Ja, das sehe ich Ihnen an. Vielleicht gehen Sie es nicht richtig an.«

»Und wie soll ich es Ihrer Meinung nach angehen?«

»Sie sollten versuchen, die Dinge leichter zu nehmen. Die Menschen sind nicht immer das, was sie zu sein vorgeben.«

»Das hat mir neulich schon jemand gesagt.« Er dachte an die alte Frau, die ihm die Zukunft voraussagen wollte und wunderte sich, dass Martha nun mit der Küchenpsychologie kam. »Und wie steht es bei Ihnen? Alles Friede, Freude, Eierkuchen?«

»Nein, aber ich habe mir abgewöhnt, von anderen zu viel zu erwarten und verlasse mich lieber auf mich selbst.«

»Das hätte jetzt von mir sein können. Ich erwarte auch nicht viel von den anderen oder besser gesagt, ich erwarte gar nichts.«

»Sie waren ja viel unterwegs. Ich habe gestern gar nicht mitbekommen, wann Sie nach Hause gekommen sind«, sagte Martha, nachdem sie ihren Kuchen aufgegessen hatte.

»Ich habe bei Freunden übernachtet«, erwiderte Prohaska knapp. So fragt man Leute aus, dachte er.

»Ach so. Und haben Sie viele Fotos gemacht?«

»Ein paar. Und Sie? Haben Sie fleißig geschrieben?«

»Nein, ich bin einfach in der Gegend herumgefahren und habe alles fotografiert, was mir vor die Linse kam. Möchten Sie vielleicht ein paar Aufnahmen sehen? Es würde mich interessieren, was Sie als Fachmann dazu meinen.«

»Gerne, doch so ein Experte bin ich auch wieder nicht.«

Martha stand auf. »Einen Moment nur, ich hole meine Kamera.«

Als sie nach einer Minute zurück war, rückte Martha ihren Stuhl dicht an Prohaskas und zeigte ihm die Aufnahmen.

»Das da ist am Lim-Kanal, aber da waren Sie bestimmt schon oft.«

»Eigentlich nur ein paar Mal. In der Saison ist mir da zu viel los.«

Martha blätterte die Aufnahmen durch. Sie waren ganz gut und zeigten die Anlegestelle, das Ufer mit dem türkisblauem Wasser, Möwen, Boote, die Hotels *Viking* und *Fjord*, die Souvenirbuden und ein paar Panoramaaufnahmen. Bei einem Foto beugte sich Prohaska vor, aber Martha hatte schon auf das nächste geklickt.

»Könnte ich das vorherige noch einmal sehen?«

Martha klickte zurück. »Ach, das ist unscharf. Ich wollte das alte Ausflugsschiff drauf haben, aber dann kam dieses Boot dazwischen. Weiter hinten sind ein oder zwei bessere Bilder.«

Prohaska starrte auf das Schnellboot, auf dem undeutlich zwei Personen zu sehen waren.

»Darf ich mal?«

Ohne Marthas Antwort abzuwarten, nahm er die Kamera und zoomte das Foto heran. Eine Frau, die lässig mit übereinander geschlagenen Beinen hinter dem Bootsführer auf der Bank saß, sah aus wie Nora. Ihr Gesicht war im Profil und nur zum Teil zu sehen, weil sie eine Sonnenbrille und ein Kopftuch trug, das sie hinten festgebunden hatte, aber er zweifelte keine Sekunde daran, dass sie es war.

Martha beugte sich auch vor, und als er den Bildausschnitt noch mehr vergrößerte, zuckte sie kaum merklich zusammen und zog die Decke über ihre Schultern. Nachdem er das Bild etwas verkleinert hatte, versuchte er sich das Gesicht des jungen Mannes am Steuer einzuprägen. Prohaska legte die Kamera auf den Tisch und starrte sekundenlang stumm auf den Apfelkuchen.

»Aber bitte, greifen Sie nur zu!«

»Wie? Ach ja, danke, sehr gerne, schmeckt ausgezeichnet«, erwiderte Prohaska und nahm sich noch ein Stück. Rossi hatte also recht gehabt. Er hatte die Situation nur falsch gedeutet. Noras Begleiter war wahrscheinlich derselbe Mann, der sie im Jachthafen abgeholt hatte. Nora war nicht entführt worden. Aber was hatten die beiden am Lim-Kanal zu suchen? Na, sie haben einen harmlosen Ausflug gemacht, du Idiot! Prohaska schämte sich auf einmal, dass er sich letzte Nacht derart unprofessionell aufgeführt hatte.

»Kennen Sie die Frau?«, fragte Martha und nippte an ihrem Glas.

Prohaska sah von seinem Teller auf. »Welche Frau?«

»Na, die auf dem Bild?«

»Nein, sie erinnert mich nur an jemanden. Ihre Fotos sind übrigens wirklich sehr gut.«

»Danke, danke, es sind nur Schnappschüsse.«

»Aber nein, es sind sehr schöne Aufnahmen dabei.«

»Nett, dass Sie das so sagen.«

Prohaska spülte die letzten süßen Kuchenkrümel mit einem Schluck Wein hinunter und schaute Martha an. Ihre Augen glänzten im Schein der Teelichter, die auf dem Tisch brannten.

Sie bemerkte seinen Blick und schob die Kamera zur Seite.

»Sie müssen sich nicht alle Fotos anschauen.«

»Sie haben Talent, doch, doch.« Prohaska schaute unauffällig auf seine Armbanduhr. Es war längst nach Mitternacht. »Ich glaube, für mich wird es allmählich Zeit, schlafen zu gehen. Sie wollen sich bestimmt auch ausruhen.«

»Eigentlich nicht, aber Sie sehen müde aus.«

»Ja, es war ein langer Tag«, erwiderte Prohaska. Er war eindeutig aus der Übung, was Frauen betraf. »Aber ich helfe Ihnen beim Abräumen.«

»Danke, aber das ist wirklich nicht nötig.«

Sie erhoben sich und standen sich sekundenlang gegenüber. Prohaska spürte die Spannung, die in der Luft lag. Und während er noch überlegte, einen eleganten Abgang hinzubekommen, beugte sich Martha vor und küsste ihn auf die Wangen.

»Ein Busserl zum Abschied. Das macht man so bei uns in Wien.«

»Gute Nacht Martha und danke für den netten Abend.«

»Gute Nacht und schlafen Sie gut.«

Prohaska ging um die Hecke, und als er auf seiner Terrasse angekommen war, schaute er sich um. Martha stand immer noch da.

»Ach, was ich noch fragen wollte«, sagte er.

»Ja?«

»War Ihre Suche eigentlich erfolgreich?«

»Wie? Ich verstehe nicht.«

»Sie haben vorgestern erwähnt, dass Sie auf der Suche nach jemandem sind.«

»Ach so. Nein, nein, aber ich habe Zeit.«

»Na dann. Gute Nacht, Martha.«

»Gute Nacht, Joe.«

Prohaska ging ins Haus und schloss die Terrassentür ab.

Warum hatte Martha so seltsam reagiert, als er Nora auf dem Foto gesehen hatte, fragte er sich, als er später im Bett lag.

VIER

Samstag,
14. September

Am nächsten Morgen betrat Prohaska kurz vor elf Uhr das Touristikbüro. Nora war nicht da, aber das hatte er auch nicht erwartet. Eine junge Frau saß vor einem Bildschirm. Prohaska lehnte sich an die Theke und räusperte sich.

Die Frau schaute auf.

»Guten Tag, Sie wünschen?«

»Hallo, ich möchte mir die Romualdo-Höhle ansehen und wollte mich nach den Öffnungszeiten erkundigen.« Prohaska deutete mit dem Kopf auf ein Plakat an der Wand, das eine Höhle zeigte.

»Oh, da kommen Sie leider zu spät. Die Romualdo ist seit Ende August fürs Publikum geschlossen und wird erst im April geöffnet.«

»Hm, das ist jetzt echt blöd.«

»Tut mir leid«, erwiderte die Frau in geschäftsmäßigem Ton. Sie stand auf, ging zu einem Tisch, nahm einen Flyer vom Drehregal heraus und legte ihn vor Prohaska. »Hier steht alles ganz genau beschrieben. Kann ich sonst etwas für Sie tun?«

Prohaska deutete zum zweiten Schreibtisch.

»Ihre Kollegin ist heute nicht da?«

»Nein.«

»Schade, ich müsste etwas mit ihr besprechen. Aber kein Problem, dann warte ich im Café nebenan, bis sie zurückkommt.«

Die Frau lächelte zum ersten Mal, seitdem er reingekommen war.

»Das könnte etwas länger dauern, Frau Nurkić ist nämlich krank.«

»Oh, hoffentlich nichts Ernstes?«

»Ich glaube nicht. Sie sagte, sie sei ein wenig erkältet. Spätestens übermorgen ist sie wieder da. Kann ich ihr etwas ausrichten?«

Prohaska nahm den Flyer und wedelte sich damit Luft zu.

»Das ist nett, aber in dem Fall würde ich lieber einen neuen Termin mit Frau Nurkić vereinbaren. Blöderweise habe ich ihre Handynummer zu Hause liegen gelassen. Es wäre furchtbar nett von Ihnen, wenn Sie sie mir geben könnten.«

»Ich weiß nicht, normalerweise mache ich so etwas nicht.«

»Das kann ich verstehen, aber es ist wirklich sehr wichtig«, sagte Prohaska und schaute treuherzig.

»Na gut, einen Moment.« Die Frau kritzelte Noras Nummer auf einen Zettel und gab ihn Prohaska. »Sagen Sie ihr bitte nicht, dass ich sie Ihnen gegeben habe.«

»Keine Sorge, und vielen Dank.« Prohaska nahm den Zettel, verließ das Büro und stand zehn Minuten später vor Noras Haus. Er läutete, obwohl er nicht damit rechnete, sie anzutreffen. Die Nachbarn im Erdgeschoss wollte er nicht fragen, sie mussten gar nicht mitbekommen, dass er sie gesucht hatte. Während er in der Carera zum Fotoladen ging, wählte er ein paar Mal Noras Nummer, aber es meldete sich nur die Mailbox.

Ivo machte einen Kaffee und fragte, ob Nora inzwischen aufgetaucht war.

Prohaska erzählte ihm, dass sie sich krank gemeldet habe.

»Aber jetzt habe ich wenigstens ihre Telefonnummer.«

»Na, siehst du. Sie liegt mit Fieber im Bett und hat dir deswegen nicht aufgemacht.«

»Vielleicht, vielleicht auch nicht«, erwiderte Prohaska und lenkte das Gespräch auf die anstehende Renovierung des Ladens. Ivo zeigte ihm seine Skizzen, wie er den Verkaufsraum umgestalten wollte. Prohaska trank den Kaffee und versprach, bald wieder zu kommen.

Eine Stunde später stellte er seinen Wagen auf dem Parkplatz am Lim-Kanal ab und schlenderte am Ufer entlang zur Anlegestelle, ließ ein paar Kieselsteine über das Wasser hüpfen und beobachtete die Passagiere eines Linienbootes, die gerade an Land gingen, doch weder Nora noch der blonde Jüngling waren darunter. Prohaska ging zum Uferweg und schaute sich die festgezurrten Boote an, aber das Schnellboot war nirgends zu sehen. Die Wahrscheinlichkeit, dass er es ausgerechnet heute dort finden würde, war ohnehin mehr als gering. Doch er hatte es wenigstens versucht. Er kehrte zum Auto zurück, fuhr in Richtung Hauptstraße und hielt nach etwa zweihundert Metern am Straßenrand an. In der Senke auf der rechten Seite stand eine Informationstafel.

Er nahm die Taschenlampe aus dem Handschuhfach, stieg aus, schloss den Wagen ab und machte sich auf den Weg zur Romualdo-Höhle.

Die Idee hierher zu kommen, war ihm am Morgen unter der Dusche gekommen. Er hatte sich die ganze Zeit gefragt, was Nora und ihr Begleiter am Lim-Kanal gemacht hatten. Und dann war ihm die Höhle eingefallen. Dass sie inzwischen geschlossen war, wusste er noch bevor er ins Touristikbüro gegangen war, da er es beim Frühstück im Internet nachgelesen hatte. Und dass Nora krank war, glaubte er keine Sekunde. Sie wurde entweder gegen ihren Willen von dem blonden Kerl festgehalten oder war freiwillig mit ihm zusammen, so wie Rossi vermutete. Wenn das der Fall war, musste sie einen triftigen Grund dazu haben. Der einzige, der Prohaska einfiel, war, dass sich die beiden kannten und hinter Blagićs Rücken gemeinsame Sache machten. Die Frage war nur, welche.

Seit er die beiden auf dem Foto gesehen hatte, zermarterte er sich den Kopf darüber. Dann erkannte er, wie naheliegend und genial der Grund sein musste. In einer bis zum Frühjahr geschlossenen Höhle konnte man etwas verstecken. Und egal, was es sein mochte, er musste dieser Spur nachgehen.

Der Pfad führte steil bergauf. Schon nach kurzer Zeit begann Prohaska zu schwitzen, zog die Jacke aus und blieb immer wieder stehen, weil sich sein Bein schmerzlich bemerkbar machte. Kein Wunder auch. So viel wie in den letzten Tagen war er schon lange nicht mehr zu Fuß unterwegs gewesen. Dennoch tat ihm die Bewegung gut. Unter ihm schimmerte durch die Baumkronen die langgezogene Bucht in der Sonne. Er hätte seine Kamera mitnehmen sollen, aber die wäre jetzt nur unnötiger Ballast gewesen. Also machte er mit seinem Handy ein paar Aufnahmen und ging weiter.

Als er oben ankam, wischte er sich den Schweiß von der Stirn und ging zum Eisengitter, das den niedrigen, dunklen Eingang zur Unterwelt versperrte.

Prohaska ging in die Hocke und schaute sich die Kette mit einem Vorhängeschloss, die um die Gitterstäbe und den Pfosten gewickelt war, genauer an. Ein Teil der Kette hing auf der hinteren Seite lose herunter.

»Bingo!«, sagte er laut. Sein Instinkt hatte ihn also noch nicht verlassen. Ein Kettenglied war durchgeschnitten worden, vermutlich mit einer großen Zange. Im Staub vor dem Tor zeichneten sich mehrere Schuhabdrücke ab. Jemand war erst vor kurzem hier gewesen. Prohaska musste plötzlich an die Diamanten denken, von denen Robert erzählt hatte. Nora kannte Blagić, also lag die Vermutung nahe, dass sie seinen Fahrer Igor Busetta auch kannte. Und dieser besaß Diamanten, für die er einen Käufer suchte. Hatte Nora da ihre Finger auch drin? Das wäre vielleicht zu weit hergeholt, überlegte Prohaska, während er die Kette abnahm und das Tor öffnete. Er zog die Jacke wieder an, zog das Tor hinter sich zu und wickelte die Kette um das Gitter. Er rechnete zwar nicht damit, dass ausgerechnet jetzt jemand vorbeikam, aber sicher war sicher. Er knipste die Taschenlampe an und machte sich auf den Weg. Der Durchgang war eng und niedrig. Prohaska stieß sich ein paar Mal den Kopf an der Decke an und fluchte. Als er den Gang passiert hatte und wieder aufrecht stehen konnte, atmete er auf, leuchtete auf den Weg und ging langsam weiter. Fledermäuse huschten an ihm vorbei, vollführten Loopings über seinem Kopf und verschwanden mit kaum wahrnehmbarem Fiepen in der Dunkelheit. Die Luft war kühl und roch nach feuchter Erde. Der Gang schlängelte sich an bizarren Gebilden und Felsbrocken vorbei. Nach einer Weile erreichte er eine Halle. Es stank nach Mäusekot und Urin. Konzentriert durchquerte er den Raum, um sich den Weg einzuprägen. Plötzlich hörte er ein Geräusch und blieb stehen. Hatte er sich das nur eingebildet oder waren aus der undurchdringlichen Tiefe Wortfetzen zu hören? Er horchte, doch alles was er vernahm, war das Plätschern der fallenden Tropfen und das leise Fiepen der Fledermäuse. Was auch immer es gewesen war, er würde weitergehen. Dabei hasste er enge Räume. Als Kind war er mit seinen Eltern in der Bärenhöhle auf der Schwäbischen Alb und später in der Postojnska Jama gewesen und jedes Mal war er froh, wieder draußen zu sein.

Die unterirdische Schönheit des Karsts mochte noch so faszinierend sein, aber zu wissen, dass Tausende Tonnen Gestein über ihm lagen, bereitete ihm großes Unbehagen.

Zu seiner Linken führte ein schmaler Gang weg. Prohaska blieb stehen, als er wieder etwas hörte. Es war, als würde ein Stein über den Boden rollen. Er stellte sich neben einen baumdicken Stalagmit, der ihn um zwei Längen überragte und knipste die Lampe aus. Das Geräusch der Wassertropfen unterbrach die gespenstische Stille. Dann hörte er Schritte. Prohaska hielt den Atem an. Ein unruhiger Lichtstrahl näherte sich, die Schritte wurden lauter. Wer auch immer es war, kam direkt auf ihn zu. Prohaska drückte sich eng an den feuchten Tropfstein. Nur Sekunden später ging die Gestalt an ihm vorbei in Richtung Ausgang.

Im Widerschein der Taschenlampe, die die Person in der Hand hielt, erkannte er Noras verzerrten Gesichtsausdruck, doch er unterdrückte den Impuls, ihren Namen zu rufen. Als sie sich entfernt hatte, machte er Licht und eilte zum Gang, aus dem sie gekommen war. Der Boden war rutschig und führte leicht abwärts noch tiefer unter die Erde. Prohaska hielt sich immer wieder an den Wänden fest, um nicht auszurutschen. Nach fünfzig, sechzig Schritten wurde der Gang etwas breiter, und dann stand er in einem ovalen Raum, aus dessen Boden und von der Decke herab Tropfsteine wuchsen.

Vorsichtig ging er hinein, rief ein paar Mal »Hallo« und »Ist hier jemand«, und leuchtete nach rechts und links. Dann sah er den Mann in einer Kuhle in der Nähe der Felswand auf dem Bauch liegen. Sein rechter Arm war angewinkelt, als hätte er sich im Fallen abstützen wollen, der linke war unter seinem Körper verborgen. Die Kapuze seines Sweatshirts war ihm in den Nacken gerutscht. Auf dem Hinterkopf war eine leicht blutende Wunde zu erkennen. Prohaska kniete sich neben ihm hin und befühlte seine Halsschlagader. Er lebte. Prohaska leuchtete den Boden ab. Etwa einen Meter weiter lag eine große Taschenlampe. Hatte ihn Nora damit niedergestreckt? Und warum? Doch bevor er solchen Fragen nachgehen konnte, musste er so schnell wie möglich Hilfe holen. Er hob die Taschenlampe auf und knipste sie an. Sie funktionierte. Prohaska drehte den Mann langsam und vorsichtig in die stabile Seitenlage und leuchtete ihm kurz ins Gesicht. Es war, wie er vermutet hatte, der junge Mann, den er auf Marthas Foto gesehen hatte. Prohaska durchsuchte seine Taschen, aber sie waren leer.

Der Mann rührte sich ein wenig und hustete.

»Keine Angst, ich gehe schnell raus und rufe die Rettung an. Rühr dich nicht von der Stelle. Ich lass dir die Taschenlampe da.«

»Okay.«

»Wenn du die Rettungsmannschaft hörst, musst du rufen, damit sie dich finden, okay?

»Ja.«

»Also, keine Angst, ich beeile mich.«

Prohaska schnappte seine Taschenlampe und rannte zurück. An der Gabelung legte er sie auf den Boden, damit man den Verletzten auch ganz bestimmt fand, schaltete das Licht an seinem Handy ein und lief zum Ausgang.

Als er aus der Höhle gekrochen kam, atmete er auf. Nora hatte jedoch die Kette wieder um die Gitterstäbe gewickelt. Prohaska nahm sie ab und fluchte dabei was das Zeug hielt. Kaum dass er wieder aufrecht stehen konnte und den Notruf wählte, fluchte er noch lauter. Er hatte keinen Empfang. Also lief er den Weg hinunter, rutschte über Steine und stolperte über Baumwurzeln, keuchte und fluchte und blieb immer wieder einen Moment stehen, um nachzusehen, ob er Empfang hatte. Als es endlich so weit war, wählte er den Notruf und erklärte dem Mann auf der anderen Seite der Leitung, worum es ging.

Unten angekommen, klopfte er sich den Staub von der Hose ab, ging zum Auto und fuhr zurück zur Anlegestelle. Wenn Nora und Tomo mit dem Schnellboot gekommen waren, würde sie damit vermutlich auch zurückfahren. Aber wieso hatte er es vorhin nicht gesehen? Die einzige Antwort darauf war, dass sie da nicht angelegt hatten, sondern irgendwo weiter vorne, am sumpfigen Anfang beziehungsweise Ende der Bucht. Vermutlich gab es einen weiteren Weg zur Romualdo Höhle. Wie auch immer, er musste nachschauen, ob Nora noch in der Nähe war.

Als er am Parkplatz war, stellte er den Wagen ab, sprang raus, knallte die Tür zu und rannte zur Anlegestelle. Ein paar Motorboote fuhren hinaus, ein Linienschiff legte an, ein anderes steuerte zur Mitte des Kanals. Möwen flogen über ihn hinweg, der azurblaue Himmel spiegelte sich im Wasser, in dem mehrere Austernbänke schaukelten. All das registrierte Prohaska, während er über den Platz lief und die Treppe zur Terrasse des *Viking* hochsprang. Völlig außer Atem ging er zur Brüstung und schaute hinunter auf die Bucht, ohne die neugierigen Blicke der Restaurantbesucher zu beachten. Weit vorne, wo der Kanal breiter wurde, fuhr ein Schnellboot in Richtung offenes Meer. Prohaska kniff die Augen zusammen, aber es war viel zu weit entfernt, um etwas zu erkennen. Er nahm sein Handy, schaltete die Kamera ein und zoomte es so nah es nur ging heran. Es war ein weißes Schnellboot mit einer Peson an Bord. Prohaska drückte ein paar Mal auf den Auslöser, steckte das Handy ein und setzte sich an einen Tisch nahe der Brüstung. Als der Kellner kam, bestellte er eine große Flasche Mineralwasser und einen Mokka und rief dann Inspektor Rossi an.

*

Es war kurz nach vier Uhr morgens, als der Schweinetransporter den Hafen von Rijeka erreichte. Blagić nahm sein Gepäck, bedankte sich und stieg aus. Der Lastwagen fuhr weiter.

Nach einiger Zeit fand Blagić eine offene Kneipe und ging hinein. Mehrere übernächtigte Männer saßen an einem Tisch und verstummten, als er sich an einen Tisch am Fenster setzte und einen doppelten Whisky und Kaffee bestellte. Der Wirt stellte ihm das Glas und die Tasse hin, sie wechselten ein paar belanglose Floskeln und als der Mann zu den anderen gegangen war, kippte Blagić den Whisky auf Ex und rief dann Tomo an, obwohl sein Handy vermutlich abgehört wurde und die Polizei spätestens jetzt wusste, wo er war. Er musste es darauf ankommen lassen. Aber Tomo war immer noch nicht erreichbar. Blagić trank den Kaffee, bestellte noch einmal dasselbe und klingelte gegen fünf Uhr Igor Busetta aus dem Schlaf, der ihm versprach, sich augenblicklich auf den Weg zu machen. Blagić wartete beinahe zwei Stunden, bis Busetta ihn holen kam und nach Rovinj fuhr.

Als er gegen neun in der Wohnung ankam, fühlte sich Blagić wie gerädert. Er legte sich so wie er war auf die Couch, konnte aber nicht einschlafen. Der Alkohol und Kaffee zeigten deutliche ihre Wirkung. Also stand er wieder auf, ging ins Bad und duschte. Was für ein kläglicher Abstieg, sagte er sich immer wieder, was für ein gottverdammter Abstieg. Vom Porsche zum Schweinetransporter, na bravo! Aber auch das würde er überleben und irgendwann abhaken, locker sogar. Die Hauptsache war, dass er entkommen war. Sie würden ihn nicht kriegen. Das war er sich einfach schuldig.

Er trocknete sich ab, zog sich an und rief Tomo erneut an. Und wieder meldete sich nur die verdammte Mailbox. Der hatte seine Abwesenheit offenbar gut genutzt und lag bestimmt neben irgendeinem Frauenzimmer. Unter normalen Umständen wäre das egal gewesen, aber jetzt war es einfach nur ärgerlich. Er musste doch schleunigst das Land verlassen, und dazu brauchte er den Jungen.

Dass das Geschäft mit den Mädchen in Zagreb in die Hose gegangen war, war eine Katastrophe. Klar, dass sein italienischer Geschäftspartner Null Verständnis dafür hatte. Blagić las noch einmal die SMS, die ihm der Mailänder geschickt hatte. Der Mann drohte mit Sanktionen, falls Blagić nicht innerhalb kürzester Zeit für einen Ersatz sorgte. Wie diese Sanktionen aussehen würden, müsse er ihm nicht erklären. Aber wie sollte er aus dieser verfluchten Situation herauskommen? Seine beiden Männer, die vier Mädchen und Aldo Jergić waren verhaftet worden. Er konnte nur hoffen, dass die Männer dicht hielten. Bei den Frauen war er sich da nicht so sicher. Dazu kam die Sache mit seinem Kompagnon Davor Bukač. Der hatte ihn bestohlen und war danach spurlos verschwunden. Und diese Nora hatte die Frechheit besessen, mit einem deutschen Ex-Polizisten Kontakt aufzunehmen, der ein verdeckter Ermittler oder Gott weiß was war, und der nun wegen des Mordes auf der Insel Katarina ermittelte. Blagić wollte sich gar nicht erst ausmalen, über welche Kontakte Prohaska verfügte und was alles er inzwischen herausgefunden hatte.

Blagić ging in die Küche und machte sich einen Kaffee. Dann setzte er sich an den Tisch im Wohnzimmer, um in Ruhe nachzudenken, als eine SMS von Mirko Grabar kam. Er musste sie zweimal lesen und sein Blutdruck stieg mit jeder Zeile mehr an. Grabar schrieb, er habe Viktoria am frühen Morgen zur Tankstelle gefahren, damit sie Blagićs Porsche abholte, aber der Wagen sei nicht mehr da gewesen. Der Tankwart, mit dem er, Blagić, gesprochen habe, sei nach Hause gegangen. Dessen Kollege habe Viktoria erzählt, dass die Polizei den Wagen abgeschleppt habe. Geistesgegenwärtig habe Viktoria dem Mann ihren Namen erst gar nicht genannt, doch sein Kollege würde sich sicher an Blagić erinnern. Danach seien sie sofort weggefahren. Mirko bedauere es zutiefst und hoffe, dass Blagić gut angekommen sei.

Blagić bebte vor Wut. Sein geliebter Porsche war beschlagnahmt, einfach weg. Den konnte er für immer vergessen. Er stand auf, ging ans Fenster und riss es weit auf. Er brauchte frische Luft. Sein Herz raste wie wild. Er atmete tief ein und aus und versuchte sich zu beruhigen. In der Bucht am Nordhafen lag ein prächtiger weißer Fünfmaster. Ja, er hatte noch einen Ausweg. Wenn auch die Chancen gering waren, würde er es versuchen müssen. Sobald ihn Tomo auf die Insel gebracht hatte, würde er das Geld aus dem Schreibtisch nehmen und sich mit seiner Motorjacht, die im Hafen von Veli Brijun lag, nach Montenegro und von dort nach Sizilien absetzen. Wenn er erst einmal dort war, würde er schon klarkommen. Schließlich hatte er Beziehungen!

Blagić schloss das Fenster, setzte sich wieder auf die Couch, nahm sein Handy und schaute sich die Fotos von Nora und Prohaska an, die Busetta ihm geschickt hatte.

Dann rief er ihn an.

»Guten Morgen Igor, wo bist du?«

»Im Café *Piazza*.«

»Hast du Nora gefunden? Ist sie im Büro?«

»Nein, noch nicht. Ich war drüben und ihre Kollegin sagte, Nora sei krank. Zu Hause ist sie nicht oder macht nicht auf. Jetzt sitze ich da und warte, falls sie doch noch auftaucht.«

»Und Prohaska?«

»Keine Ahnung. Hab ich auch nicht gesehen. Vielleicht sind die beiden zusammen unterwegs. Oder er ist irgendwo beim Fotografieren verloren gegangen.«

»Das wäre eine gute Lösung«, sagte Blagić. »Mach dich gleich auf die Socken. Ich muss mit Nora reden. Wenn du sie gefunden hast, bring sie sofort her, verstanden?«

»Okay, okay, ich hab's kapiert. Aber das wird nicht einfach sein.«

»Finde sie, verdammt noch mal! Es ist mir scheißegal, wie du das anstellst. Los jetzt, die Zeit drängt.«

»Ich bin schon unterwegs.«

»Gut.«

»Ach, Chef, eine Frage noch.«

»Was denn?«

»Kann ich Ihren Wagen nehmen?«

»Meinetwegen, aber fahr nicht wie ein Irrer. Sollte nur ein einziger Kratzer dran sein, kannst du schon mal mit dem Sparen anfangen. Wenn du Nora hergebracht hast, fährst du ihn in die Waschanlage und machst innen alles sauber. Ich will kein Haar von ihr finden. Sobald ich Tomo erreicht habe, sage ich dir Bescheid. Kannst du dir das merken?«

»Selbstverständlich, Chef. Und bitte, regen Sie sich nicht so auf. Ich erledige alles.«

»Das rate ich dir, bis später.«

Blagić trennte die Verbindung, warf das Handy auf die Couch und stand schwerfällig auf. Er schleppte sich in die Küche und wischte sich den Schweiß von der Stirn. Wieso zitterte er jetzt so? Ihm war speiübel, sein Magen knurrte. Kein Wunder auch, er hatte seit Stunden nichts mehr gegessen, außer ein paar Stückchen Schokolade, die er in der Tankstelle gekauft hatte. Und nun machten sich der Kaffee und Alkohol bemerkbar. Der Druck, den er schon während der Fahrt in dem Schweinetransporter gespürt hatte und der sich in seinem Brustraum aufgebaut hatte, nahm ihm fast den Atem. Sein Blutdruck war bestimmt viel zu hoch. Der Puls jedenfalls war nicht normal. Er würde sich nachher hinlegen und ein paar Stunden schlafen. Am liebsten wäre er hinunter in ein Café gegangen und hätte sich ein anständiges Frühstück gegönnt, aber das wäre viel zu riskant. Niemand durfte ihn hier sehen. In der Wohnung war er bis zum Abend sichererer. Wenn er wenigstens Tomo erreichen könnte. Na, der konnte was erleben! Blagić riss den Kühlschrank auf, sah hinein und fluchte. Dieser Idiot Igor hatte natürlich nicht eingekauft. Nicht einmal auf ihn war mehr Verlass. Dabei hatte er es ihm extra aufgetragen, bevor er nach Zagreb geflogen war. Blagić holte die letzten zwei Becher Joghurt und die Orangenmarmelade heraus, vermischte sie mit einer Handvoll Früchtemüsli, die Packung war auch fast leer, goss den Rest Milch darauf, die roch auch etwas seltsam, und ging mit der Schale ins Wohnzimmer. Er setzte sich auf die Couch und schaltete den Fernseher an. Während er sich durch die Programme zappte, aß er das Müsli und pickte wie immer zuerst die aufgeweichten Beeren heraus. Das Zeug schmeckte bitter, aber das lag wohl an der vielen Orangenmarmelade. Bei jedem Bissen verzog er das Gesicht. Ach, was soll's, in der Not frisst der Teufel auch Fliegen. Hauptsache war, dass er wieder zu Kräften kam.

*

»Die hätten wenigstens ihren blöden Abfall mitnehmen können«, sagte Luca, als er mit Klara zur Lichtung kam. Sie zog ein Stück Absperrband von einem Ast und wickelte es zu einem Knoten.

»Ich sammle es ein«, sagte sie und zeigte zu der Stelle, wo der Tote gelegen hatte. »Ist es dort?«

Luca nickte.

»Was für ein grausiger Ort.«

Luca ging zu seinem Baumstumpf und setzte sich.

Nachdem Klara die Reste des Bandes eingesammelt hatte, ohne zum Fundort der Leiche zu gehen, stand Luca auf. Als er sich dabei von seinem Sitz abstützte, brach ein Stück der morschen Rinde ab und fiel zu Boden. Luca drehte sich um. Der Baumstumpf war innen hohl. In dem Loch lag etwas. Luca bückte sich und holte einen faustgroßen Lederbeutel heraus, der mit einer Kordel zusammengeschnürt war. Er zog daran, öffnete den Beutel und schaute kurz hinein.

»Dio mio!« Er steckte das Ding in seine Manteltasche und legte den Moosdeckel zurück.

»Hast du etwas gesagt?«

»Nein, ich habe mit mir selbst gesprochen. Können wir jetzt gehen?«

»Ja, ich mag auch nicht länger hierbleiben«, sagte Klara und hakte sich bei ihm ein.

Luca atmete schwer.

»Was ist denn? Geht es dir nicht gut?«

»Doch, doch, alles in Ordnung.«

»Du bist ganz blass.«

»Es wird das Wetter sein.«

»Wenn wir zu Hause sind, legst du dich hin, okay?«

»Ja, Frau Doktor.«

*

Igor Busetta stapfte den Weg durch den Park hinauf, der vom Hafen hinter der Fischfabrik *Mirna* hinaufführte. Dort standen schmucke Häuser und Villen, umgeben von gepflegten Gärten mit Oleandern, Palmen und Zypressen. Blagićs Luxuslimousine war in der Garage einer alten Villa untergebracht, die einem Ehepaar aus Mailand gehörte. Busetta kümmerte sich in deren Abwesenheit um das Anwesen. Als er dort ankam, öffnete er das von zwei Marmorlöwen bewachte Tor, ging in die Garage und fuhr den Wagen auf die Straße. Dann schloss er das Tor und setzte sich ans Steuer. Sein Handy klingelte. Nora meldete sich endlich.

»Nora, wo steckst du eigentlich? Ich habe dich x-mal angerufen.«

»Das erkläre ich dir später.«

»Nein, jetzt.«

»Ich bin dir keine Rechenschaft schuldig.«

»Der Chef will dich unbedingt sehen.«

»Ich ihn aber nicht.«

»Nora, ich glaube, du unterschätzt die Lage völlig. Du hast mit diesem Polizisten Prohaska gesprochen. Blagić ist stinksauer. Er ist oben in der Wohnung und wartet auf dich.«

»Da kann er warten, bis er schwarz wird! Beruhige dich, es läuft alles nach Plan.«

»Was hast du Prohaska erzählt?«

»Nichts.«

»Ach, und das soll ich glauben? Dann wolltest du ihn wohl nur in dein Bett locken?«

»Und wenn schon. Das geht niemanden etwas an. Könnten wir jetzt zum Wesentlichen kommen?«

»Okay, sag mir, wo du bist und ich hole dich ab.«

»Vergiss Blagić. Ich will ihn nicht sehen. Hol mich in einer Stunde am Busbahnhof ab, dann erledigen wir das andere.«

»Du bist bei Prohaska, nicht wahr? Ich habe nämlich herausgefunden, wo der Typ wohnt. Ich fahre jetzt hin und hole dich ab.«

»Für wie blöd hältst du mich? Prohaska spielt hier absolut keine Rolle, außerdem ist er harmlos. Er hat mich nur gefragt, ob er bei uns im Büro irgendwelche Landschaftsaufnahmen aufhängen kann.«

»Ach, und das glaubst du ihm?«

»Wieso nicht?«

»Weil er ein Polizist ist. Das war doch nur ein Vorwand.«

»Unsinn. Er war freundlich. Wir haben einen Kaffee getrunken und nichts weiter. Okay?«

»Na klar, und du hast ihn um den kleinen Finger gewickelt wie die anderen auch. Ich kenne dich, Nora, ich kenne dich.«

»Keiner kennt mich. Ich muss jetzt auflegen.«

»Okay, dann musst du mit Blagić allein fertig werden. Ich will nicht noch mehr Ärger haben.«

»Igor, denk doch mal nach. Wenn du mich zu ihm bringst, würde er mich zwingen, zu erzählen, was damals passiert ist. Dann wärst du geliefert. Warte also am Busbahnhof auf mich. Wir müssen zu dieser Stelle fahren.«

»Wieso?«

»Na, weil ich das Zeug nicht mit mir herumtrage.«

»Bist du wahnsinig? Hast du nicht mitbekommen, dass man ihn gefunden hat?«

»Ja sicher, deshalb müssen wir hin. Sie haben das Versteck bestimmt nicht gefunden.«

»Was für ein Versteck?«

»Auch das erkläre ich dir nachher.«

»Ich warne dich, Nora, versuch ja nicht, mich reinzulegen.«

»Vertrau mir einfach. Wir holen sie und hauen dann ab.«

»Ich kann doch nicht einfach so verschwinden. Blagić würde noch misstrauischer werden, und dann ist auch noch dieser Tomo da. Dem Burschen traue ich nicht über den Weg.«

»Von mir aus, dann bleibst du eben hier und ich haue allein ab. Das ist ohnehin besser. Bis später also.«

Igor wollte widersprechen, doch Nora hatte schon aufgelegt.

Igor schlug aufs Lenkrad. Dieses Weib machte ihn wahnsinnig. Nichts lief nach Plan. Aber das würde jetzt ein Ende haben, ein für alle Mal. Er hatte es endgültig satt, nach ihrer Pfeife zu tanzen.

Er fuhr aus der Straße und dann direkt nach Kloštar.

Dass sich Prohaska ausgerechnet dort niedergelassen hatte, war ihm einfach unbegreiflich. In diesem Nest gab es nichts, außer einer Handvoll Bauernhöfe und einer morschen Klosterruine.

Als er zwanzig Minuten später Kloštar erreichte, standen vor einem Kiosk zwei alte Männer, tranken Bier und schauten ihm nach. Busetta fuhr um ein verwittertes zweistöckiges Gebäude, das früher einmal ein Hotel gewesen war. Die großen Lettern auf der abbröckelnden Fassade waren verblasst. Um die Ecke befand sich ein Ausflugslokal mit einer großen Terrasse, auf der ein paar Touristen saßen. Busetta bog rechts ab und fuhr an uralten Steinhäusern vorbei. In einem Hof dösten Katzen neben einem rostigen VW-Käfer. Eine vom Alter gebeugte Frau fütterte ihre Hühner.

Igor hielt an und stieg aus.

»Buongiorno, Signora, könnten Sie mir sagen, wo ich Josef Prohaska finde? Er wohnt hier irgendwo.«

Die Frau schlurfte zum Zaun und schaute ihn neugierig an. Ihr Kopf wackelte leicht hin und her.

Busetta wiederholte seine Frage, da die Alte offensichtlich schwerhörig war.

»Ah, Sie meinen den Prohaska?«, fragte sie und lächelte fast zahnlos.

»Ja, genau den.«

»Ein sehr netter Mann, und immer freundlich. Ein Deutscher.«

»Ja, ja. Ich will nur wissen, wo er wohnt«, sagte Busetta genervt.

»Also, Sie müssen zurück, dann rechts und wieder rechts und dann links, also um diese Häuser herum, dann den Weg Richtung Wald, kurz vor der Klosterruine, und die kann man nicht verfehlen. Und was wollen Sie von ihm?«

Busetta überhörte die Frage geflissentlich, bedankte sich kurz, stieg ein und fuhr in die genannte Richtung. Doch als er ein paar Minuten später an Prohaskas Haus vorbeifuhr, stand in seinem Innenhof weder das Mercedes Cabrio noch Noras roter Fiat.

*

Prohaska hatte Glück und fand einen freien Parkplatz in der Straße unterhalb des Busbahnhofs. Er stieg aus und kaufte sich an einem Imbisstand eine Pizza, ging mit dem Karton zurück, setzte sich ins Auto, und während er sein spätes Mittagessen verzehrte, beobachtete er den Platz. Falls Nora nicht längst aus der Stadt verschwunden war, würde er sie hier am besten abpassen können. Als er fertig gegessen hatte, stieg er aus, warf den Pappkarton in den nächsten Abfalleimer und schlenderte ins Bistro, in dem er zwei Tage zuvor schon gewesen war und bestellte einen Espresso.

»Ah, hallo, wie geht's so?«, fragte der Barista, als er ihm den doppelten Espresso servierte.

»Gut, gut, alles bestens.« Prohaska bezahlte den Kaffee und ging mit der Tasse hinaus, um eine Zigarette zu rauchen. Es war kurz vor halb vier. Als er fertig geraucht und den Espresso getrunken hatte, ging er zurück zum Auto. Dabei sah er, wie ein schwarzer Audi auf den Platz vor dem Busbahnhof einbog und in der zweiten Reihe stehen blieb. Die getönte Seitenscheibe glitt herunter. Der Fahrer trug eine Sonnenbrille, aber Prohaska zweifelte nicht daran, dass es Igor Busetta war.

»Na also«, murmelte er, stieg ein und steckte den Schlüssel ins Schloss. Jetzt fehlte nur noch Nora.

Fünf Minuten vergingen, ohne dass sich etwas tat. Prohaska zündete sich eine Zigarette an. Sein Handy klingelte. Wer wollte jetzt etwas von ihm? Hoffentlich war es nicht Rossi. Umständlich fingerte er das Handy aus der Hosentasche und meldete sich.

»Sind Sie es, Prohaska?«

»Ja, wer ist dran?«

»Na ich, Luca Aquila.«

»Ah, Luca, ich habe Sie nicht erkannt, wie geht es?«

»Danke, geht so. Warum ich anrufe: Ich muss dringen mit Ihnen sprechen.«

Prohaska trommelte mit den Fingern aufs Lenkrad und ließ den Audi nicht aus den Augen.

»Könnte ich Sie später zurückrufen? Im Moment ist es ein wenig ungünstig.«

»Natürlich. Mir wäre es ehrlich gesagt lieber, wenn Sie gleich herkommen könnten, ich rede nicht so gern am Telefon darüber.«

»Gut, ich komme, sobald ich kann.«

»Bene, ich bin zu Hause, bis später.«

Prohaska legte auf und lehnte sich zurück. Ein Polizeifahrzeug glitt an ihm vorbei und blieb eine Wagenlänge weiter vorne stehen.

Die Zufahrt zum Busbahnhof war blockiert. Die Fahrertür schwang auf, ein Uniformierter stieg langsam aus, zog den Gürtel hoch, an dem die Dienstpistole hing und strich das Hemd glatt.

Das fehlte mir jetzt gerade, dachte Prohaska.

Der Beamte kam näher und blieb neben dem Cabrio stehen. Dann beugte er sich leicht vor und berührte seine Dienstmütze.

»Guten Tag, Sie wissen, dass Sie da nicht parken dürfen, oder? Hier ist absolutes Parkverbot.«

Prohaska nahm seine Sonnenbrille herunter und lächelte.

»Oh, das habe ich total übersehen. Ich warte nur kurz auf jemanden, der Bus muss jeden Moment kommen. Dann fahre ich sofort weg.«

»Okay, Ihre Papiere bitte.«

War ja klar, dachte Prohaska. Er nahm die Dokumente aus der Brieftasche und gab sie ihm. Der Polizist ging ein paar Schritte vor und warf einen langen Blick auf Prohaskas Nummernschild. Natürlich macht der Mann nur seine Arbeit, aber musste er das ausgerechnet jetzt und bei ihm tun? Es gab doch genug andere, die hier genauso falsch parkten wie er. Prohaska schaute ihm genervt zu und dann zum Busbahnhof. Na klasse. Nora rannte auf den schwarzen Audi zu. Sie trug Jeans, Turnschuhe und eine Jacke über dem Arm. In der anderen hielt sie eine große Reisetasche und eine Handtasche. Sie riss die Beifahrertür auf, sprang in den Wagen und knallte die Tür zu.

Der Polizist kam zurück und gab Prohaska die Dokumente.

»Danke, alles in Ordnung. Wie ich aus Ihren Dokumenten sehe, sind Sie Josef Prohaska.«

»Genau der.«

»Sie waren doch neulich mit zwei deutschen Kollegen bei uns in der Dienststelle.«

»Auch richtig.« Prohaska lächelte gequält, während er aus dem Augenwinkel sah, wie der Audi den Busbahnhof verließ. Der Beamte grinste, als wären sie jetzt die allerbesten Freunde.

»Freut mich, Sie persönlich kennenzulernen, bitte fahren Sie jetzt weiter, und nichts für ungut.«

Prohaska startete den Motor.

»Ganz meinerseits.«

Der Polizist nickte ihm zu, ging breitbeinig zu seinem Dienstwagen, stieg ein und machte endlich Platz.

»Das war jetzt unnötig wie ein Kropf«, murmelte Prohaska, während er zur Straße fuhr, die der Audi genommen hatte.

*

»Mach schon, da drüben steht die Polizei!«, sagte Nora.

»Ich bin pünktlich, im Gegensatz zu dir. Du hast ja ewig gebraucht, um deine Siebensachen zu packen.«

»Es ging nicht eher. Kannst du nicht endlich losfahren?«

»Aber nein, wir wollen ja nicht auffallen.«

»Mensch, Igor, es wird bald dunkel.«

»Immer mit der Ruhe, oder willst du uns die Polente an den Hals hetzen? Ach, da drüben ist dein neuer Freund Prohaska. Und was macht er? Er quatscht natürlich mit einem Sheriff.«

Nora sagte nichts.

»Wo warst du eigentlich so lange?«, fragte Busetta, als sie den Busbahnhof hinter sich gelassen hatten.

»Ich sagte bereits, das ist ganz allein meine Sache.«

»Mag schon sein, aber es wäre besser, wenn du es mir sagtest. Dann könnte ich beim Chef ein Wort für dich einlegen.«

»Danke, aber das regle ich schon selbst, auf meine Weise.«

»Das rate ich dir auch dringend. Er ist zurück und ziemlich sauer auf dich.«

»Ach, lass mich in Ruhe.«

»Nora, du musst das in Ordnung bringen. Er darf keinen Verdacht schöpfen. Er erwartet dich.«

»Bist du noch bei Trost? Ich will ihn nicht sehen. Wir holen die Diamanten und fahren dann sofort nach Slowenien. Ich habe in Portorož ein Hotelzimmer gebucht und fahre morgen früh mit einem Mietwagen weiter nach Triest. Und du gehst zu Blagić zurück, allein.«

»Ist das etwa dein toller Plan? Du kriegst die Steine niemals über die Grenze. Ich habe übrigens mit einem Albaner in Rovinj gesprochen. Sein Vetter hat einen Juwelierladen und er kennt jemanden, der sie uns abnehmen kann, für einen sehr guten Preis.«

»Du kannst mit deinem Anteil tun, was du willst.«

»Sowieso. Und du musst mit Blagić reden. Erzähl ihm irgendetwas, lüg ihn an und schlaf mit ihm. Er ist genauso scharf auf dich wie dieser Prohaska.«

Nora warf Busetta einen kalten Blick zu und drückte die Handtasche an ihre Brust.

»Nur über meine Leiche.«

»Ach komm schon, spiel jetzt nicht die Unschuld vom Lande. Wenn du nicht alles auffliegen lassen willst, wirst du es tun, ob du willst oder nicht. Es wird bestimmt auch nicht lange dauern.« Igor kicherte.

»Du widerst mich einfach an«, fauchte Nora, drehte den Kopf zur Seite und starrte zum Fenster hinaus. Ihr Kinn zitterte. Den Rest der Fahrt schwiegen sie. Busetta schaute manchmal zu ihr rüber, aber Nora reagierte nicht. Ihr Gesicht schien wie versteinert und war dabei so schön, dass er sich zusammen nehmen musste, um nicht anzuhalten und über sie herzufallen. Aber dazu würde er später noch Zeit haben. Er hatte sie in der Hand und würde dafür sorgen, dass sie ihren verdammten Stolz ablegte.

Eine Dreiviertelstunde später erreichten sie den Parkplatz, stiegen aus, und als sie in den Wald hineingingen, schaute sich Nora kurz um. Sie waren hier ganz allein.

*

Prohaska zwang sich, nicht zu rasen. Er würde den Audi ohnehin nicht mehr einholen. Also konnte er auch gleich zu Luca Aquila fahren und sich ein wenig entspannen.

Als er vor Lucas Haus hielt und über den Hof ging, war die Haustür angelehnt. Prohaska klopfte an den Türrahmen.

»Hallo, ist jemand da?«

»Ja, ja, ich bin in der Küche.«

Prohaska ging hinein. Luca kam ihm entgegen und reichte ihm die Hand. »Kaffee?«

»Ja, sehr gerne.«

»Bitte, setzen Sie sich.«

Prohaska nahm am Küchentisch Platz. »Da bin ich also.«

»Bevor ich anfange, müssen wir eine Grappa trinken.«

»Da sag ich nicht nein.«

Luca holte eine Flasche und Gläser aus dem Schrank, schenkte ein, gab Prohaska ein Glas und nahm seines in die Hand.

»Diese Siezerei muss ja nicht sein. Ich bin Luca. Živio!«

Prohaska stand auf. »Und ich bin Joe. Auf dein Wohl!«

Sie tranken auf Ex und setzten sich.

»Du bist Privatdetektiv, nicht wahr?«

Prohaska machte den Mund auf, um zu widersprechen, aber Luca redete schon weiter.

»Wie auch immer. Warum ich mit dir reden muss: Ich war heute mit meiner Enkelin auf der Lichtung. Sie wollte sich unbedingt diese Stelle ansehen.«

Prohaska nickte. »Verstehe, so etwas passiert auch nicht alle Tage.«

»Na, Gott sei Dank nicht. Aber nun brauche ich deinen Rat.«

»Inwiefern?«

»Als wir da ankamen, habe ich mich auf einen alten Baumstumpf gesetzt. Er ist etwa so hoch wie der Hocker da und hat eine weiche Sitzfläche aus Moos. Ich sitze da also, Klara geht herum und sammelt das Absperrband ein, das die Polizisten liegengelassen haben, und als ich aufstehe, bricht die Rinde ab. Ich dreh mich um und was sehe ich da? Der Baumstumpf ist innen hohl. Und in dem Loch liegt was.«

»Die Waffe?«

»Nein, nein, warte einen Moment, ich hole es.«

Luca stand auf und ging nach draußen. Prohaska sah durchs Fenster, wie Luca in den Schuppen hineinging und kurz darauf mit einer Plastiktüte in der Hand herauskam. Als er wieder in der Küche war, machte er sie auf und legte einen Lederbeutel auf den Tisch.

»Hier, bitte, mach ihn auf.«

Prohaska nahm einen Kugelschreiber aus der Jacke, löste damit den Knoten der Kordel und zog den Beutel auseinander.

»Das sind Diamanten«, stellte er fest.

»Genau. Verstehe du jetzt, warum ich mit dir reden wollte?«, fragte Luca und füllte die Gläser erneut.

Prohaska bot ihm eine Zigarette an, nahm auch eine und gab Luca Feuer.

»Deswegen musste der Mann also sterben«, sagte Luca. »Aber warum hat der Mörder die Steine da versteckt statt sie mitzunehmen?«

»Vielleicht weil er sich für schlau hält. Welcher normale Mensch würde schon in einem Baumstumpf Diamanten vermuten? Aber ich bin sicher, dass er sie bald holen wird, nachdem du die Leiche gefunden hast und die Polizei dort war. Wem hast du noch davon erzählt?«

»Niemandem. Was soll ich nun machen?«

Prohaska grinste. »Behalt sie einfach.«

»Niemals! An diesen Steinen klebt doch Blut. Sie bringen Unglück.«

Prohaska klopfte Luca auf die Schulter. »Ach, das war nur ein Scherz. Du musst sie natürlich der Polizei übergeben.«

»Könntest du das nicht tun? Du kennst dich da viel besser aus.«

»Tut mir leid, Luca, aber das musst du schon selbst erledigen. Und jetzt würde ich mir gerne die Fundstelle ansehen.«

*

Etwa zur gleichen Zeit erreichten Nora Nurkić und Igor Busetta die Lichtung. Die Sonne stand tief am Horizont, die Grillen zirpten im Gras, irgendwo in der Nähe klopfte ein Specht. Busetta blieb stehen.

»Also, wo sind sie?«

»Da drüben im Baumstumpf.«

»Bist du wahnsinnig? Das ist doch kein Versteck für so etwas.«

Nora warf Igor einen verächtlichen Blick zu und marschierte über die Wiese. Busetta folgte ihr. Als sie den Baumstumpf erreicht hatte, kniete sich Nora hin, nahm den Moospolster ab, steckte die Hand in den Hohlraum und zog sie gleich zurück, als hätte sie sich verbrannt.

»Das glaube ich einfach nicht«, sagte sie tonlos und richtete sich auf.

»Was ist?«

»Sie sind weg.«

»Was? Geh zur Seite!«

Busetta ging in die Hocke, wühlte mit den Händen im Hohlraum und fluchte laut. Dann baute er sich vor Nora auf und fixierte sie zornig. »Ich warte auf deine Erklärung.«

Nora wich vor ihm zurück. »Aber ich habe sie da hineingelegt und mit dem Moos zugedeckt. Jemand muss sie zufällig gefunden und mitgenommen haben.«

»Und du glaubst im Ernst, dass ich dir das abnehme? Es gibt keine Zufälle. Wo sind die verfluchten Steine?«

»Das weiß ich nicht! Wahrscheinlich hat sie die Polizei gefunden. Die haben doch hier bestimmt jeden Stein umgedreht.«

»Soso, die Polizei. Du hältst mich wohl für blöd? Ich glaube eher, dass du sie längst verscherbelt hast. Deshalb warst du auch die letzten Tage verschwunden. Also, wem hast du sie verkauft und für wie viel?« Igors Stimme überschlug sich beinahe.

»Ich habe sie nicht verkauft. Und wenn, wäre ich sicher nicht hier, oder?«

Busetta verzog das Gesicht zu einer hässlichen Grimasse, packte Nora an den Schultern und schüttelte sie.

»Du verdammte kleine Hure, du willst mich reinlegen, ausgerechnet mich? Sag, wo die Diamanten sind oder ich bringe dich um! Ich mache dich fertig, ich schwör's.«

»Lass mich los! Ich weiß nicht, wo sie sind.«

Igor versuchte, sie an sich zu ziehen, aber Nora riss sich los, schlug um sich und zerkratzte ihm das Gesicht. Blut lief ihm über Wange. Er ließ sie los, Nora drehte sich um und rannte weg, aber Busetta holte sie ein und packte sie an den Haaren.

»Wo sind sie?«, schrie er wie von Sinnen und drehte sie zu sich.

»Glaub mir doch, ich hab sie dort versteckt, als du ihn …«

Busetta verpasste ihr eine Ohrfeige. Nora taumelte rückwärts und stürzte zu Boden.

»Als ich was?«

»Na, als du ihn totgeschlagen hast«, schrie Nora mit tränenerstickter Stimme. Sie rappelte sich hoch und lief in Richtung der Grube. »Und dann hast du ihn da verscharrt, du Mörder! Ich hätte dich anzeigen sollen.«

Igor war in ein paar Schritten bei ihr und griff nach ihrem Ärmel. Nora wand sich und stolperte. Igor packte sie am Kragen. Nora kreischte und fiel der Länge nach hin, Busetta direkt vor die Füße.

»Hör auf zu schreien, hier hört dich ohnehin niemand. Du weißt ganz genau, dass es ein Unfall war, verdammt noch mal! Hättet ihr nicht zu streiten angefangen, wäre das gar nicht passiert, aber du wolltest Davor reinlegen, du wolltest ihn loswerden und die Steine nur mit mir teilen. Das hast du mir selbst gesagt. Und ich Idiot habe dir geglaubt, du dreckiges Luder!«, brüllte Igor und spuckte auf sie herunter.

Nora zog die Knie an und schluchzte. »Aber, ich, ich wollte doch nur, ich wollte nicht, dass er …«

»Du wolltest, du wolltest, du willst immer nur, immer nur du! Ich lasse mich nicht von dir verscheißern. Du wirst mir jetzt sofort sagen, wo die Steine abgeblieben sind, verstanden? Sonst kommst du hier nicht lebend davon, los, rede!« Er versetzte ihr einen Tritt gegen die Rippen.

Nora schrie vor Schmerz auf, rollte sich zusammen und hob die Arme schützend vor den Kopf.

»Du willst es mir also nicht sagen? Okay. Dann versuche ich es damit.« Busetta stellte sich breitbeinig über sie und öffnete seinen Gürtel. »Du willst es ja nicht anders haben. Doch bevor ich dich ins Jenseits schicke, will ich dich haben, so wie dich die anderen gehabt haben. Los, ausziehen! Hose runter!«

»Niemals!«

Busetta packte sie an den Fußgelenken. Nora strampelte sich frei und wand sich auf den Rücken. Busetta wollte sich auf sie stürzen, aber sie stieß ihn mit den Füßen von sich weg. Ein Tritt traf ihn genau im Schritt, der andere an der Leiste. Busetta riss die Augen auf, schnappte nach Luft und fiel auf die Knie. Nora rollte sich zur Seite und rappelte sich wieder auf. Busetta stütze sich mit den Händen ab und stöhnte wie ein verwundetes Tier. Nora rannte zum Baumstumpf. Ihre Handtasche lag da. Sie griff hinein und zog eine Pistole heraus. Igor kauerte auf allen Vieren und keuchte. Nora kam zurück. Busetta schaute zu ihr hoch.

»Was soll das? Lass den Quatsch!«

»Nie wieder, hörst du, nie, nie wieder«, flüsterte Nora und entsicherte die Waffe.

»Nora, bitte, lass die Waffe fallen, ich bitte dich, Nora, nein!«

Nora drückte ab. Das Projektil bohrte sich in Busettas rechte Schulter. Busetta kippte um und versuchte sich aufzurichten.

»Liegen bleiben!«

»Wo hast du die Knarre her?«, fistelte Igor.

»Halt den Mund!«

Busetta nickte mit schmerzverzerrtem Gesicht. »Okay, okay.«

Nora blieb etwa fünf Schritte von ihm stehen, die Waffe im Anschlag. Sie zitterte am ganzen Leib.

»Du bist genauso ein Schwein wie Blagić und all die anderen. Weißt du eigentlich, wen du da herumkutschierst? Bestimmt nicht, weil du dich nur für dich selbst interessierst.«

»Nora, ich habe höllische Schmerzen, hör zu …«

»Sei still! Ich werde dir sagen, wer dein sauberer Herr Blagić ist. Er hat mein Leben zerstört.«

»Nora, bitte, jetzt geht es nicht um ihn, sondern um uns.«

»Dass ich nicht lache. Es gibt kein Uns. Los, da rüber.« Sie dirigierte ihn mit der Pistole zur Grube.

Igor kroch vor, setzte sich und drückte die Hand gegen die schmerzende Schulter. Auf seiner Jacke hatte sich ein Blutfleck gebildet. »Nora, mach es nicht schlimmer als es schon ist.«

»Du hast keine Ahnung, was wirklich schlimm ist. Wo hat Blagić das Geld versteckt?«

»Welches Geld?«

»Tu nicht so scheinheilig. Das, was er mit seinen dreckigen Geschäften gemacht hat. Also, wo ist es? Ich zähle bis drei.«

»Ich weiß es nicht, bitte lass das.«

»Eins …«

Busetta schüttelte heftig den Kopf. »Ich schwöre es, ich habe keine Ahnung.«

»Zwei …«

»So warte doch! Als er aus Italien kam, hatte er eine Aktentasche dabei. Das Geld war bestimmt drin. Ich habe ihn zum Jachthafen gebracht und Tomo hat ihn auf die Insel gebracht.«

»Auf Galija?«

»Ja, ja, aber woher weißt du das?«

»Das spielt keine Rolle.«

»Er ist dann nach Zagreb geflogen, wegen der Pässe für diese Mädchen.«

»Das weiß ich. Wo ist das Geld?«

»Im Haus auf der Insel.«

»Wo genau?«

»Das weiß ich nicht. Vermutlich irgendwo in seinem Arbeitszimmer. Hör jetzt mit dem Scheiß auf, ich brauche einen Arzt, bitte, sei vernünftig.«

»Ich bin doch vernünftig«, erwiderte Nora und schoss das Magazin leer.

Busetta zuckte bei jedem Treffer zusammen und kippte dann in die Grube.

Nora verharrte in der Bewegung. Der Nachhall der Schüsse dröhnte in ihren Ohren. Sie ließ die Pistole fallen und wischte sich die Tränen ab. Dann beugte sie sich über Busettas Leiche, zog den Autoschlüssel, sein Handy und die Geldbörse aus seinen Taschen, hob die Waffe auf, warf alles in die Handtasche und rannte zum Auto.

*

Schon beim Heranrollen fielen Prohaska die tiefen Rillen auf, die ein Wagen im Schotter hinterlassen hatte. Er parkte ein paar Meter dahinter, nahm die Kamera vom Rücksitz und stieg aus. Luca stieg ebenfalls aus und beobachtete ihn schweigend. Prohaska fotografierte die Stelle von allen Seiten und schloss dann das Cabrio ab.

Die Dämmerung hatte bereits eingesetzt. Als sie auf der Lichtung ankamen, zeigte Luca auf eine dunkle Erhebung.

»Dort ist es.«

Sie setzten sich in Bewegung und überquerten die Lichtung.

»Schau, da liegt etwas. Es sieht aus wie ein Mensch«, sagte Prohaska und beschleunigte die Schritte.

»Nein, bitte nicht noch einer«, rief Luca, als sie Sekunden später vor Busettas blutüberströmtem Leichnam standen. Er lag auf dem

Rücken, die Arme seitlich ausgestreckt, die Beine angewinkelt. Seine Hose war im Schritt nass und an den Knien klebten Grasbüschel und Erde.

»Madonna mia, der ist ja regelrecht durchsiebt worden«, flüsterte Luca.

»Ja, da wollte jemand ganz sicher gehen«, erwiderte Prohaska, nachdem er sich wieder gefasst hatte. Er nahm die Kamera und fotografierte den Toten.

Luca machte ihm Platz, tigerte hin und her und sah bekümmert zu Boden. Plötzlich blieb er stehen. »Joe, da sind die Patronenhülsen.«

Prohaska ging zu ihm rüber.

»Lass sie liegen. Wir dürfen nichts anfassen und eigentlich auch nicht herumlaufen.« Prohaska nahm einen Kugelschreiber aus der Jackentasche, legte ihn neben eine Hülse und machte mehrere Aufnahmen.

»Ich muss telefonieren. Lass uns da zu den Bäumen gehen.«

Luca folgte ihm schweigend.

Prohaska wählte Rossis Nummer.

»Prohaska, gut dass Sie sich melden. Ich wollte Sie schon anrufen«, sagte Rossi. Im Hintergrund waren mehrere Stimmen zu hören. »Wo sind Sie denn?«

»Im Wald.«

»Wie schön, Sie gehen spazieren, während ich schufte. Aber Spaß beiseite, was gibt's? Haben Sie Ihre neue Freundin Nora gefunden?«

Prohaska räusperte sich. »Noch nicht. Ich bin gerade auf einer Waldlichtung in der Nähe des Mirna-Tals angekommen und …«

»Sie sind hoffentlich nicht illegal auf Trüffeljagd, oder?«

»Natürlich nicht. Es ist nur so, dass etwa zwanzig Meter von mir eine männlichen Leiche liegt.«

»Wie bitte?«

Prohaska hörte einen Schlag. Rossi war offensichtlich vom Stuhl gefallen.

»Alles okay, Herr Inspektor?«

»Ja, ja, verdammt, mir ist vor Schreck ein Aktenordner auf den Boden gekracht. Sagen Sie, Prohaska, was ist eigentlich mit Ihnen los?«

»Gar nichts.«

»Erst eine angebliche Entführung, dann der Verletzte in der Romualdo Höhle, und nun wollen Sie mir weismachen, dass Sie neben einer Leiche stehen.«

»Ich kann echt nichts dafür. Alles Zufall.«

»Ach ja? Ich habe Sie doch gebeten, sich aus unserer Arbeit rauszuhalten.«

»Das habe ich nicht vergessen, Herr Inspektor, aber die Umstände ...«

»Die Umstände, die Umstände, kommen Sie mir nicht damit«, schnaubte Rossi. Als er wieder zu Atem kam, sagte er: »Also gut, berichten Sie, ich notiere.«

Und obwohl Rossi einen streng sachlichen Ton angeschlagen hatte, war sein freundschaftliches Interesse an Prohaskas Ermittlung nicht zu überhören.

Prohaska steckte sich eine Zigarette an und berichtete, so wie er es in seiner Dienstzeit hunderte Male getan hatte.

»Okay. Der Tote ist zirka vierzig Jahre alt, trägt schwarze Jeans, blaue Turnschuhe, ein hellblaues T-Shirt und eine dunkelblaue Windjacke. Wollen Sie die Marke wissen?«

»Nein, danke.«

»Er liegt in derselben Grube, in der vor zwei Tagen Luca Aquila die sterblichen Überreste eines unbekannten Mannes gefunden hat. Wir haben ihn vor ein paar Minuten gefunden.«

»Das glaube ich einfach nicht! Was haben Sie da überhaupt verloren?«

»Ich wollte mir den Fundort auch anschauen.«

»Wieso auch? Sind Sie etwa Zeitungsreporter geworden?«

»Nein, aber vielleicht später mal«, erwiderte Prohaska und schaute zu Luca, der nervös hin und her tigerte. »Aber ich könnte Ihnen sagen, wer der Tote ist.«

»Ach, das wissen Sie?«

»Ich denke schon. Es handelt sich um Igor Busetta, Blagićs Privatchauffeur.«

»Verfluchter Mist, verfluchter! Sind Sie sich da ganz sicher?«

»Natürlich.«

»Sie kannten ihn?«

»Nicht persönlich.«

»Und wie ist er ums Leben gekommen?«

»Er wurde mit mehreren Schüssen niedergestreckt, sieht ziemlich übel aus. Soll ich die Einschüsse zählen? Sie sind relativ frisch. Die Patronen liegen übrigens genau vor mir.«

»Nein, danke, das erledigen nachher die Kollegen. Aber wenn Sie mir noch den Mörder nennen könnten, wäre ich Ihnen überaus verbunden.«

»Damit kann ich leider nicht dienen. Ich dachte nur, ich gebe Ihnen Bescheid, bevor ich die zuständige Polizeidienststelle verständige.«

»Danke, das erledige ich lieber selbst. Halten Sie sich auf jeden Fall für die Kollegen aus Buje zur Verfügung, ich gebe Ihre Handynummer an sie weiter.«

»Selbstverständlich. Ich hätte noch eine Frage.«

»Ja?«

»Wie geht es eigentlich dem Höhlenmenschen?«

»Soviel ich weiß, den Umständen entsprechend. Es war eine größere Aktion, bis man ihn rausgeholt hat.«

»Das kann ich mir vorstellen.«

»Und wieso haben Sie dort nicht gewartet?«

»Tut mir leid, ich musste etwas Dringendes erledigen.«

»Soso.«

»Und wo ist er jetzt?«

»Na, in Pula im Krankenhaus. Er hat eine Gehirnerschütterung und ist noch nicht vernehmungsfähig.«

»So etwas ist ärgerlich.«

»Das können Sie laut sagen. Sie haben wohl keine Ahnung, wer er sein könnte?«

»Da muss ich leider auch passen.«

»Na, egal, wir kriegen es heraus. Danke für den Anruf.«

»Keine Ursache, Herr Inspektor.«

Prohaska steckte das Handy in die Hosentasche und ging zu Luca, der jetzt neben dem Baumstumpf stand und ebenfalls eine Zigarette rauchte.

»Lass uns zurückgehen, wir können hier nichts mehr tun. Die Polizisten aus Buje werden bald hier sein.«

»Kommen die dann wieder zu mir?«, fragte Luca besorgt, während sie zum Auto zurückgingen.

»Bestimmt. Und bei der Gelegenheit kannst du ihnen die Steine übergeben.«

»Das hätte ich ohnehin morgen gemacht. Ehrlich, ich bin froh, wenn diese Sache vorbei ist. Hoffentlich kriege ich keinen Ärger.«

»Mach dir keine Sorgen. Am besten, du sagst ihnen, wie es war.«

FÜNF

Sonntag,
15. September

Von dem Surren seines Handys geweckt, tastete Prohaska unter dem Kopfkissen danach und sah auf die Uhr. Fünf nach halb acht. Was zum Teufel wollte der Inspektor um diese Uhrzeit?

Prohaska richtete sich auf und meldete sich.

»Guten Morgen, habe ich Sie etwa aus dem Bett gejagt?«, fragte Rossi munter.

»Nein, ich wollte gerade aufstehen.«

Rossi lachte. »Dann ist es gut. Könnten Sie in einer Stunde hier sein?«

»Ja, natürlich. Ist etwas passiert?«

»Das sage ich ihnen nachher unter vier Augen.«

»Okay.«

Prohaska drückte das Gespräch weg, schwang sich aus dem Bett und ging in die Küche, um sich erst einmal einen Kaffee zu machen. Warum tat Rossi nur so geheimnisvoll? Hatte er etwa herausbekommen, dass Robert mit Erich Jäger Kontakt hatte oder dass er überfallen wurde? Oder ging es um Nora? Oder kriegt er selbst Probleme? Immerhin hat er dem Inspektor so einiges verschwiegen. Aber Rossi hatte nicht aggressiv geklungen. Was auch immer Rossi ihm erzählen wollte, er musste auf der Hut sein. Er stand quasi jetzt schon mit einem Fuß im Gefängnis.

»Es ist es zum Verrücktwerden«, sagte Rossi, als Prohaska eine Stunde später in seinem Büro saß. »Nicht nur, dass wir unter Volldampf im Mordfall Jäger ermitteln müssen, nein, wir haben noch einen Haufen anderer Delikte zu bearbeiten. Häusliche Gewalt, Diebstähle, Drogendelikte, Steuervergehen, Vandalismus, Verkehrsunfälle und der ganze Kram.«

»Das kann ich mir lebhaft vorstellen«, erwiderte Prohaska und ließ zwei Würfel Zucker in seine Tasse plumpsen. »Das hört sich an, als sei Ihr Bezirk ein wahrer Sündenpfuhl.«

»Selbstverständlich nicht, aber wir kommen kaum nach.« Rossi zeigte auf einen Stapel Akten auf seinem Schreibtisch. »Ich könnte jemanden wie Sie wirklich gut gebrauchen.«

»Danke für das Kompliment«, erwiderte Prohaska, und fragte sich, ob Rossi ihn herbestellt hatte, um einfach ein wenig Dampf abzulassen.

»Ich dachte, Sie hätten Verstärkung bekommen?«

»Ja, ja, natürlich, haben wir auch, aber die Kollegen bleiben ja nicht ewig hier. Wir sind hoffnungslos überlastet.«

»Wollten Sie mich deshalb sprechen?«

»Unter anderem. Lassen Sie sich meinen Vorschlag durch den Kopf gehen. Sie sind zu jung fürs Rentenalter. Vielleicht könnten wir uns auch auf eine Art Beratertätigkeit einigen.«

Prohaska lachte. »Und wie sollte die aussehen?«

»Keine Ahnung. Mir würde da schon etwas einfallen.«

Prohaska nippte an seiner Tasse. »Und ich dachte, Sie wollten meine Zeugenaussage wegen gestern zu Protokoll nehmen.«

»Ja, sehen Sie, das sollten wir auch noch erledigen. Aber das hat Zeit.« Rossi schob die Akten, die verstreut auf dem Tisch lagen beiseite und lehnte sich vor. »Warum ich Sie sprechen wollte, ist viel wichtiger«, er winkte Prohaska mit dem Zeigefinger zu sich.

»Wir haben Blagić.«

»Sie haben ihn festgenommen? Wann denn?«

»Na ja, nicht so richtig.«

»Verstehe ich nicht, ich denke, Sie haben ihn.«

»Das schon, aber er ist tot.«

»Oh, Scheiße!«

»Das können Sie laut sagen.«

»Ist es etwa bei der Festnahme passiert?«

»Gott sei Dank nicht. Es war gestern Abend, etwa eine Stunde nach Ihrem Anruf. Ich bekam endlich den Durchsuchungsbeschluss und fuhr mit meinen Männern sofort hin. Als er auf unser Klopfen nicht aufmachte, mussten wir die Tür aufbrechen. Blagić lag im Wohnzimmer neben der Couch. Tja, und nun fehlt mir nur noch sein Mörder.«

»Na, ich war es nicht«, bemerkte Prohaska trocken.

»Ihr Humor ist bemerkenswert. Apropos, wie steht es mit Ihrem Alibi?«

Prohaska starrte Rossi an. »Sie glauben doch nicht wirklich, ich hätte etwas mit seinem Tod zu tun?«

»Herr Kollege, ich muss Ihnen nicht sagen, dass ich jede Möglichkeit in Betracht ziehen muss.«

»Und welches Motiv hätte ich? Ich kannte den Mann gar nicht.«

»Was nachzuprüfen wäre. Sie kennen das Prozedere.«

»Das können Sie jederzeit tun.«

»Sicher, wenn es mir notwendig erscheinen sollte. Dennoch, wo waren Sie gestern, außer in der Höhle und danach mit Luca Aquila im Wald, wo Sie rein zufällig, auf eine weitere Leiche gestoßen sind?«

»Ich war zu Hause.«

»Kann das jemand bezeugen?«

»Ja, eine Nachbarin. Aber das meinen Sie jetzt nicht im Ernst, oder?«

Rossi lächelte. »Ich bin einfach gern über alles informiert.«

»Ich auch. Aber mich zu verdächtigen, ist wirklich absurd.«

Rossi lehnte sich wieder zurück. »Nun, fragen kostet nichts, nicht wahr? Aber jetzt interessiert mich etwas anderes. Sie sagten, dass die Nurkić in Blagićs Wohnung war.«

»Ja, und dass sie einen Schlüssel dazu hatte.«

»In welchem Verhältnis stehen Sie zu dieser Frau?«

»In keinem. Ich habe Frau Nurkić vor einigen Tagen kennengelernt und sie gefragt, ob ich ein paar von meinen Bildern in ihrem Büro aufhängen könnte. Sie wollte sich in der Verwaltung erkundigen, ob das möglich ist. Das ist alles.«

Rossi nickte. »Okay. Nora ist eine sehr schöne Frau.«

»Richtig, aber nicht die einzige.«

»Warum haben Sie sie beschattet?«

»Ich bin ein neugieriger Mensch.«

»Das sind wir alle. Sind Sie in sie verliebt?«

»Nein.«

»Wissen Sie, dass Noras Geliebter, ein gewisser Davor Bukač, Blagićs Kompagnon war?«

Prohaska war klar, dass er sich jetzt auf sehr dünnem Eis bewegte. Deshalb sagte er nur: »Ich habe davon gehört.«

»Ich fasse also zusammen. Nora geht in Blagićs Wohnung und bleibt nur wenige Minuten. Was wollte sie da? Dann geht sie ins Büro, später nach Hause und am Abend zum Jachthafen, wo sie von einem Unbekannten abgeholt wird, wobei Sie vermuten, dass sie entführt wird. Sie wollen es verhindern, springen hinterher, rufen mich mitten in der Nacht an und wollen, dass ich eine Suchaktion starte und möchten außerdem eine Vermisstenanzeige aufgeben. Und nun behaupten Sie, Sie stünden in keinem Verhältnis zu ihr?«

»Exakt. Wie ich bereits sagte, ich war neugierig, weiter nichts.«

Rossi winkte ab. »Und haben Sie sie inzwischen gefunden?«

»Nein.«

»Finden Sie nicht, dass mich das alles stutzig machen muss?«

»Sie glauben doch nicht, dass ich mit Noras Verschwinden etwas zu tun habe?«

»Was ich glaube oder nicht, spielt keine Rolle. Ich stelle nur Fragen. Und irgendwie werde ich das blöde Gefühl nicht los, dass Sie mir nicht alles gesagt haben.«

Prohaska lächelte, nippte an seinem Kaffee und stellte die Tasse langsam auf den Tisch. »Sie mir auch nicht.«

»Okay, dann legen wir doch die Karten auf den Tisch.«

»Sie zuerst.«

Rossi beugte sich wieder vor. »Sie stehen nach wie vor unter Schweigepflicht, klar?«

»Natürlich.«

»Gut, fangen wir also an.« Rossi klappte seinen Laptop auf, öffnete einen Dateiordner und drehte das Gerät so, damit Prohaska die Fotos sehen konnte.

Drago Blagić, oder vielmehr seine sterbliche Hülle, lag zwischen der Couch und dem Glastisch im Wohnzimmer. Sein T-Shirt war hochgerutscht, auf der dunkelblauen Hose waren helle Flecken zu sehen. Reste von Erbrochenem. Seine Augen waren geschlossen, der Mund leicht geöffnet, der Hals und das Gesicht gerötet. Sein linker Arm lag unter dem zerborstenen umgekippten Glastisch, der rechte auf seinem Bauch. Zwischen den Splittern war ein Smartphone zu erkennen. Die Schubladen des Wohnzimmerregals waren herausgerissen, ihr Inhalt auf dem Boden verstreut.

»Keine sichtbaren äußeren Verletzungen, Einstiche oder dergleichen?«, fragte Prohaska.

»Nein.« Rossi klickte auf weitere Bilder.

»Weiß man schon etwas über die Todesursache?«

»Noch nicht, aber es sieht stark nach einer Vergiftung aus. Das gerötete Gesicht und die Flecken am Hals deuten darauf hin. Unter der Couch lag eine Schale mit Resten von Müsli, das er kurz vor seinem Ableben gegessen hat. Genaueres wissen wir aber erst ...«

»Nach der Obduktion«, ergänzte Prohaska. »Und das kann dauern. Ich kenne den Spruch.«

»Ja, es ist immer dasselbe. Was mich allerdings stutzig gemacht hat, war der Zustand der Wohnung. Sehen Sie sich das mal an.« Rossi tippte auf ein Foto, auf dem das Badezimmer zu sehen war.

»Der Spiegelschrank wurde mit diesem faustgroßen Stein eingeschlagen, der übrigens innen hohl ist. Und hier, schauen Sie sich nur die vielen Medikamente und Cremetuben an.« Rossi blätterte weiter. »Da, sein Kleiderschrank. Alles vom Feinsten. Seltsamerweise haben wir auch zerschlissene Arbeitsklamotten, alte Jeans, Pullover, Jacken und abgelatschte Sportschuhe gefunden. Der Mann war offensichtlich zu geizig, das Zeug wegzuwerfen oder in die Altkleidersammlung zu geben.«

»Oder er hat es als Verkleidung gebraucht.«

»Keine Ahnung. Und da, Berge von Schuhen. So viele hat nicht einmal meine Frau, und sie hat wirklich eine Menge. Und hier, mindestens zwanzig Paar Lederhandschuhe. Wozu braucht ein Mensch so viele Handschuhe?«

Prohaska betrachtete das Foto, auf dem Blagićs Kleider auf einem Haufen vor dem Schrank lagen.

»Hat man das alles so vorgefunden?«

»Ja. Es sieht ganz danach aus, als hätte da jemand etwas gesucht.«

»Oder er hat das Chaos selbst angerichtet.«

»Aber weshalb?«

»Vielleicht war er wütend?«

»Möglich, aber leider können wir ihn jetzt nicht mehr fragen.«

»Was sagen die Nachbarn? Haben die nichts mitbekommen? Es war doch sicher laut, als der Glastisch zu Bruch ging.«

»Die Wohnung über ihm gehört einem italienischen Ehepaar, aber die sind nicht mehr da, leben in Padua. Der Mieter im vierten Stock ist ein Kunstmaler und zurzeit verreist. Und die junge Frau mit dem Baby im ersten Stock hat gesagt, sie habe zwar etwas gehört, aber sei mit ihrem Kind beschäftigt gewesen.« Rossi schlug einen Aktenordner auf. »Wir haben übrigens Erkenntnisse darüber, dass Blagićs Wohnung als Versteck und Zwischenstopp für Personen dienen sollte, die nach Italien geschleust werden sollten. Hier, das ist die Kopie der Vernehmungsprotokolle von zwei Schleppern, die für Blagić gearbeitet haben und am Donnerstagabend in Zagreb festgenommen wurden. In ihrem Fahrzeug waren vier junge Frauen, die mit gefälschten Pässen ausgestattet waren. Beim Fahrer des Wagens wurden ein Geldumschlag und eine Packung mit Beruhigungsmitteln gefunden, mit denen die Mädchen betäubt worden waren. Außerdem wurde ein weiterer Mann verhaftet, der diese Reisepässe angefertigt hat. Er ist geständig und behauptet, dass Blagić sein Auftraggeber war.«

»Und weil Blagić Wind davon bekommen hatte, versteckte er sich in der Wohnung? Aber er musste doch damit rechnen, dass er gefasst wird.«

»Ich vermute, dass etwas schief gegangen ist, und als er keinen Ausweg mehr gesehen hat, verübte er Selbstmord.«

»Ich habe gehört, dass er früher bei der Armee war. Hätte sich so einer nicht eher eine Kugel in den Kopf gejagt als sich zu vergiften? Das kann ich mir irgendwie nicht vorstellen.«

»Wir haben in der Wohnung keine Waffe gefunden.« Rossi klappte den Ordner zu. »So, und jetzt sind Sie dran.«

»Na ja, es ist nicht viel, was ich herausfinden konnte, aber bevor ich anfange, hätte ich eine Frage.«

»Nur zu.«

»Noras Entführer sagte, er müsste sie zu Blagić auf die Insel bringen. Also gehe ich davon aus, dass Blagić dort ein Haus hatte. Aber diese Insel ist offiziell unbewohnt, oder nicht?«

»In den letzten Jahren wurden an der Küste sehr viele Immobilien an ausländische Investoren und vermögende Privatleute veräußert. Das ist eine Sache, die ich nicht befürworte, aber mich fragt ja keiner. Wir haben strenge Naturschutzgesetze, und unbewohnte Inseln dürfen nicht bebaut werden. Doch Gesetze kann man bekanntlich auch umgehen. Das alte Lied eben.«

»Aber Sie können doch sicher feststellen, welche von den Inseln im Rovinjer Archipel im Privatbesitz ist?«

»Soviel ich weiß, keine.«

»Wenn Blagić kein Haus auf einer der Inseln besitzt, blieben noch die die Brijuni-Inseln weiter südlich.«

»Der Brijuni-Archipel ist im Staatsbesitz.«

»Weiß ich, aber wäre es nicht denkbar, dass Blagić dort irgendwo untergetaucht ist, ich meine war? So jemand hatte sicher alte Seilschaften.«

»Das müssen wir noch überprüfen.«

»Wissen Sie, ich frage mich, ob sein Tod im Zusammenhang mit dem Mordanschlag auf Erich Jäger stehen könnte«, sagte Prohaska und nahm die Zigarettenpackung aus der Jackentasche. »Darf ich?«

Rossi stand auf und holte einen Aschenbecher von der Fensterbank. Prohaska bot ihm eine Zigarette an und gab ihm Feuer. Dann zündete er sich auch eine an.

»Und wie kommen Sie darauf?«, fragte Rossi, nachdem er einen tiefen Zug genommen hatte.

»In der Nacht bevor Jäger erschossen wurde, habe ich einen jungen Mann am Parkplatz beim Aussichtsturm oben am Lim-Kanal aufgelesen. Ein Typ hatte ihn zusammengeschlagen und ausgeraubt. Ich war gerade auf der Heimfahrt, habe angehalten, worauf der Räuber geflüchtet ist.«

Rossi sah Prohaska verdutzt an. »Ich kann mich nicht erinnern, dass Sie das bisher auch nur mit einer Silbe erwähnt hätten.«

Prohaska lächelte. »Ich bin einfach nicht dazu gekommen.«

»Sie sind nicht dazu gekommen?«

»Na ja, es war einfach zu viel los.«

»Hm … Und weiter?«

»Also, dieser junge Mann, er heißt Robert, den Nachnamen wollte er mir nicht verraten, wohnt in einem Wohnwagen in der Nähe von Montero.«

»Meinen Sie den Robinson?«

Prohaska nickte.

»Und er wurde überfallen und ausgeraubt?«

»Genau.«

Rossi schnippte die Asche seiner Zigarette in den Aschenbecher. »Ich kenne ihn vom Sehen. Er heißt Robert Sanjić.«

»Okay, Robert Sanjić hat mir erzählt, er sei als Kind kurz vor dem Krieg hierher gekommen.«

»Kann sein, jedenfalls ist er bisher nicht mit dem Gesetz in Konflikt geraten. Das ist recht ungewöhnlich, wenn man bedenkt, wie schnell gerade junge Männer auf die schiefe Bahn geraten können. Aber was hatte er mit Erich Jäger zu tun?«

»An dem Tag, an dem Jäger erschossen wurde, hätte sich Robert mit Jäger treffen sollen. Jäger hatte ihn als Informanten angeheuert. Er sollte sich nach Blagić erkundigen, weil Jäger ihn interviewen wollte. Robert bekam mit, dass Blagić in Rovinj eine Wohnung hat. Und als Blagić neulich aus Italien kam, hat Robert ihn gesehen und Jäger angerufen. Der reiste sofort her und wurde am Vormittag des vereinbarten Treffens erschossen.«

Rossi schlug mit der Faust auf den Tisch.

»Das ist ein starkes Stück! Warum ist Robinson nicht sofort zu uns gekommen?«

»Er wollte mit der Polizei nichts zu tun haben.«

»Wer will das schon?«

»Ich habe vergeblich versucht, ihn dazu zu bewegen, eine Anzeige zu erstatten. Aber er wollte einfach nicht.«

»Ihnen ist hoffentlich klar, dass Sie uns wichtige Informationen vorenthalten haben? Sehr wichtige sogar«, sagte Rossi und zerquetschte die Zigarette im Aschenbecher.

»Ja, ich weiß. Tut mir leid.«

Rossi schnaubte. »Okay. Darüber reden wir später noch. Wie kommt Robert dazu, einem ausländischen Journalisten Informationen über Blagić oder Gott weiß wen noch zu liefern?«

Prohaska rieb Daumen und Zeigefinger aneinander.

»Er brauchte wohl Geld.«

»Logisch«, erwiderte Rossi sarkastisch. »Den knöpfe ich mir noch vor. Reden Sie weiter.«

»Robert hat mit einem Handwerker Blagićs Wohnung renoviert.«

»Einen Moment. Woher kannte er Erich Jäger überhaupt?«

»Eine Zufallsbekanntschaft.«

Rossi lachte auf. »Sie mit Ihren blöden Zufällen!«

Prohaska hob die Schultern, ging aber nicht weiter darauf ein. »Als Jäger vor einiger Zeit in Rovinj war, hat er Robert in einem Lokal angesprochen.«

»Das ist ja wie in einem schlechten Agentenfilm.«

»So hat es mir Robert jedenfalls erzählt. Ich wüsste nicht, warum ich es ihm nicht hätte glauben sollen.«

»Vor mir aus. Er muss das alles zu Protokoll geben. Ich lasse ihm eine Vorladung schicken.«

»Das wird nichts bringen.«

»Wieso? Ist er etwa untergetaucht?«

Prohaska lächelte. »Nein, warum sollte er? Aber ich glaube nicht, dass er einen Briefkasten hat.«

»Das spielt keine Rolle. Er ist polizeilich gemeldet, also wird er eine Postadresse haben. Ich schicke einen meiner Leute hin. Und falls er nicht spurt ...« Rossi wischte sich den Schweiß von der Stirn. »Mensch, er hätte das sofort melden müssen. Ich fahre am besten selbst zu ihm, sobald ich mich hier losreißen kann.«

»Ich könnte mitkommen, er vertraut mir.«

»Der Kerl ist volljährig, und ich bin kein Menschenfresser! Allerdings, wenn man mich reizt ...«

Prohaska schwieg.

»Herr Kollege, wenn ich das so sagen darf, Sie stecken tiefer drin, als ich angenommen hätte.«

»Ich weiß, aber ich komme da auch wieder raus.«

Rossi schob seinen Stuhl zurück und erhob sich.

»Das rate ich Ihnen auch dringend. Unternehmen Sie nichts mehr auf eigene Faust, sonst sehe ich mich gezwungen, andere Maßnahmen zu ergreifen. Und die wären ... ach, Sie wissen es doch alles selbst. Halten Sie sich einfach raus, okay?«

Prohaska dämpfte seine Zigarette aus und stand ebenfalls auf.

»Okay. Ach, Herr Inspektor, was ich noch fragen wollte ...«

»Ja?«

»Gibt es etwas Neues über den Mord an Igor Busetta?«

»Nein. Die Kollegen und Spurensicherung waren die ganze Nacht am Tatort. Der Leichnam ist in die Gerichtsmedizin nach Pula gebracht worden. Der Täter hat die Taschen des Opfers natürlich geleert, bevor er abgehauen ist.«

»Genau wie bei dem jungen Mann in der Höhle.«

»Und wie bei dem Unbekannten, den Luca Aquilas Schwein ausgegraben hat. Allerdings frage ich mich, was Igor Busetta und sein Mörder dort überhaupt gesucht haben.«

»Trüffel wohl nicht, aber vielleicht etwas, das Busetta und sein Komplize dort vergessen haben.«

»Sie meinen, wir haben es mit zwei Tätern zu tun?«

»Wer sonst käme auf die Idee, ausgerechnet diese Stelle im Wald aufzusuchen?«

»Na, Sie selbst und Aquila zum Beispiel.«

Prohaska schüttelte den Kopf. »Ich muss Sie leider enttäuschen. Ich habe damit nichts zu tun. Oder glauben Sie ernsthaft, dass ich im umgekehrten Fall jetzt hier wäre?«

»Na, wer weiß? Ich habe schon die verrücktesten Dinge erlebt. Aber ich denke in der Tat nicht, dass Sie es waren. Es ist zum Wahnsinnigwerden! Und natürlich ist USKOK ebenfalls eingeschaltet. Sie wissen ja, das ist unsere Sonderstaatsanwaltschaft zur Bekämpfung von Korruption und organisierter Kriminalität.«

»Ist mir ein Begriff.«

»Und die haben selbst seit Jahren alle Hände voll zu tun. Trotzdem hoffe ich, dass wir bald Licht ins Dunkel bringen können. Sie kennen ja die Abläufe. All das dauert.«

Prohaska lächelte. »Ich kann mich dunkel erinnern.«

»Ich kann verstehen, warum Sie den Job an den Nagel gehängt haben. Manchmal hätte ich selbst gute Lust dazu. Da fällt mir ein: Gestern hat jemand aus Jägers Redaktion angerufen und sich nach dem Stand der Ermittlungen erkundigt. Ich war allerdings nicht im Haus. Wir tun schon das Menschenmögliche. Rom wurde auch nicht an einem Tag erbaut.«

Rossi begleitete Prohaska zur Tür. »Ich wiederhole mich ungern, aber halten Sie sich da bitte künftig raus.«

»Natürlich.«

»Ich weiß nicht, irgendwie nehme ich es Ihnen nicht ab. Sie waren und sind ein verdammt guter Ermittler. Überlegen Sie sich meinen Vorschlag einfach.«

»Ich habe andere Pläne.«

Rossi sah auf die Uhr. »Oh, verdammt, ich muss zu einer Besprechung.«

»Und was ist mit meiner Zeugenaussage?«

»Später. Ich melde mich.«

»Ich bin Tag und Nacht für Sie erreichbar.«

»Gut, und falls Ihnen noch etwas einfällt, was ich wissen sollte …«

»Rufe ich Sie sofort an.«

»Aber bitte, nicht wieder mitten in der Nacht.«

*

Prohaska fuhr zum Hafen, stellte den Wagen ab und ging zum Stadtplatz. Er überlegte, kurz Ivo und Miranda zu besuchen, aber es war Sonntag, und er wollte nicht stören. Also ging er ins Café *Piazza*, fand einen Tisch an der Meerseite und bestellte einen doppelten Espresso. Als der Kellner den Kaffee brachte, nippte Prohaska daran, setzte die Sonnenbrille auf und lehnte sich zurück. Der Himmel war tiefblau und wolkenlos, es war fast windstill und die Sonne tat ihm gut. Wo Nora jetzt sein mochte, fragte er sich zum wiederholten Mal. Die Frau erschien ihm immer geheimnisvoller. Wenn er nur endlich wüsste, wo diese verdammte Insel lag, würde er sofort hinfahren. Vielleicht hätte er Rossi doch alles erzählen sollen? Dass er ihn derart ins Vertrauen zog, war ihm unheimlich. Rossi musste klar sein, dass er als Staatsbeamter gegen das Gesetz verstieß. Sein Angebot, Prohaska für die hiesige Polizei zu gewinnen, war offensichtlich ernst gemeint, doch Prohaska konnte sich nicht vorstellen, noch einmal von vorne anzufangen. Eine freie Mitarbeit kam für ihn ebenso nicht in Frage. Und wie sollte das überhaupt gehen?

Er bezahlte den Kaffee und schlenderte zurück zum Auto. Kurz bevor er den Parkplatz erreichte, hörte er dicht hinter sich das Rattern eines Motorrollers. Normalerweise reagierte er nicht darauf, da die kleinen Motorräder hier äußerst beliebt waren und ständig an einem vorbeisausten, aber er hörte jemanden seinen Namen rufen und drehte sich um.

Robert hielt neben ihm, machte den Motor aus und zog den Helm ab.

»Hallo Joe, wie geht's?«

»Danke, gut und dir? Du bist wieder mobil, wie ich sehe.«

»Ja, seit gestern Abend. Das Fahrrad habe ich auch zurückgegeben. Ivo hat gesagt, er hätte seit zwei Tagen nichts von Ihnen gehört.«

»Ich war viel unterwegs.«

»Haben Sie gehört, dass im Mirna-Tal ein Toter gefunden wurde?«

»Ja, aber woher weißt du das?«

»Ich war gestern Abend bei Mauro im Lokal, als sein Vater anrief. Mauro sagte, der Tote sei Igor Busetta. Er ist erschossen worden so wie Jäger.«

»Ja, das ist richtig.«

»Also, allmählich wird mir richtig mulmig. Was, wenn der Mörder uns beide jetzt hier sieht?«

»Das glaube ich eher nicht. Ich war übrigens gerade bei Inspektor Rossi. Er wird dich demnächst vorladen.«

Robert schaute erschrocken. »Haben Sie ihm etwa gesagt, dass ich überfallen wurde?«

»Es blieb mir nichts anderes übrig. Die Polizei braucht dringend deine Aussage.«

»Das weiß ich selbst.«

»Du kommst nicht drum herum, außerdem hast du nichts zu befürchten. Ich habe Rossi vorgeschlagen, dabei zu sein, wenn er mit dir spricht.«

»Das wird nicht nötig sein. Ich kriege das schon allein hin.«

Prohaska nickte. »Natürlich.«

»Ach, was mir noch einfällt: Als ich gestern Nachmittag mit dem Rad zu Ivo fuhr, um es zurückzubringen, bin ich da drüben am Ufer entlang gefahren.« Robert zeigte mit der Hand auf die andere Seite der Bucht. »Es war schon fast dunkel. Plötzlich rennt eine Frau mit einem Rollkoffer über die Straße. Ich hätte sie beinahe angefahren. Erst später wurde mir klar, wer das war. Sie kennen sie auch.«

»Nora.«

»Genau. Aber ich habe sie nicht gleich erkannt. Sie hat ihre Haare ganz kurz geschnitten.«

»Aha. Und sie war allein?«

»Ja, ist da zum Kai gelaufen, hat ihr Gepäck in ein schickes Boot geworfen, ist hineingeklettert und sofort losgefahren, ab durch die Mitte sozusagen.« Robert streckte den Arm nach vorne, um seine Worte zu unterstreichen.

»Nach Süden?«

»Keine Ahnung, aber viele Wege führen nach Rom.«

*

Natürlich musste Nora nicht nach Süden gefahren sein, überlegte Prohaska. Es war genauso denkbar, dass sie nach Italien abgehauen war. An der istrischen Küste entlang nach Triest zum Beispiel oder nach Venedig, das Rovinj quasi gegenüberlag. Aber ob sie sich das auch zutraute? Prohaska wusste es nicht. Jedenfalls würde er sie nicht so bald wiedersehen. Und vermutlich war es auch besser so.

Nachdem er sich von Robert verabschiedet hatte, fuhr Prohaska nach Pula. Er hatte Rossi zwar versprochen, sich aus »der Sache« herauszuhalten, doch niemand konnte ihm verbieten, den Höhlenmenschen, wie er den Verletzten nannte, im Krankenhaus zu besuchen. Prohaska war im Frühjahr schon einmal dort gewesen, als er eines Nachts höllische Schmerzen im Unterschenkel bekommen hatte. Er war am nächsten Tag in die Ambulanz in Rovinj gefahren, die Ärztin hatte ihm ein Schmerzmittel verschrieben und ihm geraten, sich im Krankenhaus untersuchen zu lassen. Und da die Schmerzen nach zwei Tagen immer noch nicht abgeklungen waren, war er hingefahren. Wie hieß nur der Arzt? Er hatte doch mit ihm später noch einmal telefoniert. Prohaska hielt am Straßenrand an, nahm das Handy und wollte die gespeicherten Kontakte durchsehen, aber die Kontaktliste war leer. Die Nummer des Arztes war auf seinem alten Handy gespeichert.

Kurz nach ein Uhr erreichte Prohaska Pula, stellte das Cabrio am Parkplatz unterhalb des Amphitheaters ab und ging in die Altstadt. Im Vergleich zum beschaulichen Rovinj war Pula eine Großstadt und das wirtschaftliche Zentrum Istriens. Prohaska war schon einige Male hier gewesen und hatte hunderte von Fotos gemacht. Die über zweitausendjährige Vergangenheit begegnete einem auf Schritt und Tritt. Doch jetzt stand Prohaska der Sinn weder nach der Geschichte noch nach den bekannten Sehenswürdigkeiten. Er hatte schlicht Hunger. Auf der Terrasse eines Restaurants auf einem Platz, an dem sich das alte Rathaus und der Augustus-Tempel befanden, aß er in aller Ruhe eine Platte mit gegrilltem Fisch und Gemüse, trank dazu ein Glas Weißwein und ging danach zurück zum Auto und fuhr zum Krankenhaus.

An der Pforte erkundigte er sich, wo der Verunglückte aus der Romualdo-Höhle lag, der Pförtner schickte ihn in die Chirurgie und als er da ankam und im Schwesternzimmer nach dem zuständigen Arzt fragen wollte, kam ihm im Flur eine junge Krankenschwester entgegen.

»Guten Tag, zu wem möchten Sie bitte?«

»Hallo, ich würde gerne den jungen Mann besuchen, den man gestern aus der Romualdo-Höhle geborgen hat.«

»Sind Sie sein Vater?«

Prohaska lächelte charmant. »Nein, ich habe ihn gefunden.«

»Oh, Sie waren das?« Die Schwester machte große Augen und lächelte ebenfalls.

»Ja, und da ich gerade in Pula bin, dachte ich, ich schau mal einfach kurz vorbei.«

»Das kann ich verstehen, aber es geht nicht. Die Besuchszeit beginnt außerdem um drei Uhr.«

Prohaska sah auf seine Uhr. Es war kurz nach zwei. Er beugte sich zu ihr herunter.

»Könnten Sie nicht eine kleine Ausnahme machen? Es wäre mir wirklich sehr wichtig.«

Die Schwester zögerte. »Ich müsste Doktor Maretić fragen, aber er kommt erst am Abend. Wie war denn Ihr Name?«

»Prohaska, Joe Prohaska.« Er nahm seinen Personalausweis aus dem Geldbeutel, und während die Schwester die Daten überflog, sagte er: »Ich war übrigens im April wegen meines Beins schon einmal bei Doktor Maretić.«

Die Schwester gab ihm den Ausweis zurück.

»Ja, jetzt erinnere ich mich. Sie kamen mir irgendwie bekannt vor.«

»Sie haben ein sehr gutes Gedächtnis.«

»Danke. Und Sie sagen, Sie haben Tomislav Varga gefunden?«

»Ja, aber woher wissen Sie, wie er heißt? Als ich ihn fand, hatte er keine Papiere bei sich.«

»Er hat es uns selbst gesagt.«

»Ist er denn bei Bewusstsein?«

»Ja. Er war nur über Nacht zur Beobachtung auf der Intensivstation. Heute Vormittag ist er zu uns verlegt worden.«

»Und wie geht es ihm?«

»Die Gehirnerschütterung macht ihm natürlich zu schaffen. Er schläft fast die ganze Zeit. Ich war gerade bei ihm.«

»Könnte ich ihn vielleicht doch kurz sehen?«

Die Schwester seufzte. »Na gut, aber nur, weil Sie sein Lebensretter sind. Sagen Sie bitte niemandem, dass ich Sie zu ihm gelassen habe.«

Prohaska nickte und berührte leicht ihren Unterarm. »Danke, Sie sind ein echter Schatz.«

»Eigentlich darf ich das nicht. Also, höchstens zehn Minuten«, flüsterte sie, als sie vor einer Tür am Ende des Korridors stehen blieben.

Prohaska hielt zwei Finger hoch. »Versprochen.«

»Ich bin im Dienstzimmer, klingeln Sie, wenn etwas wäre.«

»Mach ich. Danke und schönen Sonntag noch.«

Die Schwester öffnete die Tür, schaute ins Zimmer und ließ Prohaska hinein.

Das Zimmer lag im Halbdunkel, weil die Vorhänge zugezogen waren. Der Mann, dessen Namen Prohaska gerade erfahren hatte, lag auf dem Rücken und schlief. Tomislav Varga hatte einen dicken Kopfverband, auf seiner Nase und am Kinn waren Schürfwunden zu sehen. In seiner linken Armbeuge steckte eine Nadel, die mit einem Schlauch an die Infusionsflasche verbunden war.

Prohaska zog den Besucherstuhl heran, nahm sein Handy aus der Tasche und schaltete das Mikrofon ein. Dann setzte er sich und berührte Vargas Hand.

»Tomislav, kannst du mich hören?«

Varga blinzelte und drehte den Kopf langsam zu Prohaska.

»Hallo, na, wie geht es dir?«

»Gut«, erwiderte Varga er mit rauer Stimme.

»Ich habe nur ein paar Fragen, dann kannst du sofort weiterschlafen.«

»Sind Sie von der Polizei?«

»Hm«, erwiderte Prohaska vage und griff in die Innentasche seiner Jacke. »Willst du meinen Ausweis sehen?«

»Nicht nötig.«

»Also, erste Frage: Was ist in der Höhle passiert?« Prohaska hoffte, dass bei Varga wegen der Gehirnerschütterung keine Gedächtnislücken aufgetreten waren.

Varga schloss für einen Moment die Augen und drehte den Kopf zur Seite. »Ich habe ihr endlich die Wahrheit gesagt.«

»Wem, welche Wahrheit?«

»Na, der Nora, dass sie meine Mutter ist.«

Prohaska versuchte seine Überraschung zu verbergen. »Okay. Und was war dann?«

»Sie wollte gar nicht darüber reden. Dabei hat sie mich damals einfach weggegeben und nie wieder nach mir gefragt. Aber ich habe sie jetzt beide gefunden.«

»Beide?«

Varga verzog schmerzlich den Mund. »Na, meine beiden Alten. Nora ist meine Mutter und Blagić mein Vater. Ist das nicht lustig?«

Prohaska war einfach sprachlos und wartete, dass Varga weitersprach.

»Meine Adoptiveltern haben es mir natürlich verheimlicht. Ich musste sie regelrecht zwingen, mir meine Geburtsurkunde zu geben. Und da stand es schwarz auf weiß: Mutter Eleonora Nurkić, Vater unbekannt. Dabei hat meine Pflegemutter längst gewusst, wer er war. Sie hat es mir erst gesagt, als ich durchgedreht und von daheim abgehauen bin. Aber mit Hilfe meiner guten Freunde habe ich Vater auch gefunden.«

»Und wie?«

»Über Beziehungen natürlich. Mein Vater war ein hohes Tier, er war im Krieg und muss sich jetzt immer noch verstecken, weil man ihn für einen Verbrecher hält. Aber das stimmt nicht, und deshalb beschütze ich ihn.«

»Logisch, das würde jeder gute Sohn für seinen Vater tun.«

Varga verzog den Mund. »Er weiß nicht, dass ich sein Sohn bin. Deshalb musste ich ja zuerst mit Nora reden. Doch jetzt kann ich es ihm sagen. Ich habe keine Angst mehr, vor niemanden. Also sage ich es ihm, sobald ich ihn sehe. Ich hoffe, er kommt mich bald besuchen.«

Prohaska biss sich auf die Zunge. »Warum hast du neulich den jungen Mann überfallen?«

Varga drehte sich wieder zu Prohaska. »Woher wissen Sie davon?«

»Ich weiß es eben.«

Varga nickte. »Sie waren das also?«

»Ja.«

»Ich wollte nicht, dass er sich mit diesem Journalisten trifft.«

»Woher wusstest du eigentlich, wann der nach Rovinj kommen würde?«

»Noch nie was von Wanzen gehört?« Varga lächelte. »Ich habe die beiden in einem Weinlokal reden gehört. Dann hab ich diesen Robinson eine Weile beobachtet und sein Handy abgehört.«

»Ach? Und wie hast du das angestellt?«

»Ich sagte doch, ich habe gute Freunde, und die können das. Mehr sage ich nicht dazu. Ich wollte Jäger gar nicht umbringen, aber nachdem Sie mir dazwischen kamen und ich Robinson nicht ausschalten konnte, musste ich es tun. Jäger hätte alles zunichte gemacht, was Vater aufgebaut hat, er hätte ihn der Polizei ausgeliefert.«

»Und warum warst du vorgestern mit Nora am Lim-Kanal?«

»Woher wissen Sie das?«

»Ich weiß es eben.«

Tomo schwieg. Dann holte er tief Luft und drehte den Kopf auf die andere Seite. »Nora wollte es. Sie war auf einmal superfreundlich, hatte angeblich mir gegenüber ein schlechtes Gewissen. Sie wollte mir unbedingt etwas geben, das in der Höhle versteckt war. Als wir dort ankamen, sagte man uns, dass die Höhle geschlossen sei. Da sind wir zurück nach Rovinj gefahren.«

»In ihre Wohnung?«

»Ja. Und dann hat sie mir erzählt, was ihr im Krieg passiert ist und wer mein Vater ist. Und als Wiedergutmachung dafür, dass sie mich weggeben musste, wollte sie mir irgendwelche Diamanten geben, die ihr Lover Bukač meinem Vater gestohlen hat. Ich sollte ihr versprechen, mich für immer von Blagić fernzuhalten und ins Ausland zu gehen. Okay, hab ich gesagt, das mach ich. Dann sind wir gestern wieder in die Höhle gegangen, ich hab die Kette durchgeschnitten, aber dann …« Varga verstummte und schloss die Augen. Er weinte.

»Sie hat dich reingelegt, nicht wahr?«

»Ja, aber ich weiß, wo ich sie finde.«

»Und wo?«

»Sie versteckt sich in dem Haus auf Galija. Dieser Blödmann Igor sucht sie wohl noch immer.«

»Weshalb?«

»Er muss sie zu meinem Vater bringen, sobald der aus Zagreb zurück ist. Das wird sicher kein schönes Zusammentreffen. Außerdem soll Igor einen gewissen Prohaska suchen.«

»Ach ja, und warum?«

»Na, weil er sich an meine Mutter herangemacht hat. Der Typ ist ein verdeckter Ermittler, von Europol oder was weiß ich.«

»Und weiter?«

»Igor soll ihn ausschalten, aber das schafft der Versager bestimmt nicht.« Varga atmete schwer. »Ich bin so schrecklich müde.«

»Natürlich. Ich bin ohnehin fertig. Wenn es dir besser geht, wirst du deine Aussage fürs Protokoll wiederholen müssen.«

Varga wischte sich die Tränen weg. »Und was wird jetzt aus mir?«

»Na, was glaubst du? Man wird dich wegen des Mordes an Erich Jäger verhaften.«

Tomo nickte. »Ich wollte nur meinen Vater beschützen.«

»Das weiß ich. Wenn du ein umfassendes Geständnis ablegst, bekommst du eventuell mildernde Umstände.«

Varga hob die rechte Hand und ließ sie wieder sinken. »Ach, mir ist eigentlich alles egal. Ich bin müde.« Er drehte den Kopf zur Seite und schloss die Augen.

Prohaska schaltete das Mikrofon an seinem Handy aus und verließ leise das Zimmer.

*

Nach allem, was er gerade erfahren hatte, durfte Prohaska keine Zeit verlieren. Er fuhr zum Hafen, stellte den Wagen ab und lief zur Uferpromenade, wo trotz des trüben Wetters viele Spaziergänger flanierten. Er ging an der Kaimauer entlang und schaute zu den festgemachten Booten. In einem saß ein etwa vierzigjähriger Mann und las ein Buch. Prohaska blieb stehen.

»Guten Tag, dürfte ich Sie kurz stören?«

Der Mann klappte das Buch zu und sah zu Prohaska hoch. »Ja, sicher.«

»Ich möchte zu einer von den Brijuni-Inseln«, sagte Prohaska und hoffte, dass der Mann ihn für einen harmlosen Touristen hielt.

»Da fahren Sie am besten rüber nach Fažana und fragen im Fremdenverkehrsbüro nach. Von da verkehren Linienschiffe nach Veli Brijun. Man kann auch eine Rundfahrt buchen.«

»Hm, ich will keinen Ausflug machen, sondern müsste für etwa eine Stunde auf die Insel Galija.«

»Sie wollen zu Titos Insel? Die ist aber unbewohnt.«

»Wissen Sie, ich bin Fotograf. Ein Bekannter wollte mich eigentlich hinbringen, aber jetzt ist ihm leider etwas dazwischen gekommen.« Prohaska machte ein zerknirschtes Gesicht.

»Na, wenn's weiter nichts ist, kann ich Sie ja hinfahren.«

»Wirklich? Das wäre super. Den Sprit bezahle ich Ihnen natürlich.«

»Ach was! Ich wollte ohnehin noch ein wenig rausfahren. Machen Sie die Leine los und steigen Sie ein.«

»Danke sehr.« Prohaska band das Boot los, kletterte hinein und setzte sich auf die hintere Bank. Dann nahm er mehrere Scheine aus dem Geldbeutel und drückte sie dem Mann in die Hand.

»Sind vierhundert Kuna okay?«

»Aber das ist doch nicht nötig.«

»Bitte, nehmen Sie es trotzdem.«

»Na gut, danke.« Der Mann steckte das Geld ein, startete den Motor und reichte Prohaska die Hand. »Ich heiße Nikola und bin Mathematiklehrer am Gymnasium.«

»Angenehm, ich bin Joe. Wir können uns doch duzen?«

»Klar.« Nikola zog seine Windjacke an und steuerte das Boot aus dem Hafen.

»Du bist also Fotograf?«, fragte er, nachdem sie Fahrt aufgenommen hatten.

»Genau.«

»Das hätte ich nicht gedacht.«

»Wieso?«

»Wo hast du deine Kamera?«

Prohaska zog sein Handy aus der Tasche und hielt es hoch. »Hier, ich wollte mich dort zuerst umsehen, bevor ich die große Ausrüstung mitnehme. Das mache ich meistens so. Das Wetter ist heute nicht so gut zum Fotografieren.«

»Ach so, wenn das so ist.«

»Du siehst auch nicht unbedingt wie ein Lehrer aus.«

Nikola lachte. »Es ist manchmal ganz gut, wenn man einem den Beruf nicht sofort ansieht.«

»Da hast du verdammt recht, geht mir genauso«, entgegnete Prohaska und machte prophylaktisch ein paar Fotos von Nikola und der Küste.

Sie plauderten eine Weile über Fußball und Politik, wobei sich Prohaska fragte, ob er überhaupt etwas erreichen würde, falls er Nora auf der Insel antreffen sollte.

Als sie sich der kleinen Insel näherten, sah Prohaska das Schnellboot an der Mole liegen.

»Es ist doch jemand da«, rief Nikola, drosselte den Motor und legte an. »Hast du gewusst, dass hier eine kleine Villa steht, die Marschall Tito seiner Frau Jovanka geschenkt hat? Allerdings war er nur ein einziges Mal da. Die Villa hat ihm angeblich nicht so gut gefallen. Er war lieber drüben auf der Insel Vanga, an der wir vorhin vorbeigefahren sind. Die Villen auf den Brijuni werden übrigens gepflegt, man kann sie sogar privat mieten, wenn man ein Superpromi oder Millionär ist. Hier verbringen so einige ausländische Staatsmänner ihren Sommerurlaub, natürlich inkognito.«

»Das ist ja hochinteressant. Leider bin ich weder ein Promi noch ein Millionär.«

Prohaska sprang auf die Mole und zurrte das Boot fest. »Ich bin in spätestens einer Stunde zurück.«

»Okay, lass dir Zeit.«

Dass die Brijuni-Inseln im Staatsbesitz waren, war Prohaska bekannt, aber dass man die Villen privat mieten konnte, war ihm neu. Vermutlich hatte Blagić das Haus auf Galija auch nur gemietet, überlegte Prohaska, während er zum bepflasterten Weg ging, der sich durch den Wald schlängelte. Zwischendurch blieb er stehen und horchte, aber außer dem Zirpen der Grillen und dem Rauschen des Windes waren keine anderen Geräusche auszumachen.

Der Pfad führte leicht bergauf. Nach etwa zehn Minuten tauchte zwischen dichtem Buschwerk das Gebäude auf. Er ging vorsichtig näher. Das Steinhaus war sechseckig und dem in Istrien typischen *Kažun*, einem Feldunterstand, nachempfunden. Auf der Vorderseite befand sich eine bepflasterte Terrasse, dahinter ein Anbau mit einem Flachdach. Prohaska ging zur Terrasse, die im Schatten einer Pergola lag. Die Klappläden an der Terrassentür waren angelehnt, die Glastür dahinter stand offen. Das Erste, was Prohaska im Halbdunkel des sechseckigen Raumes erblickte, waren die Glasscherben und eine große Pfütze auf den terrakottaroten Fliesen. Eine Flasche lag neben einem der drei umgekippten, ebenfalls sechseckigen Holztischchen, die mit sternförmigen Schnitzereien geschmückt waren. Ein leichter Alkoholdunst waberte ihm entgegen. Dann erst sah er Nora. Sie lag auf dem Teppich neben einem wuchtigen dunkelbraunen Chesterfield-Sofa. Prohaska riss die Läden auf, und war in wenigen Schritten bei Nora. Er ging in die Hocke, berührte ihre Wange und prüfte den Puls. Sie lebte.

Prohaska schob die Scherben beiseite und nahm Nora in die Arme, um sie auf die Couch zu setzen.

»Hallo, wachen Sie auf, los aufwachen!«

Nora murmelte etwas Unverständliches und hob abwehrend die Hände vors Gesicht. Dabei wäre sie ihm beinahe aus dem Arm entglitten.

»Kommen Sie schon, setzen Sie sich da hin.« Er ließ sie auf die Couch fallen.

Nora kippte seitlich um und öffnete die Augen. Als sie ihn erkannte, schob sie ihn weg und setzte sich kerzengerade auf.

»Wie kommen Sie denn hierher?«

Prohaska überlegte, ob er sich in einen der Sessel setzen sollte, doch dann stellte er nur die drei Tischchen zusammen und blieb stehen.

»Dasselbe könnte ich Sie fragen.«

Nora fuhr sich mit der Hand durch die kurzen Haare und schob das Kinn vor.

»Das geht Sie nichts an. Was wollen Sie?«

Statt zu antworten, deutete Prohaska auf die Scherben auf dem Boden. »Da ist Ihnen wohl ein Glas aus der Hand gerutscht?«

»Und wenn schon. Mein Problem. Gehen Sie. Ich möchte allein sein.«

»Das kann ich verstehen. Kommen Sie, ich bringe Sie heim, das Boot wartet am Kai.« Er hob das kaputte Glas und eine halbleere Whiskyflasche vom Boden auf und stellte sie auf den Tisch.

»Wie haben Sie mich überhaupt gefunden?«

»Tomo hat es mir gesagt.«

Nora schnappte nach Luft. »Das kann nicht sein, er ist tot.«

»Zum Glück nicht. Ich war vorhin bei ihm im Krankenhaus. Er hat mir alles erzählt.«

Nora stand ein wenig unsicher auf, ging zum Schrank und holte ein neues Glas. Dann nahm sie die Flasche vom Tisch und schenkte sich ein.

»Auch einen? Holen Sie sich doch ein Glas. Das ist ein sehr alter und teurer Stoff, aus Schottland.« Sie drehte das Etikett zu sich. »Ach nein, Irland, egal.«

»Nein, danke.«

»Wie Sie wollen.« Sie nippte an ihrem Glas und ging auf die Terrasse.

Prohaska folgte ihr und zündete sich eine Zigarette an.

»Nora, ich mache Ihnen jetzt einen Kaffee und dann bringe ich sie aufs Festland. Nach allem, was ich jetzt über Sie und Tomo weiß ...«

»Sie haben keine Ahnung!«

»Da irren Sie sich. Ich weiß zum Beispiel, dass Sie Igor Busetta und vermutlich auch Drago Blagić umgebracht haben. Ich weiß, dass Sie diese Diamanten an sich genommen haben, die Ihr Freund Bukač gestohlen hat. Und noch ein paar andere Dinge mehr.«

Nora sah ihn herausfordernd an.

»Ich habe nur reinen Tisch gemacht.«

»Selbstjustiz ist strafbar. Wenn Sie mir doch nur von Ihren Problemen erzählt hätten ...«

»Aus welchem Grund hätte ich ausgerechnet vor Ihnen mein Leben ausbreiten sollen? Sie kennen mich gar nicht.«

»Ganz einfach, weil ich Sie mag.«

Nora lachte. »Kommen Sie mir nicht mit so etwas. Jeder ist sich selbst der Nächste. Für mich gibt es keine Freundschaft und Liebe schon gar nicht. Das sind doch nur Floskeln.«

»Das stimmt nicht«, sagte Prohaska traurig. »Es gibt noch jemanden außer mir, der Sie trotz allem liebt, auch wenn Sie es nicht wahr haben wollen.«

Nora verzog den Mund. »Und das wäre?«

»Ihr Sohn Tomo.«

»Geben Sie sich keine Mühe. Er hasst mich. Aber das kann ich verstehen. Und Sie arbeiten wohl mit der hiesigen Polizei zusammen und sind gekommen, um mich zu holen.«

»Nein, ich bin allein hier und möchte die Wahrheit erfahren.«

»Wozu denn? Jeder hat seine eigene Wahrheit. Hauen Sie ab, lassen Sie mich in Ruhe. Gehen Sie!« Nora schaute sich um. »Oder haben Sie Ihren Freund Rossi mitgebracht?«

»Gut, ich gehe, doch vorher möchte ich wissen, warum Sie Blagić umgebracht haben?«

»Meine Privatsache.«

»Es wäre viel klüger gewesen, ihn anzuzeigen. Dann hätte er eine gerechte Strafe bekommen. Die Polizei wusste doch über ihn Bescheid. So aber ...«

»Sie sind ein Narr, Joe Prohaska. Wenn ich ihn angezeigt hätte, wäre er doch nach ein paar Jahren wieder draußen gewesen. Oder glauben Sie, er hätte keine Mittel und Wege gefunden, sich aus der Affäre zu ziehen? Er hatte mächtige Freunde.«

»Meinen Sie solche wie Mirko Grabar?«

»Woher wissen Sie von dem?«

»Auch von Ihrem Sohn.«

»Ich sagte doch, ich habe keinen Sohn!«

»Tomo ist anderer Ansicht. Er hat mir erzählt, dass Sie und Drago Blagić seine leiblichen Eltern sind.«

»Er lügt!«

»Tomo sagte, er habe seine Geburtsurkunde gesehen.«

»Das beweist noch gar nichts.« Nora nahm eine zerknautschte Zigarettenpackung aus der Hosentasche und zündete sich eine Zigarette an. Ihre Hände zitterten.

»Warum haben Sie mir eigentlich das Theater mit der Entführung vorgespielt?«

Nora lächelte schmal. »Tut mir leid, dass Sie ins Wasser gefallen sind. Sie hätten mir nicht folgen sollen.«

»Das habe ich inzwischen auch kapiert. Ihnen kann man offensichtlich nicht helfen.«

»Werden Sie jetzt zur Polizei gehen?«

»Das können Sie selbst machen oder auch lassen, es liegt ganz bei Ihnen. Ich werde mich nicht in Ihr Leben einmischen.« Prohaska deutete zum Wohnzimmer. »Ich hoffe, Sie haben gefunden, was Sie da gesucht haben?«

»Das habe ich in der Tat.«

»Ach, übrigens, die Diamanten, die Sie auf der Lichtung versteckt hatten, hat jemand gefunden und der Polizei übergeben.«

»Sie sind gut informiert, Herr Ex-Kommissar. Hat es Ihnen auch dieser Rossi erzählt? Sie scheinen ja dicke Freunde zu sein.«

»Nein, aber wenn wir schon dabei sind, interessiert Sie vielleicht, dass ich es war, der Busettas Leiche gefunden hat.«

»Und? Dann haben Sie ihn eben gefunden.«

Es hatte keinen Sinn, länger auf sie einzureden. Prohaska schaute auf die Uhr. Es wurde allmählich Zeit zurückzugehen.

»Kommen Sie mit, Nora. Wenn Sie hierbleiben, machen Sie alles noch schlimmer.«

»Geben Sie sich keine Mühe, ich bleibe.«

»Schade. Ich belästige Sie nicht länger.«

Prohaska wandte sich zum Gehen, doch Nora heilt ihn am Arm fest.

»Joe, ich weiß nicht, was ich künftig machen werde. Wir werden uns auch vermutlich nicht wiedersehen, aber bevor Sie gehen, möchte ich, dass Sie alles erfahren.«

Prohaska nahm ihre Hand von seinem Arm. »Das müssen Sie nicht.«

Sie bedeutete ihm, sich zu setzen, aber Prohaska blieb stehen. Nora zündete sich eine weitere Zigarette an. »Ich habe schlimme Dinge getan, aber ich bereue nichts.«

Prohaska warf einen Blick auf die Uhr. »Der Mann, der mich hergebracht hat, wartet im Boot. Kommen Sie mit und erzählen Sie es der Polizei.«

»Ich sagte doch, ich bleibe hier.«

Sie standen sich gegenüber. Der Himmel wölbte sich klar und inzwischen tiefblau über der Insel. Eine kleine braune Eidechse huschte über die Terrasse. Der Wind strich durch die Bäume, ein Vogel zwitscherte im Geäst. Es ist so friedlich und schön hier, dachte Prohaska traurig.

»Ich stamme aus einem kleinen Ort in Nordbosnien, unweit von Bosanski Brod. Meine Familie ist ethnisch gemischt, was vor dem Krieg keinen Menschen interessiert hatte. Ich habe jüdisch-moslemische und katholisch-orthodoxe Vorfahren. Mein Vater Theodor war Schneider, meine Mutter Hana Kinderkrankenschwester. Sie sind alle tot.

Es war im September zweiundneunzig, als die Soldaten in unser Dorf kamen. Ihr Kommandant hieß Draković. Sie brüllten herum, gingen von Haus zu Haus, um angeblich nach versteckten Waffen zu suchen. Mein Vater und die anderen Männer versteckten sich seit Tagen in den umliegenden Wäldern. Im Dorf blieben nur Frauen, Kinder und alte Leute. Die Soldaten trieben uns auf die Straße, beschimpften und schlugen uns. In einem Haus erschossen sie ein altes Ehepaar, weil sich die Leute geweigert haben, rauszugehen. Ihr Haus wurde angezündet und brannte nieder. Es war furchtbar. Die Buben und Greise mussten auf einen Lastwagen klettern. Sie brachten sie fort. Viel später erfuhr ich, dass sie ein paar Kilometer weiter im Wald erschossen und verscharrt wurden. Das Massengrab hat man vor einigen Jahren gefunden. Es waren vierzehn Jungen zwischen zehn und vierzehn Jahren, darunter mein kleiner Bruder Mihajl, mein Großvater und andere Männer, der älteste über achtzig und blind. Frauen und Mädchen, ich war damals knapp fünfzehn, wurden in eine alte Fabrikhalle gebracht. Draković überließ uns ein paar von seinen Männern und fuhr mit den anderen an die Front. Wir bekamen kaum zu essen oder zu trinken, wurden geschlagen, gequält, vergewaltigt. Als Draković nach einigen Tagen zurückkam, ging er mit seinen Männern durch die Halle und bestimmte, welche von uns an der Reihe war. Einige Frauen hatten den Verstand verloren, andere weinten nur noch oder kauerten apathisch auf dem Boden. Ich saß mit meiner Mutter in einer Ecke auf einer dreckigen Wolldecke, und als er vor uns stand, sagte er: ›Die Kleine da kommt zu mir.‹ Ich wollte aber nicht und hab ihn angespuckt. Einer seiner Gorillas schlug mir ins Gesicht, aber er herrschte ihn an, mich sofort in sein Büro zu bringen.« Nora drückte die Zigarette im Aschenbecher aus. »Er hat mich zwei Tage und zwei Nächte nicht herausgelassen. Sie wollen sicher keine Details wissen.«

»Nein.«

»Danach wollte ich nur noch sterben. Das Leben ekelte mich an. Dann rief Draković Davor Bukač zu sich. Er war damals seine rechte Hand. Bukač sollte mich zu den anderen Frauen in die Halle bringen. Was mit mir geschehen würde, war Draković egal. Ich war so geschwächt, dass ich nicht mehr richtig gehen konnte, und ich wollte sterben. Aber Bukač brachte mich nicht in die Halle, sondern noch in derselben Nacht mit seinem einem Privatwagen über die Grenze zu seiner Tante, die in einer Kleinstadt in Kroatien auf der anderen Seite der Save lebte. An die Fahrt kann ich mich nicht mehr erinnern. Mir war alles egal. Ich konnte nicht einmal mehr weinen. Die Frau war freundlich, und ich erholte mich. Dann stellte ich mit Entsetzen fest, dass ich schwanger war. Dieses Kind wollte ich nicht, unter keinen Umständen. Aber da war es für eine Abtreibung schon viel zu spät. Als es so weit war, half sie mir bei der Geburt. Es war Junge. Ich wollte ihn nicht einmal sehen. Die Frau brachte ihn fort. Ich habe nie erfahren, wohin, und ich wollte es auch nicht wissen. Bukač schickte regelmäßig etwas Geld, und als der Krieg zu Ende war, kam er und erzählte, Draković sei gefallen. Davor sagte, ich solle mit ihm nach Zagreb kommen. Und weil ich nicht wusste, wohin ich gehe sollte, ging ich mit. Er hat alles organisiert. Er besorgte mir ein Zimmer bei irgendwelchen Bekannten, bezahlte alles, und als es mir wieder einigermaßen gut ging, begann ich eine Ausbildung als Tourismusfachfrau. Die Gegenleistung dafür können Sie sich selbst denken, oder?«

Prohaska schwieg weiter.

»Ich musste ihm schwören, niemandem von meiner Vergangenheit zu erzählen, aber das hätte ich ohnehin nicht gemacht. Bukač kam und ging wie er wollte, und dann verschwand er plötzlich ohne ein Wort aus meinem Leben. Anfangs versuchte ich ihn zu finden, aber dann war ich froh, dass er weg war. Ich beendete meine Ausbildung und fand Arbeit in einer Reiseagentur. Vor etwa einem Jahr rief er mich an und erzählte, er lebe in Istrien. Ich solle keine Fragen stellen, sondern nach Rovinj kommen. Er habe eine Wohnung für uns gemietet. Als ich sagte, dass ich meine Stelle nicht aufgeben wolle, sagte er, er würde mir eine neue besorgen.«

»Er hat Sie wohl sehr gern gehabt«, sagte Prohaska vorsichtig.

Nora biss sich auf die Lippen. »Ja, auf seine Art. Ich hätte nicht auf ihn hören sollen, aber ich verdankte ihm mein Leben. Also fuhr ich nach Rovinj, und alles ging von vorne los. Dass er inzwischen geheiratet hatte, sagte er mir viel später. Er versprach immer wieder, sich scheiden zu lassen, tat es aber nicht. Eines Abends, als wir in einem Restaurant an der Riva saßen, tauchte ein Mann auf, und Davor stellte ihn mir als Drago Blagić vor. Ich war fassungslos und wie gelähmt. Es war Draković. Er hatte sich doch tatsächlich das Gesicht operieren lassen, aber ich habe ihn an der Stimme und der kaputten Hand erkannt.«

»Ein Wolf im Schafspelz«, bemerkte Prohaska, nur um etwas zu sagen.

»Ja, aber er hatte keine Ahnung, wer ich war. Er erkannte mich nicht und ignorierte mich, weil Davor ihm deutlich zu verstehen gab, dass ich seine Geliebte war. Sie redeten nur über irgendwelche Geschäfte. Erst ein paar Tage später dämmerte es mir, dass die beiden Kompagnons waren. Nach und nach erfuhr ich von Davor, dass er und Draković beziehungsweise Blagić, wie er sich jetzt nennt, eine Import-Export-Firma hatten. Sie handelten mit allen möglichen Waren, unter anderem Luxusautos und Immobilien, aber das richtig große Geld verdienten sie mit Menschenhandel, mit Mädchen, die sie aus dem Süden und aus den Ländern des ehemaligen Ostblocks ins Ausland verkauften. Sklavenhändler! Ihre sogenannten Geschäftspartner hatten sie in ganz Westeuropa.«

»Zwangsprostitution ist ein Milliardengeschäft«, bemerkte Prohaska.

»Ich habe Davor bekniet, sich von Blagić zu trennen, aber er wollte nichts davon hören. Er war ein geldgieriger Feigling und hatte Angst vor Blagić. Also habe ich mich selbst darum gekümmert. Und es war so einfach. Als wir einmal in Blagićs Wohnung waren, fand ich ganz zufällig im Bad in einem ausgehöhlten Stein ein Säcken mit Diamanten. Ich nahm es an mich und sorgte dann dafür, dass der Verdacht auf Davor Bukač fiel. Er hatte ja auch einen Schlüssel zur Wohnung.« Nora holte tief Luft und steckte sich die weitere Zigarette an.

»Und was hatte Igor Busetta mit all dem zu tun? Und woher wusste er von den Diamanten?«

»Als Blagićs Fahrer hat sehr viele Dinge mitbekommen.«

»Schon klar, aber woher wusste er, dass die Diamanten auf der Lichtung versteckt waren? Das kann er ja nur von Ihnen erfahren haben. Sie haben Sie dort versteckt, stimmt's?«

Nora sah Prohaska wütend an.

»Und dann haben Sie ihn dazu gebracht, Davor Bukač aus dem Weg zu räumen. Ich nehme an, Sie haben Busetta versprochen, die Diamanten mit ihm zu teilen. Doch das hatten Sie zu keinem Zeitpunkt vor. Als er Ihnen auf die Schliche kam und zu gefährlich wurde, haben Sie ihn in den Wald gelockt und erschossen. Das war ein glatter Mord, geplant und fast perfekt ausgeführt.«

»So ein Unsinn! Sie wissen gar nichts«, schrie Nora hysterisch. »Es war ganz anders!«

»Wie denn?«

Nora wischte sich die Tränen weg.

»Igor rastete total aus, weil die Steine nicht mehr da waren. Ich sagte, dass die Polizei sie vermutlich gefunden hat, aber er war überzeugt, dass ich sie verkauft hatte und er leer ausgehen würde. Er schlug mich und als ich hinfiel, wollte er sich auf mich stürzen und mich vergewaltigen. Aber ich habe mich gewehrt. Und dann habe ich ihn erschossen, aber in Notwehr.«

»Nora, Sie müssen sich stellen. Es gibt schließlich so etwas wie mildernde Umstände.« Prohaska streckte die Hand aus. »Kommen Sie.«

Nora schüttelte den Kopf. »Ich gehe nirgends hin.«

»Die Waffe gehörte Tomo Varga, ihrem Sohn, der damit den Journalisten Erich Jäger erschossen hat. Sie haben sie ihm spätestens in der Höhle weggenommen, nachdem Sie ihn niedergeschlagen hatten.«

»Ja, ja, ja, aber ich habe sie ihm nur deshalb weggenommen, damit er nicht noch mehr Unheil anrichtet. Er kommt ganz nach seinem verfluchten Erzeuger. Mein sogenannter eigener Sohn hat mir gedroht, mich ebenfalls zu erschießen, falls ich seinen Vater anzeigen sollte. Sie beide hätten mächtige Freunde. Ich sagte, ich hätte keine Angst weder vor ihm und seinem Vater noch vor seinen Freunden. Als ich dann fragte, wer die überhaupt seien, erklärte Tomo voller Stolz, er sei seit Jahren schon Mitglied der *Ustaša*-Bewegung. Und die ist Ihnen sicher ein Begriff.«

Prohaska nickte. Die Rechtsradikalen hatten nicht nur in Kroatien viele Anhänger.

»Ich solle mich lieber nicht mit ihnen anlegen. Mir verschlug es die Sprache. Also habe ich ihn in die Höhle gelockt. Ich habe ihm gesagt, dass die Diamanten dort seien. Tomo solle sie mitnehmen und ins Ausland gehen. Aber er wollte sie nicht für sich, sondern für seine feinen Kameraden, für diese Neonazis! Für ihren Kampf. Es war widerlich. Das konnte ich nicht zulassen. Na ja, leider hat das nicht geklappt.«

»Nora, Sie müssen alles der Polizei erzählen. Kommen Sie mit.«

»Nein, ich bleibe.«

»Ich kann Sie nicht zwingen. Sie wissen ja, wo die nächste Polizeidienststelle ist. Leben Sie wohl, Nora.«

Prohaska verließ die Terrasse, ohne sich umzudrehen.

»Bleiben Sie stehen!«

Er tat es und drehte sich um. Nora stand in der Terrassentür mit einer Pistole in der Hand.

»Wollen Sie mich etwa auch erschießen?«

»Mir bleibt wohl nichts anderes übrig. Sie wissen einfach zu viel. Nehmen Sie die Hände hoch und kommen Sie her, langsam, los, ins Wohnzimmer, keine falsche Bewegung, ich kann mit dem Ding umgehen.«

Prohaska hob die Hände und ging ins Haus.

»Da, zum Kamin, mit dem Gesicht zur Wand!«

»Wenn Sie mich hinterrücks erschießen, ist das ...«

»Halten Sie den Mund!«, schrie Nora.

Prohaska ging zum Kamin und als er davor stand, packte er blitzschnell einen schweren Aschenbecher vom Sims und schleuderte ihn in Noras Richtung. Das Ding traf sie mit voller Wucht an der Schulter. Sie verriss die Waffe, ein Schuss löste sich und das Projektil bohrte sich in einen der Balken an der gewölbten Zimmerdecke. Prohaska hechtete vor und riss Nora zu Boden. Die Waffe flog ihr aus der Hand.

»Lassen Sie mich los!«, kreischte sie und strampelte mit den Beinen.

Prohaska stand auf, packte sie unter den Armen und schubste sie auf die Couch. Dann hob er die Waffe auf.

Nora funkelte ihn an. »Worauf warten Sie noch? Schießen Sie endlich!«

Prohaska schüttelte den Kopf. »Zum letzten Mal. Kommen Sie mit.«

»Niemals!«

»Okay, wie Sie wollen.« Er drehte sich auf dem Absatz um, verließ das Haus und lief zur Anlegestelle.

Als er am Waldsaum ankam, versank die Sonne wie ein riesiger roter Feuerball im Meer. Der Himmel sah aus, als stünde er in Flammen. Prohaska stützte die Hände auf die Knie, um zu Atem zu kommen. Während er langsam zum Strand ging, machte er mit dem Handy ein paar Aufnahmen vom Sonnenuntergang, der kleinen Bucht mit der Anlegestelle und von Nikola, der ihm vom Boot aus winkte.

Als Prohaska am Kai ankam, machte er die Leine los und kletterte ins Boot.

»Ich dachte schon, ich müsste dich suchen gehen«, sagte Nikola und startete den Motor.

»Tut mir leid, aber ich hab nicht auf die Uhr gesehen und habe mich dann auch noch verirrt.« Prohaska setzte sich hinter Nikola, und hoffte, dass der ihm die Ausrede glaubte.

»Du hast dich verirrt?«, fragte Nikola ungläubig, während er wendete und dann Gas gab.

»Ja, echt blöd. Normalerweise habe ich keine Probleme mit der Orientierung. Aber ich bin vorhin eine ganze Weile im Kreis gelaufen ohne es zu merken. Hast du vielleicht etwas zum Trinken da? Ich sterbe vor Durst.«

»Unter dem Sitz ist Mineralwasser. Bedien dich.«

Prohaska zog eine Flasche hervor und trank gierig. Während sie sich von Galija entfernten, machte er noch weitere Fotos. Seine Kehle war wie zugeschnürt. Er steckte das Handy ein und schaute zurück. Die Insel wurde immer kleiner. Ihre Silhouette erinnerte an den Rücken einer riesigen Schildkröte, die langsam im Meer versank. Er hätte Nora auch gegen ihren Willen mitnehmen sollen. Sie hatte sich in eine furchtbare Situation hineinmanövriert, und der einzige Ausweg, den sie hatte, war sich zu stellen. Er hoffte, sie würde es tun. Und er hätte sie nicht bedrängen sollen. Rossi hatte ganz recht, er hätte sich heraushalten sollen.

Prohaska wandte den Blick ab, nahm das Mineralwasser, um den bitteren Geschmack in seinem Mund hinunter zu spülen, als ein Knall die Luft zerriss.

»Was war das?«

»Ach, sicher nur ein Jagdflieger. Die rasen hier ziemlich oft vorbei, echt nervig«, rief Nikola über die Schulter hinweg.

Prohaska lehnte sich zurück und legte den Kopf in den Nacken. Der Fahrtwind tat ihm gut. Am nachtblauen Himmel schimmerten die ersten Sterne der Milchstraße. Aber von einem Flugzeug war keine Spur zu sehen.

*

Als Prohaska zu Hause ankam, war es kurz nach neun. Bei Martha brannte Licht. Er fuhr in den Hof, stieg aus, schloss den Wagen und ging langsam zum Haus. Das Kätzchen wartete an der Türschwelle, und als er die Tür aufschloss, schlüpfte es hinein. Prohaska knipste die Lampe an, ging in die Küche und gab dem Kätzchen frisches Futter und Wasser. Dann holte er die Waffe aus der Jackentasche. Es war eine Zastava M57, 9 mm Parabellum, die Tomo vermutlich auf dem Schwarzmarkt besorgt hatte. Prohaska wollte gar nicht daran denken, wie viele Menschen dadurch den Tod gefunden hatten. Er nahm das Magazin heraus, zog den Verschluss nach hinten, und die Patrone, die noch im Lauf war, sprang heraus. Er ging ins Schlafzimmer, wickelte die Waffe in ein T-Shirt und schob es unter die Wäsche im Kleiderschrank. Nachdem er geduscht hatte, zog er seinen Morgenmantel an, machte Feuer im Kamin und legte eine CD von Charlie Parker auf. Dann holte er Käse und Oliven, öffnete eine Flasche Merlot und trug alles ins Wohnzimmer. Erschöpft ließ er sich auf die Couch fallen, streckte die Beine unter dem Tischchen aus und rief dann Inspektor Rossi an.

»Hallo Herr Rossi, Prohaska hier, ich weiß, es ist schon spät, aber hätten Sie ein paar Minuten Zeit?«

»Ja sicher, solange Sie keine Toten zu melden haben. Was gibt es?«

»Ich war heute in Pula.«

»Ah, haben Sie einen Sonntagsausflug gemacht? Sehr vernünftig.«

»So könnte man es auch nennen. Ich war im Krankenhaus bei Tomislav Varga.«

»Prohaska, Sie sind unverbesserlich, wenn Sie so weitermachen, kriegen Sie echt Schwierigkeiten! Hatte ich Ihnen nicht ausdrücklich gesagt, dass Sie ...«, polterte Rossi.

Prohaska unterbrach ihn. »Ich weiß, aber, hören Sie mich erst einmal an.«

»Jetzt sagen Sie bloß nicht, Sie hätten mit dem jungen Mann gesprochen?«

»Doch, aber nur kurz.«

»Ich glaub's nicht! Das Personal hatte Anweisung, niemanden zu ihm zu lassen. Man sollte uns sofort verständigen, sobald der Mann vernehmungsfähig ist.«

»Es war wirklich reiner Zufall, dass er kurz bevor ich kam, aufgewacht ist. Und ich war ein paar Minuten bei ihm.«

Rossi schnaubte. »Ja, ja, schon gut. Was hat er gesagt?«

Prohaska trank einen Schluck und erzählte dann, was er von Tomislav Varga erfahren hatte. Als er geendet hatte, hörte er Rossi am anderen Ende der Leitung tief Luft holen. Eine Weile war es still.

»Sind Sie noch dran?«, fragte Prohaska.

»Ja, ja, ich habe mir Notizen gemacht. Joe, Sie hätten nicht eigenmächtig handeln sollen.«

»Ich weiß, aber ich musste nach ihm schauen, als sein Lebensretter sozusagen. Und er weiß nun, was ihm bevorsteht.«

»Hm, natürlich. Ich rufe gleich Dr. Cipoletti an. Und Sie kommen morgen um zehn Uhr zu mir.«

»Ja, gute Nacht, Herr Rossi.«

»Einen Moment noch. Haben Sie die Nachrichten gesehen?«

»Nein, wieso?«

»Auf der Insel Galija ist heute Abend ein Brand ausgebrochen. Die Villa ist bis auf die Grundmauern abgebrannt. Die Feuerwehr versucht immer noch verzweifelt, den Wald zu retten. Die Brandursache ist noch unbekannt.«

»Oh, nein, wie schrecklich!«, rief Prohaska und war heilfroh, dass Rossi ihn nicht sehen konnte. Er hatte Rossi nichts von seiner Fahrt zur Insel gesagt. Und spätestens dann, wenn der Lehrer Nikola der Polizei erzählte, dass er einen Fotografen zur Galija gebracht hat, würde Rossi eins und eins zusammenzählen. Prohaska musste nachdenken, wie er aus dieser Klemme herauskommen sollte.

»Das ist doch seltsam, finden Sie nicht?«, fragte Rossi.

»Was?«

»Na, dass es dort brennt. Die Insel ist unbewohnt.«

»Vielleicht hat sich das Feuer von selbst entzündet. Dazu braucht es nicht viel, eine Glasscherbe, etwas trockenes Gras und puff! Das passiert doch immer wieder.«

»Sie sagen es. Die Spurensicherung und Feuerwehr gehen der Sache schon nach. Also, wir sehen uns morgen um zehn. Gute Nacht, Herr Privatdetektiv.«

»Gute Nacht, Herr Inspektor.«

Nachdem Prohaska aufgelegt hatte, warf er das Handy auf die Couch und schenkte sich Wein nach.

»Verdammt, ich habe die Aufzeichnung ganz vergessen«, murmelte er. Eine Weile saß er mit den Ellenbogen auf den Knien vornüber gebeugt und stützte seinen Kopf. Der Knall, den sie auf der Rückfahrt gehört hatten, muss eine Explosion gewesen sein, die wie auch immer entstanden war. Vermutlich eine Gasflasche in der Küche. Er hätte Nora nicht allein lassen dürfen. Jetzt war sie entweder tot oder hatte sich gerettet und war mit dem Schnellboot auf der Flucht. Prohaska vermochte nicht zu sagen, was ihm lieber gewesen wäre. Sie hatte zwei Menschen getötet und wollte ihren eigenen Sohn ebenfalls umbringen. Und er hatte es einfach nicht übers Herz gebracht, es Rossi zu sagen. Sie war eine Mörderin, und dennoch tat sie ihm leid. Ihr Sohn Tomo würde es hoffentlich schaffen, irgendwann mit den Tatsachen seiner Herkunft und mit seinem verkorksten Leben ins Reine zu kommen. Dass er sich vor Gericht verantworten musste, war klar. Und er, Prohaska, würde als Zeuge aussagen müssen. Aber daran wollte er jetzt nicht denken.

Que serà serà, sagte er leise, leerte das Glas, schenkte nach und trank es leer. Charlie Parker spielte herzzerreißend *Bird of Paradise*. Prohaska kannte jede Note. Er lehnte sich zurück und schloss die Augen.

Jemand klopfte laut an der Terrassentür.

»Joe, sind Sie da?«

Martha. Was wollte die Frau jetzt noch? Er hatte keine Lust auf Smalltalk oder auf ihren Kuchen oder irgendwelche Fotos oder verschwundene Personen. Er wollte nur noch seine Ruhe.

»Huhu, ich bin es, Martha.«

Prohaska erhob sich und schaute auf die Uhr. Es war nach elf. Er hätte nicht so viel trinken sollen, sagte er sich, zog den Morgenmantel enger und verknotete den Gürtel. Dann schleppte er sich zur Tür und öffnete.

»Ah, Martha, Sie sind das. Bitte, kommen Sie rein. Entschuldigen Sie meinen Aufzug. Ich bin auf der Couch eingeschlafen.«

Sie lächelte. »Ich habe eine Zigarette auf der Terrasse geraucht und gesehen, dass Sie da sind. Und da dachte ich, ich schau mal kurz vorbei. Aber ich will nicht stören, Sie wollten sicher gerade schlafen gehen.«

»Ach, Sie stören nicht, im Gegenteil.« Prohaska lächelte zurück und fragte sich gleichzeitig, warum er schon wieder nicht ehrlich war. Es war zum Verrücktwerden. Einerseits war er hundemüde und deprimiert und wollte allein sein, andererseits war er froh, dass Martha da war.

»Ich bleibe wirklich nicht lange«, versicherte Martha.

»Jetzt kommen Sie schon rein.« Prohaska ließ sie vorbei. »Bitte, nehmen Sie Platz.«

Martha hatte sich kaum gesetzt, als das Kätzchen, das auf Prohaskas Sessel geschlafen hatte, heruntersprang und um Marthas Beine schlich. Sie hob es auf ihre Knie und streichelte sein Fell.

Prohaska drehte die Musik leiser, legte ein Scheit auf die Glut und setzte sich Martha gegenüber. Dann bot er ihr eine Zigarette an, sie nahm sie, er gab ihr Feuer, und er steckte sich auch eine an.

Martha sah sich um. »Sehr schön haben Sie es hier.«

»Danke, es ist nicht perfekt, aber was ist schon auf der Welt perfekt?«

Martha deutete auf die Weinflasche und das Glas auf dem Tisch. »Gibt es etwas Besonderes zum Feiern?«

»Nein, absolut nichts, mir war einfach danach«, erwiderte Prohaska mürrisch.

»Ja, natürlich, entschuldigen Sie, es geht mich auch nichts an.«

»Schon okay.« Prohaska lächelte. »Wirklich, alles bestens.« Er stand auf und holte ein zweites Glas »Was bin ich nur für ein schlechter Gastgeber. Sie trinken doch ein Glas Merlot mit mir, oder?«

»Ja, gerne.« Martha ließ das Kätzchen herunter. »Hat die Katze eigentlich einen Namen?«

Prohaska schenkte ein und reichte Martha das Glas.

»Nein, sie will ihn mir nicht verraten und mir fällt kein passender ein. Also nenne ich sie einfach Katze.« Prohaska ließ sich in seinen Sessel fallen, erhob sein Glas.

»Und worauf trinken wir?«, fragte Martha.

»Auf die Liebe und das Leben, oder haben Sie einen besseren Vorschlag?«

»Im Moment nicht.«

Sie stießen an.

Martha nippte an ihrem Glas. »Und sonst? Alles okay bei Ihnen?«

»Aber ja, ich sagte schon, alles bestens.«

»Sie sehen aber nicht danach aus.«

»Na ja, ich habe auch meine schlechten Tage, und heute ist ein solcher.«

»Sie haben diese Frau gefunden, nicht wahr?«

»Gefunden und verloren, und das an einem einzigen Tag. Tja, so ist das Leben.«

»Soll ich lieber gehen?«

»Nein, bleiben Sie, ich bin allerdings ein miserabler Unterhalter.«

»Macht nichts.« Martha hob ihr Glas. »Auf die Liebe und das Leben.«

»Ich heiße Joe, aber das wissen Sie ja.«

Martha sah ihm in die Augen. Prohaska hielt ihrem Blick stand und trank sein Glas leer. Er spürte den Alkohol, doch das war ihm jetzt herzlich egal.

»Martha, soll ich Ihnen etwas verraten?«

»Ja, aber nur wenn Sie möchten.«

»Frauen sind verdammt komplizierte Wesen.«

»Stimmt. Männer aber auch.«

SECHS

Montag,
16. September

Am nächsten Morgen erwachte Prohaska mit pochenden Kopfschmerzen im Nacken. Er hatte gestern eindeutig zu viel getrunken, und das rächte sich nun. Er drehte sich auf die andere Seite, aber das Kissen neben ihm war leer. Wann war Martha gegangen? Oder hatte er das nur geträumt? Nein, es war kein Traum gewesen. Sie hatten eine weitere Flasche Wein geleert und über Gott und die Welt geredet. Als ihn Martha über »diese Frau« ausfragen wollte, war er aufgestanden, hatte sich zu ihr gesetzt und sie geküsst. Und sie hatte seine Küsse erwidert. Dann hatte er sie ins Schlafzimmer getragen, und alles war so leicht und einfach gewesen, ganz so, als würden sie sich seit Ewigkeiten kennen. Bevor er danach verschwitzt und glücklich in einen tiefen, traumlosen Schlaf gesunken war, hatte er ihr versprochen, bald zu erzählen, was sich in den letzten Tagen ereignet hatte.

Ja, er würde Martha alles erzählen, überlegte er beim Zähneputzen. Aber das musste noch warten. Jetzt brauchte er erst einmal ein Aspirin und einen starken Kaffee.

Pünktlich um zehn saß Prohaska in Rossis Büro. Als Erstes hatte er ihm die Aufnahme von Tomos Geständnis vorgespielt und es ihm als E-Mail geschickt. Zwei Stunden später unterschrieb Prohaska das Protokoll. Rossi hatte ihn wie eine Zitrone ausgequetscht, aber Prohaska hätte es im umgekehrten Fall nicht anders gehalten.

Anschließend berichtete Rossi, dass Tomislav Varga festgenommen und bis zu seiner Genesung von zwei Polizisten bewacht werde.

»Die Obduktion von Davor Bukačs Leiche hat ergeben, dass er mit einem gezielten Schlag gegen den Hals getötet wurde. Sein Kehlkopf war zertrümmert, und er war daran erstickt. Der rechte Arm war ausgekugelt, zwei Rippen gebrochen, und am Oberkörper und in der Leistengegend hatte er unzählige Blutergüsse, die von den Tritten und Faustschlägen stammten.

Meine Vermutung, dass Blagić vergiftet wurde, hat sich übrigens bestätigt. In seinem Mageninhalt hat man Spuren von Beeren aus dem Müsli gefunden, die Oleandrin enthielten. Ebenso in den Resten des Müslis in der Packung, in der Milch und in der Orangenmarmelade. Das Oleandrin, also der Milchsaft des Oleanders, enthält das stark giftige Herzglykosid mit Digitaliswirkung. Blagić hat sich natürlich übergeben, aber die Dosis war wohl so hoch, dass das irgendwann zum Zusammenbruch mit Koma und schließlich zum Tod durch Herzversagen geführt hat. In allen Lebensmitteln, die sich in der Küche und im Kühlschrank befanden, wurde Oleandrin gefunden. Vermutlich hat es Nora Nurkić da hineingetan, als sie in der Wohnung war.«

»Oleander also«, sagte Prohaska nur.

»Ja, und davon haben wir hier mehr als genug. Außerdem hatte er einen Herzanfall erlitten, den er wohl nicht richtig gedeutet hatte.«

»Aber warum hat er nicht um Hilfe gerufen oder den Notarzt angerufen?«

»Das konnte er nicht. Er hat sich in der Wohnung versteckt und wusste sicher, dass nach ihm gefahndet wird. Kurz vor seinem Ableben hat er versucht, Tomo Varga und Igor Busetta zu erreichen, aber ohne Erfolg. Und dann war der Akku seines Handys leer«, sagte Rossi lakonisch. »Das Ladekabel haben wir in seinem Koffer gefunden.«

»Dann hat er vielleicht deshalb die Wohnung verwüstet und auf den Kopf gestellt.«

»Vermutlich. Kleine Ursache, große Wirkung. Er wird übrigens in Rovinj bestattet. In aller Stille, wie es so schön heißt. Wir haben keine Verwandten oder Freunde und auch sonst niemand gefunden, der das übernehmen wollte«, sagte Rossi. »Seine Konten im In- und Ausland sind gesperrt, die Motoryacht auf Veli Brijun, das Haus in Zagreb und die Wohnung in Rovinj beschlagnahmt. Seine Geschäftsverbindungen werden noch untersucht. Ich bin gespannt, was da noch alles ans Licht kommt.«

»Bestimmt nichts Gutes.«

»Vermutlich nicht. Sein Fahrer Busetta wurde mit derselben Waffe erschossen wie Erich Jäger. Es handelt sich um eine Zastava M57, die Sie in Ihrer Aussage erwähnt haben.«

Prohaska schwieg.

»Aber in den Trümmern der Villa auf Galija wurden weder die Waffe noch Noras Leiche gefunden. Ich gehe stark davon aus, dass sie das Feuer gelegt hat und dann mit dem Schnellboot abgehauen ist. Sie dürfte nicht weit kommen. Die internationale Fahndung läuft. Man hat im Wohnzimmer einen Benzinkanister und eine Gasflasche gefunden, die die Explosion verursacht haben. Wie Nora es geschafft hatte, da lebend wegzukommen, ist mir allerdings ein Rätsel. Wenigstens hat die Feuerwehr den Waldbrand eindämmen können. Erich Jägers Leichnam ist freigegeben worden und wird in den nächsten Tagen nach Deutschland überführt. So, das war's mal vorläufig. Und Sie stehen nach wie vor unter Schweigepflicht.«

Rossi erhob sich.

Prohaska nickte und stand ebenfalls auf. »Ein verdammt komplizierter Fall«, sagte er, um wenigstens etwas zu sagen.

»Wären Sie mit Ihren Informationen eher herausgerückt, hätten wir vielleicht manches verhindern können. Aber lassen wir das. Jetzt fehlt mir nur noch die Tatwaffe als Beweismittel, dann können wir den Fall abschließen und der Staatsanwaltschaft übergeben.«

*

Es war kurz vor Mittag, als Prohaska die Polizeistation verließ und zu seinem Auto ging. Er fühlte sich müde und ausgelaugt.

Die riesigen Gewitterwolken, die sich am Morgen über dem Festland aufgetürmt hatten, waren verschwunden. Der Himmel strahlte im klarsten Blau, die Luft war sommerlich warm. Prohaska zog seine Jacke aus, warf sie auf den Beifahrersitz und stieg ein. Eine Weile saß er nur da und starrte vor sich hin. Dann öffnete er das Verdeck und verließ den Parkplatz. An der Kreuzung, von der es zum Hafen hinunterging, überlegte er, ob er noch kurz bei Ivo vorbeischauen sollte. Sie hatten sich seit ihrer nächtlichen Bootsfahrt nicht gesehen. Aber er war jetzt einfach nicht in der Stimmung, noch einmal über die Ereignisse der letzten Tage zu reden. Vielmehr musste er überlegen, was er mit der Waffe machen sollte, die er Nora abgenommen hatte. Es war irrsinnig, sie nicht der Polizei auszuhändigen. Wenn

Rossi dahinterkäme, dass seine Aussage immer noch unvollständig war und er ein so wichtiges Beweisstück unterschlagen hatte, würde er ernsthafte Schwierigkeiten bekommen.

Als er eine halbe Stunde später vor seinem Haus hielt, versperrte ein grauer Pick-up seine Einfahrt. Prohaska hupte stieg aus und schaute auf die Ladefläche. Auf dem Boden lag eine staubige Plastikplane. Prohaska wollte gerade zu Martha rübergehen, als ein junger Mann in Arbeitskluft aus ihrem Haus kam.

»Ah, einen Moment, ich bin gleich fertig und fahre dann weg«, rief er und verschwand wieder.

Prohaska ging zurück, setzte sich hinter das Steuer und zündete sich eine Zigarette an. Er hatte noch nicht zu Ende geraucht, als der Mann wieder auftauchte. Er winkte Prohaska zu, stieg in den Pick-up und brauste davon.

Prohaska startete den Motor, rollte in seinen Hof, stieg aus und als er die Haustür aufschloss, hörte er Marthas Stimme von der Terrasse.

»Tut mir leid wegen vorhin.«

Prohaska drehte sich um. »Kein Problem.«

»Und wie geht's?«

»Blendend wie immer.«

»Wirklich?«

»Nein, ich bin müde, sterbe vor Durst und habe einen Mordshunger.«

»Oh je, und ich wollte gerade fragen, ob Sie vielleicht kurz Zeit hätten, mir behilflich zu sein. Aber lassen Sie nur, ich schaffe es auch allein.«

Prohaska ging dennoch um die Hecke herum. »Wir waren doch per du, schon vergessen?«

»Ja, stimmt, ich meine, nein, ich habe es nicht vergessen. Ich muss mich erst daran gewöhnen.«

Prohaska hätte sie zu gern geküsst, aber Martha lächelte unverbindlich und verschränkte dabei die Arme vor der Brust. Vermutlich bereute sie längst, was zwischen ihnen geschehen war, überlegte Prohaska.

»Also, was soll ich nun machen?«, fragte er, ohne sich die Enttäuschung anmerken zu lassen.

»Der junge Mann vorhin hatte es eilig, und allein schaffe ich es vielleicht doch nicht.«

»Was denn?«

»Komm, ich zeige es dir.«

Sie gingen ins Haus. In dem schmalen, dunklen Flur stand ein riesiger Kübel aus Terrakotta mit einem Oleander. Seine Zweige berührten beinahe die Zimmerdecke.

»Ist er nicht wunderschön?«

»Ja, doch, sehr schön«, erwiderte Prohaska. Musste es ausgerechnet jetzt Oleander sein?

»Und erst wie er duftet, riech doch mal.« Martha zog einen Zweig heran und schnupperte an einer Blüte.

»Wo hast du den her?«

»Ich habe in Rovinj eine alte Dame kennengelernt. Sie erzählte mir, dass sie in den nächsten Tagen ins Altersheim zieht und ihre Wohnung aufgelöst werden muss. Und dann hat sie mich gefragt, ob ich vielleicht den Oleander haben will. Ist das nicht total nett?«

»Ja, total«, erwiderte Prohaska trocken und krempelte symbolisch die Ärmel hoch. »Hast du eine Fußmatte oder einen alten Tepppich? Wir stellen den Kübel darauf und ziehen ihn raus.«

Martha holte einen Flickenteppich aus der Küche und nach ein paar schweißtreibenden Minuten stand der Oleander neben dem Tisch auf der Terrasse. Prohaska streckte den Rücken durch. Martha bedankte sich mit einem flüchtigen Kuss und bat Prohaska, zum späten Frühstück zu bleiben. »Ich hatte einfach keine Zeit, etwas zu kochen«, sagte sie entschuldigend.

Sie ging ins Haus. Prohaska steckte sich eine Zigarette an und betrachtete die riesige Pflanze. Der Oleander musste sehr alt sein. Seine drei armdicken Stämme waren wie ein Zopf miteinander verflochten, die Zweige mit gefüllten cremeweißen Blüten übersät.

Martha brachte Kaffee, frisches Weißbrot und eine Platte mit Käse, Schinken, Tomaten und Oliven, deckte den Tisch und setzte sich Prohaska gegenüber.

»Das nächste Mal bin ich aber dran«, sagte er.

»Dran, womit denn?«

»Na, mit einer Einladung zum Essen. Du magst doch Trüffel?«

»Keine Ahnung, ich habe noch nie welche gegessen.«

»Schön, Frau Schön, dann holen wir das heute Abend sofort nach. Ich kenne ein Restaurant, in dem man die besten *Fuži* mit Trüffeln bekommt. Es heißt *Tartufo bianco* und liegt …«

»An der Uferpromenade. Ich bin neulich daran vorbeigegangen.«

»Gut. Passt es dir dann so gegen halb neun?«

»Ja, fein.«

»Freut mich. Ich würde dich gerne mitnehmen, aber ich muss vorher noch etwas erledigen. Wir treffen uns also gleich dort. Ist das okay?«

»Ja, ich habe auch noch einiges zu tun.«

Prohaska legte das Besteck auf den Teller und lehnte sich zurück. Dabei streifte er mit der Schulter einen Oleanderzweig. Vorsichtig zog er ihn heran und schnupperte an einer Blüte.

»Er ist wunderbar, nicht wahr?«

Prohaska ließ den Zweig los.

»Ja, wunderbar und giftig.«

*

Als Prohaska später wieder in seinem Haus war, rief er als Erstes seine Tochter Anna an. Sie fragte, ob er an Weihnachten nach Hause kommen würde, und er versprach es ihr hoch und heilig.

Danach rief er Luca Aquila an und bat ihn, am Abend mit Klara ins *Tartufo bianco* zu kommen. Luca sagte, er wäre ohnehin dort, weil Klara am nächsten Morgen nach Hause fahren musste. Anschließend räumte Prohaska auf, zog sein Bett ab, stopfte die Wäsche in die Waschmaschine und ließ sie laufen und bezog das Bett neu. Wer weiß, vielleicht würde er es bald wieder mit Martha teilen. Mit diesem Gedanken legte sich auf die Couch und schlief ein.

Zwei Stunden später kam er wieder zu sich. Er machte sich einen starken Kaffee, holte die Pistole aus dem Schrank, verstaute sie in der Fototasche, zog die Jacke an und fuhr nach Rovinj.

Als er das Fotogeschäft in der Carera betrat, schaute Ivo von der Zeitung auf.

»Ah, der Herr Detektiv ist wieder da«, rief er und lächelte breit.

»Und der Herr Chef liest Zeitung anstatt zu arbeiten? Zustände sind das!«, spöttelte Prohaska zurück.

»Was soll ich sonst tun, es ist kaum noch etwas los. Wo warst du denn? Ich habe mir schon Sorgen gemacht. Hättest wenigstens mal anrufen können.«

»Ich war viel unterwegs, mal hier mal da, wie das bei Detektiven so ist.«

»Soso, mal hier mal da? Und wo genau?«

»Das ist eine lange Geschichte, die erzähle ich dir ein andermal.« Prohaska deutete auf die Zeitung. »Was gibt es so Spannendes in diesem Revolverblatt?«

Ivo schob ihm die Zeitung hin.

»Nur das Übliche. Korruption bis in die höchsten Stellen, Betrug, Mord und Totschlag. Aber schau dir das da an.« Ivo tippte mit dem Finger auf die Fotos auf der Titelseite. Auf einem war die Waldlichtung, auf dem anderen ein Leichenwagen in der Altstadt von Rovinj zu sehen. »Die zwei Toten von Grožnjan sind identifiziert.«

Prohaska nickte. »Ich weiß, Davor Bukač und Igor Busetta.«

»Genau. Dann weißt du wohl auch, dass Blagić auch tot ist. Über die Todesursache steht allerdings nichts drin. Und auf Galija hat es aus unerklärlichen Gründen gebrannt. Die Feuerwehr war stundenlang im Einsatz.«

»Ja, das weiß ich alles, ich war heute bei Rossi.«

»Ihr seid jetzt wohl ziemlich dicke Freunde, was?«

Prohaska hob die Schultern. »Keine Ahnung. Ich bin wegen etwas anderem gekommen.«

»Das da wäre?«

»Könntest du mir noch einmal dein Boot leihen?«

»Willst du etwa fischen gehen?«

Prohaska lächelte. »Nein, ich möchte ein wenig rausfahren und allein sein, ich muss nachdenken. Und auf dem Meer kann ich das am besten. Läuft der Motor eigentlich wieder?«

»Wie der Teufel. Wenn du willst, komme ich mit. Ich schließe den Laden und sage Miranda Bescheid.«

»Ein andermal wirklich gerne, aber heute nicht, okay?«

»Kein Problem.« Ivo nahm den Bootsschlüssel aus einer Schublade und gab ihn Prohaska. »Du weißt ja, wie das Ding funktioniert?

»Ich denke schon. Wo liegt es?«
»Am selben Platz wie neulich.«
»Danke, ich bin bald zurück.«
»Pass auf dich auf, okay? Das Meer kann sehr tückisch sein.«
»Keine Sorge, mir passiert schon nichts.« Prohaska winkte, ging zur Tür und drehte sich um. »Ach, jetzt hätte ich doch das Wichtigste vergessen. Was macht ihr heute Abend?«
»Nichts Besonderes, wieso?«
»Dann kommt um acht Uhr zu Mauro. Ihr seid meine Gäste.«
»Gerne. Und aus welchem Anlass?«
»Einfach so. Bis später, ich muss los.«
»Joe, warte, Miranda ist heute Abend mit den Kindern bei ihrer Mutter«, rief Ivo ihm nach, aber da war Prohaska schon draußen.

*

Eine halbe Stunde später schaltete Prohaska den Motor in Leerlauf und schaute zurück zur Küste. Die Lichter der Rovinjer Altstadt tänzelten freundlich auf dem dunklen Meer, die Luft roch salzig, in der Ferne blinkten die Lampen der Fischerboote, der Leuchtturm auf der Klippe unterhalb der Kirche sandte seine pulsierenden Lichtsignale in die Nacht. Am Himmel wölbte sich das helle Band der Milchstraße. Der Wind hatte aufgefrischt und Ivos Batana-Boot schaukelte heftig hin und her. Prohaska versuchte das Gleichgewicht zu halten, während er das Magazin und die Pistole aus der Fototasche herausnahm. Natürlich war nicht richtig, was er da tat. Aber wer zum Teufel machte schon im Leben immer alles richtig?

Er schleuderte die Pistole in hohem Bogen fort, hörte den Aufschlag auf dem Wasser, drehte sich auf die andere Seite und schickte das Magazin hinterher.

Kurz nach acht Uhr war er im *Tartufo bianco*. Ivo war allein gekommen. Er lehnte an der Theke und Prohaska ging zu ihm, klopfte ihm auf die Schulter und gab ihm den Bootsschlüssel zurück.
»Wo ist denn Miranda?«
»Mit den Jungs bei ihrer Mutter. Aber sie lässt dich grüßen.«

»Danke.«

»Und, alles wieder okay?«

»Ja, bestens«, erwiderte Prohaska und schaute sich um.

»Da drüben ist Luca«, sagte Ivo und deutete mit dem Kinn zu einem Tisch an der Fensterfront. »Das Mädchen neben ihm ist seine Enkelin.«

»Ich weiß, komm.«

Luca hatte sie schon entdeckt und winkte. Sie gingen zu ihm rüber, begrüßten sich und setzten sich an den Tisch.

»Dio mio, das war vielleicht eine irre Woche. Ich bin immer noch nicht darüber hinweg«, stöhnte Luca.

»In der Tat«, gab Prohaska zurück. »Jetzt kommen wir zu den angenehmen Dingen des Lebens. Habt ihr schon bestellt?«

»Noch nicht. Klara fährt morgen nach Hause und wollte sich von Maurizio und Adela verabschieden. Doch die beiden haben keine Zeit. Meine Schwiegertochter rennt herum wie immer, und mein Herr Sohn ist nicht von seinen Töpfen wegzukriegen.«

»So ist das bei fleißigen Leuten«, erwiderte Prohaska und nahm die Speisekarte aus dem Halter. »Ach ja, bevor es später irgendwelche Diskussionen gibt: Ihr seid meine Gäste.«

»Das kommt überhaupt nicht in Frage. Wenn, dann gebe ich einen aus«, entgegnete Luca energisch. »Ich schulde dir noch etwas, du weißt, was ich meine.«

»Ach was, du schuldest mir gar nichts.«

»Doch, doch.«

»Luca, ein andermal gerne, aber heute Abend nicht. Ich bezahle, klar?«

Sie hätten gerne noch eine Weile weitergestritten, wenn Adela nicht an den Tisch gekommen wäre. Sie begrüßte sie und bat um die Bestellung.

»Bring uns eine Flasche Malvazija, eine von eurem besten Rotwein. Ich erwarte noch einen weiteren Gast, eine Dame«, sagte Prohaska. »Sobald sie da ist, bestellen wir den Rest.«

»Selbstverständlich, kommt sofort«, sagte Adela und sprang davon.

»Was für eine Dame denn?«, fragte Ivo.

»Meine nette Nachbarin. Sie hat noch nie Trüffel gegessen.«

»Du hast eine Nachbarin?«

»Ja, seit ein paar Tagen.«

»Ist sie das?«, fragte Luca und deutete zur Tür.

Prohaska drehte sich um und lächelte breit. »Ja, genau.« Er stand auf und ging zu Martha, deutete einen Handkuss an und führte sie zum Tisch.

»Darf ich vorstellen? Martha Schön, meine Nachbarin, sie ist aus Wien, und das ist mein bester Freund Ivo Horvat, und das ist Luca Aquiula, ein berühmter Trüffeljäger mit seine hübschen Enkelin Klara.«

Martha gab jedem die Hand. Prohaska bot ihr seinen Stuhl an, zog einen anderen heran und setzte sich.

Nachdem sie sich miteinander bekannt gemacht hatten, brachte Adela den Wein.

»Was kannst du uns empfehlen?«, fragte Prohaska.

»Alles natürlich. Wir haben …«, begann Adela und betete die Speisekarte herunter.

Nach kurzer Diskussion bestellten sie eine Platte Antipasti für alle, danach *Fuži* mit Trüffeln, eine Platte mit gegrilltem Fisch, wobei Luca hinzufügte, Maurizio solle ja nicht knauserig sein, außerdem eine Balkan-Platte mit Čevapčići, Ražnjići, Pleskavica und Djuvedj-Reis, und zum Nachtisch sollte es Palatschinken mit Honig oder andere Süßspeisen nach Wunsch geben. Adela notierte alles, kredenzte den Wein, füllte die Gläser und ließ sie allein.

»Was feiern wir eigentlich?«, fragte Klara irgendwann zwischen Vorspeise und Hauptgericht.

»Nichts, mir war einfach danach«, antwortete Prohaska und hob sein Glas.

*

»Es war wirklich ausgezeichnet«, seufzte Martha, nachdem Adela die Teller abgeräumt und den Espresso gebracht hatte. »Danke für die Einladung.«

Prohaska lehnte sich zurück. »Es war mir ein Vergnügen.«

»Ja, ich bedanke mich auch, Joe. Es war ein selten schöner Abend. Aber wir beide müssen los«, sagte Luca. »Komm Klara, wir verabschieden uns von Maurizio und Adela.« Sie standen auf und gingen in die Küche.

Ivo bedeutete Prohaska stumm, dass er nach draußen gehe, um eine Zigarette zu rauchen.

»Ach, was ich dich schon gestern fragen wollte«, sagte Prohaska zu Martha und nahm ihre Hand in seine. »Du hast mir erzählt, dass du hier jemanden suchst.«

Martha nickte.

»Und hast du die Person gefunden?«

»Ja.«

»Das freut mich. Wer ist es, wenn ich fragen darf?«

»Meine Cousine. Aber da gibt es leider ein Problem.«

»Und welches?«

»Da muss ich etwas ausholen«, begann Martha. »Die Familie meiner Mutter stammt aus Nordbosnien. Sie ist Kroatin, mein Vater bosnischer Serbe, aber das war bei uns nie ein Problem gewesen. Es gab früher viele gemischte Ehen. Kurz vor dem Krieg floh meine Mutter mit mir nach Wien. Ich war damals zwölf. Vater wollte mit den Großeltern so bald wie möglich nachkommen, aber dazu kam es leider nicht. Später hörten wir, dass er verhaftet wurde, weil er nicht an die Front wollte. Die Großeltern verschwanden einfach. Nach dem Krieg versuchte meine Mutter jahrelang herauszubekommen, was mit ihnen geschehen war. Vor etwa vier Jahren erfuhren wir, dass sie alle tot sind. Ihre sterblichen Überreste wurden in einem Massengrab gefunden. Ich fuhr ein paar Mal nach Bosnien und habe mich beim Roten Kreuz und anderen Stellen nach anderen Verwandten erkundigt. Vor zwei Wochen bekam Mutter einen Brief von einem Pfarrer aus Kroatien. Er schrieb, dass ihm eine alte Frau auf dem Sterbebett gebeichtet habe, was mit unseren Verwandten in Bosnien passiert ist. In dem Brief stand, dass Elli, das ist meine Cousine mütterlicherseits, überlebt habe und sie bei dieser alten Frau über ein Jahr gelebt habe. Und dass Elli ein Kind bekommen habe, das sie aber nicht behalten konnte. Jedenfalls sei sie später nach Zagreb gegangen und lebe nun irgendwo in Istrien.«

»Und du hast sie gefunden?«

»Ja, hier in Rovinj. Ist das nicht irre? Ich habe sogar mit ihr gesprochen.«

»Das ist ja wunderbar.«

»Sie arbeitet im Touristikbüro. Aber Elli hat psychische Probleme, vermutlich leidet sie an einer Art Schizophrenie. Doch man merkt ihr die Krankheit nicht an. Na ja, fast nicht. Ich kenne mich da nicht so gut aus. Außerdem kenne ich sie kaum.«

»Elli«, murmelte Prohaska und nippte an seinem Glas, um nichts sagen zu müssen.

»Als ich ihr sagte, wer ich bin, war sie zwar freundlich, aber irgendwie auch reserviert. Ich hatte das Gefühl, dass es ihr unangenehm war, mich zu sehen. Oder dass sie vor irgendetwas Angst hatte. Ich gab ich ihr meine Telefonnummer, und sie hat versprochen, sich zu melden, aber sie hat mich nicht angerufen. Ich war dann noch einmal in ihrem Büro, doch sie war nicht da. Ihre Kollegin sagte, Elli habe sich krank gemeldet. Ich habe der Frau erklärt, warum ich Elli suche. Sie gab mir ihre Handynummer und die Adresse, ich rief Elli an und bin zu ihrer Wohnung gegangen, aber sie war da nicht. Na ja, jetzt hoffe ich, dass sie sich bald meldet.«

Prohaska wollte Martha seinen Teil der Geschichte erzählen, aber Ivo kehrte zurück und gleich darauf auch Luca und Klara.

»Also, wir machen uns jetzt auf den Weg«, sagte Luca. Klara sah zur Tür und Luca folgte ihrem Blick.

»Aha, da schau her, je später der Abend. Da kommt Robinson.«

»Dann bleiben wir noch ein bisschen«, sagte Klara und setzte sich.

Robert begrüßte alle mit Handschlag.

»Wo kommst du denn her? Komm, nimm Platz«, sagte Prohaska.

Robert nahm seine Mütze ab, zog einen Stuhl heran und setzte sich neben Prohaska, Klara gegenüber.

»Ich war bei der Polizei«, erwiderte Robert.

»Und wie ist es gelaufen?«, fragte Prohaska.

»Alles okay. Ich habe alles zu Protokoll gegeben. Und stellen Sie sich vor, ich habe meinen Geldbeutel mit den Papieren, mein Handy und die Uhr zurückbekommen, aber Inspektor Rossi wollte mir nicht sagen, ob sie den Typ, der mich überfallen hat, geschnappt haben.« Robert schob den Ärmel seiner Jacke hoch und zeigte Prohaska die falsche Rolex. »Rossi müsste übrigens auch gleich hier sein.«

Dass Robert seine Sachen wiederhatte, konnte nur bedeuten, dass die Polizei Tomislav Vargas Rucksack in Noras Wohnung gefunden hatte, überlegte Prohaska.

»Wieso weiß Rossi, dass ich hier bin?«, fragte er.

»Keine Ahnung.«

»In dieser Stadt bleibt auch nichts geheim«, sagte Prohaska scherzhaft, obwohl ihm nach dem Gespräch mit Martha nicht danach zumute war.

»Fast nichts«, bemerkte Robert und schaute zu Klara. Sie lächelte zurück. »Das ist aber ein sehr hübscher Ring«, sagte er zu ihr.

»Ja, finde ich auch. Den hat mir Opa heute geschenkt. Ein echter Diamant.«

»Echter geht's gar nicht.« Luca warf Prohaska einen Blick zu. Prohaska hob die linke Augenbraue, sagte aber nichts.

Dann redeten alle durcheinander. Ivo und Luka über die Trüffeljagd, Martha und Klara über ihr Studium. Robert beugte sich zu Prohaska und sagte leise: »Ich müsste mit Ihnen reden.«

»Nur zu.«

»Bevor ich zu Rossi gefahren bin, hat mich meine Schwester aus Zagreb angerufen. Die Tochter ihrer Freundin ist vor zwei Tagen verschwunden. Und da dachte ich, Sie könnten vielleicht …«

Prohaska hob abwehrend die Hände. »Oh nein, nein, dafür ist die Polizei zuständig.«

»Das habe ich ihr auch gesagt. Die Freundin hat die Polizei schon verständigt, aber wenn einer helfen kann, dann Sie.«

»Wenn man vom Teufel spricht …«, bemerkte Luca, der Roberts Worte aufgeschnappt hatte. Er deutete zur Tür. Aber Rossi hatte sie bereits entdeckt.

»War wohl ein harter Tag?«, fragte Prohaska, als sich Rossi gesetzt hatte.

»Das kann man wohl sagen, aber jetzt habe ich erst einmal Feierabend. Allerdings muss ich gleich wieder weiter.«

Prohaska bestellte zwei weitere Flaschen und Gläser. Adela brachte den Wein, und nachdem sie angestoßen hatten, öffnete Rossi den obersten Knopf am Kragen, lockerte die Krawatte und stand auf.

»Sie wollten sicher auch eine rauchen«, sagte er zu Prohaska.

Prohaska grinste. »Woher wissen Sie das bloß?«

»Berufskrankheit.«

Prohaska folgte ihm vor die Tür. Rossi zündete sich einen Zigarillo an und bot Prohaska einen an, aber er schüttelte den Kopf und steckte sich eine Zigarette an. Eine Weile standen sie da und rauchten schweigend. Im Hafenbecken wiegten sich die Boote, die Nacht war kühl und sternenklar.

»Sie sagten, dass Tomo Ihnen von Mirko und Viktoria Grabar erzählt hat«, sagte Rossi.

»Ja.«

»Die beiden wurden heute festgenommen. Es besteht dringender Verdacht wegen Bestechung, Steuerhinterziehung, Geldwäsche und noch ein paar anderer Delikte. Ich habe es von Dr. Cipoletti erfahren. Er lässt Sie übrigens grüßen.«

»Danke sehr, Grüße zurück.«

»Jetzt fehlt nur noch die Waffe«, sagte Rossi. »Aber sobald wir Nora haben, wird sich auch das aufklären. Wenn nicht, machen wir eben weiter.«

Prohaska nickte. »Klar.«

»Wie gesagt, Sie kennen meinen Vorschlag. Wir beide würden gut zusammenarbeiten.«

»Ich weiß nicht.«

»Überlegen Sie es sich in Ruhe. Sie wissen, wo Sie mich finden.« Rossi ließ seine Kippe fallen, drückte sie mit dem Schuh aus und schaute zum Himmel. »Was für ein schöner Septemberabend, nicht wahr?«

»In der Tat.«

»Wie war denn Ihre kleine Bootsfahrt vorhin?«

»Auch sehr schön.«

»Sie möchten wohl nicht darüber reden?«

Prohaska schnippte seine Kippe weg. »Eigentlich nicht.«

»Verstehe.«

*

Am nächsten Vormittag kam Martha zu Prohaska rüber. Sie waren bis nach Mitternacht bei Mauro gesessen und da Prohaska sein Auto stehen gelassen hatte, war er mit Martha zurückgefahren. Er hatte gehofft, dass sie bei ihm bleiben würde, aber sie wollte lieber allein sein.

Prohaska machte Kaffee, und sie setzten sich auf die Terrasse. Martha bedankte sich noch einmal für den schönen Abend im *Tartufo bianco,* und während Prohaska noch überlegte, wie er ihr schonend den Rest erzählen sollte, sagte sie:

»Du kennst Elli, nicht wahr?«

»Ja, aber unter dem Namen Nora.«

»Nora, die Dunkle«, sagte Martha leise. »Weißt du, wo sie ist?«

»Nein, aber ich hoffe, dass es ihr gut geht«, erwiderte Prohaska und berichtete dann von seiner Begegnung mit Nora und den Geschehnissen der letzten Tage.

Martha hörte ihm zu und weinte. Er nahm sie in den Arm und wiegte sie wie ein Kind. Als sie sich beruhigte hatte, wischte sie sich die Tränen weg und stand auf.

»Ich danke dir für alles.«

»Du musst mir nicht danken.«

»Doch, doch«, sagte Martha und küsste ihn auf den Mund. »Ich fahre morgen nach Wien zurück.«

»Kannst du nicht noch ein paar Tage bleiben? Ich habe gerade angefangen, mich an dich zu gewöhnen.«

Martha schüttelte den Kopf.

»Das geht leider nicht. Ich habe dir nicht alles gesagt.« Tränen liefen ihr wieder über die Wangen.

»Na, dann sag es eben jetzt.«

»Das hätte keinen Sinn. Wir können uns nicht wiedersehen.«

»Wieso nicht? Ich komme dich in Wien besuchen, oder du kommst wieder her.«

»Es tut mir so leid, aber das wird nicht gehen.«

Prohaska sah in ihr verweintes Gesicht. Dann dämmerte es ihm. »Du bist verheiratet.«

Martha nickte und wischte sich die Tränen mit dem Handrücken weg.

»Ich habe noch eine Bitte.«

»Ja?«

»Könntest du den Oleander zu dir nehmen?«

November

Die eiskalte Bura hatte die letzten Blätter von Prohaskas Weinlaube gefegt. Das namenlose Kätzchen war endgültig bei ihm eingezogen. Martha hatte eine E-Mail geschickt. Sie arbeitete unter Hochdruck an ihrem neuen Roman und bat ihn, sich zu melden, wenn er etwas über Noras Verbleib erfahren sollte.

Aber es gab nichts zu berichten. Nora blieb verschwunden. Es war möglich, dass sie auf der Flucht von der Insel mit dem Schnellboot verunglückt und ertrunken war, oder selbst ihrem Leben ein Ende gesetzt hatte. Prohaska hoffte insgeheim, dass sie lebte, und wo auch immer sie sein mochte, ein neues Leben führte. Tomo Varga hatte den besten und teuersten Rechtsanwalt des Landes engagiert, dann vor Gericht ein umfassendes Geständnis abgelegt. Er wurde zu fünfzehn Jahren Gefängnis verurteilt. Die Waffe, mit der Erich Jäger und Igor Busetta getötet wurden, war nicht gefunden worden. Blagićs Tod wurde als Selbstmord deklariert, auf Anordnung »von ganz oben«, das hatte ihm Rossi bei einer Tasse Kaffee ziemlich frustriert anvertraut. Luca Aquila hatte Prohaska in Kloštar besucht und ihm eine schöne weiße Trüffel geschenkt, die Aurora gefunden hatte. Roberts Verletzungen waren abgeheilt. Er arbeitete als Holzfäller bei einem Privatunternehmer, der immer wieder mit den Lohnzahlungen in Verzug geriet. Prohaska hatte beschlossen, die zwei kleinen Räume im Obergeschoss zu renovieren und sie Robert anzubieten, damit er zumindest über den Winter ein festes Dach über dem Kopf hatte.

Anfang Oktober hatte Ivo den Fotoladen geschlossen. Die Renovierungsarbeiten waren in vollem Gange. Bis zum Frühjahr sollte alles fertig sein. Miranda arbeitete halbtags in einem Supermarkt an der Kasse. Der Schreiner Nino hatte eine neue Werkstatt. An Wochenenden malte er in Öl. Er war ein echter Naiver. Prohaska hatte ihm ein Bild abgekauft, auf dem die Altstadt von Rovinj vor einem blutroten Sonnenuntergang zu sehen war. Es hing jetzt in seinem Wohnzimmer.

An Allerheiligen war der Himmel klar und wolkenlos. Und obwohl Prohaska Atheist war, fuhr er am Nachmittag zum Friedhof. Familien mit Kindern, Frauen und Männer in Schwarz trugen Grablichter, Blumengebinde aus Plastikblumen oder frische Chrysanthemensträuße zu den Gräbern.

Er stieg aus, schlug den Kragen seiner Jacke hoch und ging durch das hohe Friedhofsportal. Der Kies knirschte unter seinen Schuhen, links und rechts der Wege standen uralte Zypressen, die dunklen Wächter der Toten. Auf den verwitterten Grabsteinen verblassten die Fotografien der Verstorbenen. Prohaska las im Vorbeigehen ihre italienischen, deutschen und kroatischen Namen. Auf den Grabplatten lagen Blumenkränze, die ewigen Flammen flackerten, marmorne Engel wachten über den letzten Schlaf der Verstorbenen.

Prohaska verließ den alten Teil des Gottesackers und erreichte über eine Brücke den neueren Teil des Friedhofs. In einer Reihe am unteren Ende fand er die Gräber von Igor Busetta und Drago Blagić. Dürres Gras wuchs zwischen den Kieseln, die man auf die rote Erde gestreut hatte.

Am Fußende von Blagićs Grab lag ein verwelkter Oleanderzweig. Wer ihn da hingelegt haben mag? Tomo konnte es ganz sicher nicht gewesen sein, er war im Gefängnis. Vielleicht hatte er einen seiner »mächtigen« Freunde darum gebeten. Tomo war das unerwünschte und ungeliebte Kind des Krieges. Wie viele wie ihn mochte es wohl noch geben? Prohaska wusste es nicht.

Und dennoch, trotz allem Leid und Hass, der die Menschen seit Anbeginn der Zeiten beherrscht und zerstört, ist die Liebe, vor allem die Liebe das Einzige, was zählt. Sie macht uns zu mitfühlenden Kreaturen und hält uns am Leben in dieser wahnsinnig gewordenen Welt, überlegte Prohaska, während er sich eine Zigarette ansteckte und langsam zum Ausgang ging, von den Toten zurück zu den Lebenden.

www.wieser-verlag.com